詩人が読む古典ギリシア

和訓欧心

Mutsuo Takahashi
高橋睦郎

みすず書房

目次

写真　港　千尋
装訂　間村俊一

出会い

なぜ二千数百年も時を隔てた昔の古代ギリシアが、現代の、しかも欧米とはまったく異なる文化伝統を持つ日本に生きる私たちを、強く惹きつけるのか。これから古典ギリシアの文学の魅力を、先人たちの労作にかかる日本語訳を通して、辿っていくわけだが、その前に私の古典ギリシア文学との邂逅を振り返ることも、まんざら意味のないことではあるまい。それはまた、翻訳を通しての異文化の受容の問題とも深く関わろう。

私と古典ギリシア文学との出会いは、まさに邂逅の名にふさわしい。一九四九年、私は北九州・門司市立柳小学校を卒業し、第六中学校に入学した。二年前の四七年公布学校教育法に基づく六三制新制中学である。同級生に小学二年で論語を暗《そら》んじて神童の誉れ高く、文学・音楽・映画にわたって私の導き手だった少年があり、彼の導くままに何の自覚もなく、課外活動の文芸部に入った。

創設されたばかりの新制中学には自前の校舎もなく、そこに学び卒業した小学校に寄生して旧高等科の教室を使っていた。文芸部の部室というのも三畳ほどの畳敷きの備品室で、粗末な本棚に百冊足らずの蔵書ともいえない蔵書があった。そのなかに呉茂一のギリシア訳詩集が混じっていたのである。いま呉茂一の年譜、それに当たるものを捜せば、四七年みすず書房刊の『ギリシア・ラテン訳詩集　花冠』かと思われるが、正確にはわからない。ほかに四二年岩波書店刊『ギリシア・ローマ古詩鈔』というのもあり、いずれも「ギリシア・ラテン」。しかし、ラテンは私の記憶から消え失せている。どうやらギリシアの印象ばかりが強烈で、ラテンは霞んでしまったもの、と思われる。

いま両書とも手許にないのでそれらに拠ることはできないが、さいわい三八年第一刷・五〇年第七刷発行の岩波文庫『ギリシア抒情詩選　附ラテン抒情詩選』があり、内容はほとんど変わっていないかと思われるので、この岩波文庫版と記憶に拠ることにする。なお、岩波文庫版は小序の後にエジプトの古詩二篇を載せるが、これも記憶の外だ。

ギリシア篇はアルクマアンから。私の記憶でも最初に出会ったのはアルクマアン。

眠るは山の嶺
　かひの峡間《はざま》
またつゞく尾根
　たぎつ瀬々
また地を爬ふものは

か黒の土の育《はご》くむところ
山に臥すけだもの
　蜜蜂の族
また紫の潮のおくどに
　潜む異形《いぎやう》の類、
眠るは翅ながの
　鳥のうから

一読、私を捉えて離さなかったものは何だったたか。十二歳の幼い頭脳にはそれを説明することはできなかったろうが、六十数年後のいまなら、こうだったかと推定できなくはない。それは自然という、そのままでは無秩序なものを、裡なる秩序をもって見る人間の眼差の魅力、とでもいうべきものではなかったろうか。

真夜中、詩人の前には眠りに落ちた万象が拡がっている。遠く山の嶺があり、峡間《はざま》がある。嶺からは尾根がつづき、山々からあちこち川の瀬が白く激《たぎ》ち流れている。山の下の黝《かぐろ》い大地には蛇・蜥蜴・亀のような爬虫《はうむし》が眠る、とこれは詩人の幻視。幻視はさらにつづいて山中にはけだものが臥し、蜜蜂の族が眠っている。また山のあなたの、詩人の位置からは匿されてある紫いろの海の潮の奥底には、人間には知られぬ異形の者どもが潜んでいるにちがいない、と詩人は想像する。さらに長い翅を持つ鳥のうからが眠る、それは海中《わたなか》の巌の上だろうか。いずれにしても見たままではさらになく、いわば詩人の裡なる眼が見て作りあげたもう一つの世界といえよう。

解註は「恐らく「夜通しの祭」Pannychis のための歌」で、「歌ふところは恐らくその合唱の群が夜にたむろするスパルタ野外の光景」だろうというが、そういう公的な歌唱のための歌だったにしても、作り手の詩人に始原的な幻視の力が要求されたことは言うを俟つまい。次の断片はそういう詩人の自画像を垣間見せる。

もうわしは、蜜の声音《こわね》の　こほしい歌の
乙女のむれよ、
足腰がつい利かぬわえ。
えい　や　えい
雄翡翠《をんかはせみ》とも　身を化したや、
咲く波の　華《はな》を掠め
雌翡翠《ハルキユオネス》とうち連れて
畏れごころもなく飛び交ふ
潮むらさきの　聖い鳥とも。

合唱隊の少女たちに戯れかかるかたちの、たぶん合唱隊歌への導入部をなす序歌だったろうこの断片の老年の感懐が、少年の私の感受性にすんなり適《かな》った、とは考えにくい。しかし、齢《よわい》を重ねたいまなら身にしみてよくわかる。老年は老いを自覚しつつも若さとの繋がりを捨てたくない。「雌翡翠《ハルキユオネス》とうち連れて／畏れごころもなく飛び交ふ」「雄翡翠《をんかはせみ》とも　身を化した」いのだ。また、いうなればその老いのエネルギーが、老年のアルクマアンに力強い合唱隊歌を書かせつづけたのだろう。

アルクマアンに次いでは、プラトンに「十番目の詩女神《ムーサ》」と讃えられた女流詩人サッポオの魅力的な断片がつづく。その一つ、

夕星《ゆふつゞ》は、
かゞやく朝が八方に
ちらしたものを、
みな　もとへ
つれかへす
羊をかへし、
山羊をかへし、
母の手に

子をつれかへす

この断片が十二歳の私を捉えたゆえんのものは何だったか。なつかしさといえばそのとおりだが、単なるなつかしさというより、もっとせつない、胸締めつけられるようななつかしさだ。「夕星は」と始まるこの断片は、しかし、夕星をうたっているわけではない。夕星の出る時刻の人間、具体的には母と子とをうたっている。その前に「羊をかへし／山羊をかへし、」というが、それは「母の手に／子をつれかへす」への導入だろう。古代ギリシアにおける牧羊の重要さを考えれば、まことに自然な導入といえる。

胸締めつけられるようななつかしさは、何処から来るか。初読の時は答えられなかったろうが、いまならたぶんこうではないかと答えておこう。「母の手に／子をつれかへす」という母と子との至福が永続しないこと、永続しないどころか束の間に終わることを、この女流詩人は切実に感じていて、そのことを示唆するのが、暮れがたのひととき輝く夕星ではないか。

また、こんなのもある。

月は入り
　すばるも落ちて
夜はいま

丑満の
時はすぎ
　うつろひ行くを
我のみは
　ひとりしねむる

　これは「夕星」の出から時刻も進み、「月は入り／すばるも落ちて／夜はいま／丑満の／時はすぎ／うつろひ行く」というのだから、暁闇《ぎょうあん》に近かろう。そのあかときやみにそれまでの時間の経過を背負って「ひとりしねむる」のは、むろんサッポオ自身。すると、眠るサッポオを見ているもう一人のサッポオがいることになる。この分裂を起こさしめたのはサッポオの深い孤独感で、それが「夕星は」の母と子との関係のはかなさの自覚にも通底している。と、それは現在の感想。初読時は暁近い闇の底に眠り落ちる女人《にょにん》のイメージに、自分の幼い孤独感を重ねただけだったのではないか。

　さらに、シモニデスの「テルモピュライなる／スパルタ人の墓銘に」と題された一篇、

　行人よ、
ラケダイモンの　国びとに

ゆき伝へてよ

この里に
御身らが　言《こと》のまにまに
われら死にきと

これが第一次ペルシア戦争の際、テッサリアと東ロクリスを結ぶテルモピュライの隘路で、スパルタ王レオニダスの指揮の下、七百のテスピアイ兵とともにわずか三百でペルシアの大軍の進行を三日にわたって阻み、裏切者がペルシア軍に間道を教えたことで、テスピアイ兵もろとも、一兵残らず無念の討死をしたスパルタ兵を悼む碑銘だと知ったのは、のちの日のこと。しかし、二十歳《はたち》そこそこの若い叔父を太平洋戦争のビルマで喪って数年しか経っていなかったから、国家の大義なるもののために喪われた若いいのちへの哀悼の思いは、痛いほどわかった。

それにしても、紀元前七世紀後半（アルクマアンのスパルタでの活躍はこの時期という）から六世紀前半（サッポオの活躍期）を経て五世紀前半（シモニデスの碑銘詩はその頃のもの）に書かれた詩の断片が、すこしも古さを覚えさせず現代の私たちの感受性を打つのは、なぜか。理由は、それらがいずれも人間をうたっているからではないか。

アルクマアンの断片は一見、自然をうたっただけの叙景詩に思える。じつはその自然は人間の内面を通った自然、言い換えれば人間化された自然ではないだろうか。サッポオについていえば、夕星は母と子との関係のはかなさの人間的象徴、眠る自分とそれを見ている自分の分裂は人間以外ではありえない。そしてシモニデスは大義のために死んだ人間をその死のゆえに不死と捉える。その捉えかたはまさに人間的だ。

では、なぜ彼らは人間をうたうことができたか。彼らが自ら人間であること、すなわち不死の神々とは異なり死を免《まぬが》れぬ存在であること、死ぬべき人間として生きるほかに生きようがないことを、おそらく人類史のなかで最初にするどく自覚していたからではないだろうか。アルクマアン、サッポオ、シモニデス、すべてイオニアのギリシア人ポリス出身とされる。イオニアとは小アジア沿岸および沿岸に近い島島をさし、そこに成立したポリスは異民族の大国に接し、かつはポリスどうし対立し、また内部的にも閥族闘争を繰り返し、つねに不安定な状態にあった。いきおい彼らは最終的には自分という人間存在を恃《たの》むほかなかったのではないか。

生まれ育ったポリスにあっても自分という人間しか恃めないと自覚すれば、逆に故郷以外の何処ででも生きることができた。アルクマアンは小アジアのサルディスまたはその周辺の出身で、奴隷としてスパルタに売られ、その才能を認められて当地の少年少女の合唱隊の指導に当たったらしい。サッポオは小アジア沖合のレスボス島エレソスの土地貴族の出だが、紛争でいったん故郷を離れ、帰郷後は同島ミュティレネに住んで、アプロディテを祭り、嫁入り前の少女たちに歌舞音曲や行儀作法を教えたという。シモニデスもまたイオニアはキオス島の生まれで、その詩才によって当時のギリシア世界を遍歴、二度のアテナイのほかテッサリアやシケリア（現シチリア）島のシュラクサイにも招かれ、その地で死んでいる。

アルクマアンの場合も、シモニデスの場合も、その故郷喪失はイオニア人独特の距離感をもって人間を見る目をいっそう確かなものにしたのではないか。サッポオの場合も故郷を追われての他郷での流寓生活が人間を見る目を磨いたにちがいない。その結果生まれたイオニアの詩歌がアテナイをはじめギリシア世界に伝わって、古典ギリシアの詩文を人間の詩文として鍛えあげたのだろう。だからこそ、古典ギリシアの詩文が人間の文学としての欧米文学の原型となりえたのだろう。

古典ギリシアの詩文の継承としての欧米文学は、人間の文学として世界文学の中核となった。明治開国によって否応なく人間の時代に入った日本人は、人間の文学である欧米文学をはげしく冀求し吸収した。異国の文学の享受・吸収には、その異国の言語を学びその異国語で書かれた文学作品を直接的に享受するのと、異国語で書かれた文学作品の母国語に移されたものを間接的に享受するのと、二つの方法がある。そして、二つの方法のあいだにあるのが翻訳家の存在だ。

翻訳家をどう定義すればいいか。異国語を学びその異国語で書かれた文学作品を直接的に享受するだけでは飽き足らず、母国語に移し自ら享受の度を深め、それを発表することでその異国語の読めない人にも間接的に享受せしめる者、といえばよかろうか。このことはことに草創期に当て嵌まろう。わが国の詩歌に限っていえば、『於母影』の森鷗外、『海潮音』『牧羊神』の上田敏、

『月下の一群』の堀口大学がそれに当たろう。いずれも異国語を習熟する以前に文学に深い嗜好を持ち、母国語に堪能であることにおいてもなまなかの詩人を超えていて、文人的翻訳家と呼ぶのがふさわしかろうか。

呉茂一も文人翻訳家の系譜に連なる重要な一人だろう。父秀三は芸州浅野藩儒医呉黄石《くれこうせき》と作州出身の大蘭学者箕作阮甫《みつくりげんぽ》長女せきの子で日本近代精神医学の基礎を築いた人物。父の嘱望で第一高等学校医学部から東京帝国大学医学部に進んだが、二年後同大学文学部英文学科に転入。卒業一年後に渡欧、二年間にわたり主としてオクスフォード大学、ウィーン大学で西欧古典学を研究。帰国後は母校その他で古典ギリシア語・ラテン語、古典ギリシア文学・ラテン文学の講義に当たるとともに、折にふれて詩文の翻訳を愉しんだ。

まことに呉茂一の翻訳態度は愉しむというのがふさわしく、原語での味読を愉しみ、味読の続きの必須の一貫として母国語に移す作業を愉しんだ。こと古典ギリシア詩についていうなら、古典ギリシア詩を古典ギリシア語において生き、日本語においてもう一度生きるという作業だった。その結果、読者は、すくなくとも私は、呉茂一の翻訳による日本語を読みながら、日本語を通してという過程を忘れて、直接に古典ギリシア詩を読んでいる錯覚に陥っていたのだろう。いや錯覚ではない。じじつ呉茂一その人の味読作業に自分を重ねることによって直接に読んでいた。

その後、私は高校、大学と進み、卒業論文に悲劇を選んだ。タイトルは「悲劇についての若干」。内容は謡曲、浄瑠璃、ギリシア悲劇、中世キリスト教受難劇をまったく同列に、そのなかの悲劇的なるものを論じた。その後紛失していまはないその駄文の論旨は幼稚極まりないものだったろうが、それが中学一年生の時の呉茂一の日本語による古典ギリシア詩との出会いの延長線上にあることは間違いない。延長線はさらにつづいて、いまなお詩に関わることを人生第一の営為として生きている。すくなくとも私という日本人にとって古典ギリシアはつねに現在形なのだ。

神話

広く世界の文学を見渡して、最も古く基本的なものは神話だろう。このことは民族の上にも、個人の上にもいえそうだ。ことに古代ギリシア文学、また著作家たちの上にも典型的に当て嵌まるのではあるまいか。

いわゆるホメロスの二つの叙事詩はオリュンポス神話と英雄伝説なしには成り立たないし、アルクマアンやサッポオなど、早期の抒情詩の背後にも神神の存在が透けて見えるのみか、盛期のアテナイ市民を熱中させた悲劇の主人公たちは、僅かな例外を除きほとんどが神神の時代と一つづきの蒼古たる英雄時代の人物たちだし、しばしば神や女神がそこに割って入る。現代の私たちからは神話の対極にあると見える哲学においても、ソクラテスを知を求める果てしない対話に赴かせたのはデルポイのアポロンの神託だったといわれているし、プラトンの対話篇の話者たちも神話伝説を前提に語っている。

そんなわけで、呉茂一の日本語を通してアルクマアンやサッポオの抒情詩断片の魅惑に惹きつけられた私が、ギリシア神話に導かれたのは、必然の成り行きだった。ギリシア抒情詩に出会う前から、そしてその後も、ギリシア神話のようなものに触れてはいた。しかし、それは原ギリシア神話がヘレニズム世界を通過してローマ帝政期黄金時代のオウィディウスの『変身物語』などにより洗練化されたもののさらに幾重もの再話もの、文字どおりギリシア神話のようなものにすぎなかったろう。

この紛いもののギリシア神話からほんもののギリシア神話への導き手もまた、私の場合、呉茂一だった。私が北九州門司の高校から福岡学芸大学（現・教育大学）小倉分校に進学した昭和三十一年（一九五六）に新潮社から呉茂一著『ギリシア神話』上下が出たからだ。いま上巻の奥付を見ると「昭和三一年六月一五日発行／同年九月一五日三刷」とあるから、年内に需《もと》めたのだろう。ついでに下巻は「昭和三一年八月三一日初版発行／三八年一一月一〇日二〇版発行」となっていて、これは一度需めて失い、友人に借りてそのままの記憶があるから、失った下巻は上巻と同時に買ったもの、と思われる。

上巻「はしがき」は次のように始まる。「いま改めてギリシアの神話伝説を一本に纏めようとするに当つて、編者が誰といわずまず当惑しなければならないのは、その実体がまつたく摑みにくいことです。あるいはむしろ実体がない、というほうが適当なのかも知れません。ギリシア神話という言葉で、さし当つて私たちが想像するのは、多分に少なからず十八世紀頃のフランス古典派の絵画や、あるいはゴブラン織の模様とも見まがう、ロココ風に華麗な風景でしょう」。

こう述べた上で、アポロン神と寵童ヒュアキントスと西風の神ゼピュロスから成る絵を例示してみせ、しかし本来のアポロンは「太陽神では」なく「予言の神、疫病の神、古くは植物や人畜の生育や繁茂繁殖にかかわる神格」、「狼とふかい因縁を持つていたらし」く「ギリシア民族に固有な神格ではなかつた」。「一方ヒュアキントスも」「ギリシア人の占住以前からあつた植物神」で「古い彫像にあるように」「鬚を生やした青年、あるいは壮年の神体」、「時が来れば人手にかかつて死に、やがて種子として播かれ萌えて出る、穀物の精霊」と原型を明らかにしていく。

この後読者は、もともと古来の神話を持った小アジア系の民族が住んでいた現在のギリシア半島とエーゲ海の島島に、紀元前二千年頃からバルカン半島を南下して侵入したギリシア民族（アカイア人、イオニア人、ずっと遅れて前千二百年頃からドーリア人）が、先住民を征服・融合する過程で、先住民の神話に自分たちの神話を上乗せし、随所に原初の血なまぐささを残しつつ、複雑な神話体系を造っていった事実を知らされることになる。しかし、呉茂一は「実際にギリシア人が都鄙を通じてその生活感情に分有した宗教や信仰、その多様性と豊かな生命力」を伝える「口碑や古伝」の重要性を言いながら、オウィディウス流の洗練化を貶《おとし》めるわけではない。

「とは言うものの、一方ではこのような、あるいは更に一層原始的な形態を示した、いわば璞《あらたま》のような神話伝説をその構想力でせつせと磨き上げ、アモルフに形も整わず不純な分子を交え雑然としたのを、高く美しいものにまで昇華させて賦形し結晶させた仕事も、決してないがしろにさるべきではありません。彼は奇道これは謂わば正道でして、前者の価値も後者を前提としてはじめて成立するとも考えられます」。口碑や古伝をさぐることを奇道と見做し神話の洗練化を正道とする、これは純粋に学者的であるより、文人的態度とでもいえばいいだろうか。

では文人的態度で書かれた『ギリシア神話』上下の内容はどうか。語り口はあくまでも正道に則って親しみやすく、しかし語る所はオリュンポス以前の世界からオリュンポスの神神、諸王家の伝説、諸地方の伝説、叙事詩の世界、民間説話および史的伝説まで。先のはしがきにいわゆる正道・奇道縦横に、西洋古典学上の最新の知見も惜しみなく披露して、神話なるものの本質へ導く。そのおかげで、およそ学問の厳しさから遠い田舎の貧書生も、知らず知らず神神や英雄たちを近しいものに感じていた。だから、その後間もなく岩波文庫のアポロドロス著・高津春繁訳『ギリシア神話』の、あまり文学的とはいえない、事柄だけのそっけない叙述の世界へも、難なく入っていけた。第一巻第一章から。

I　天空《ウーラノス》が最初に全世界を支配した。大地《ゲー》を娶って先ず「百手巨人《ヘカトンケイル》」と呼ばれるブリアレオース、ギュエース、コットスを生んだ。その大きさと力は比類なく、各〻一百の手と五十の頭とをもっていた。これらの巨人の後に大地《ゲー》は彼にキュクロープス達、即ちアルゲース、ステロペース、ブロンテースを生んだ。その各〻は額に一眼をもっていた。しかし天空《ウーラノス》は彼らを縛してタルタロスへと投げ込んだ。これは地獄の中の暗陰な、大地と空との距離だけ大地より離れている所である。更に彼は大地《ゲー》によってティーターン族と呼ばれる子供達、即ちオーケアノス、コイオス、ヒュペリーオーン、クレイオス、イーアペトス、及び末弟クロノスを、またティーターニスと呼ばれる娘達、即ちテーテュース、レアー、テミス、ムネーモシュネー、ポイベー、ディオーネー、テイアーを生んだ。

大地はタルタロスに投げ込まれた子供達の破滅に心平かならず、ティーターン達にその父を襲うように説き、クロノスに金剛の斧を与えた。彼らはオーケアノス以外は父を襲った。そしてクロノスは父の生殖器を切り放ち、海に投じた。流れる血の滴りより復讐女神《エリーニュエス》アレークトー、ティーシポネー、メガイラが生れた。父の支配権を簒奪し、タルタロスに投入せられた兄弟を連れ戻し、クロノスに支配権を委ねた。

しかし彼は再び彼らを縛してタルタロスに幽閉し、姉妹のレアーを妻とした。大地《ゲー》と天空《ウーラノス》とが彼に予言して、自分の子によって支配権を奪われるであろうと言ったので、彼は生れた子供達を呑み込むを常としていた。先ず最初に生れたヘスティアーを呑み、ついでデーメーテールとヘーラー、その後プルートーンとポセイドーンとを呑み込んだ。これに怒ってレアーはゼウスを孕んだ時にクレータに赴き、ディクテーの洞穴でゼウスを生んだ。（中略）レアーは石を襁褓《むつき》にくるんで生れた子供の如くに見せかけ、クロノスに呑み込むようにと与えた。

II　ゼウスが成年に達するやオーケアノスの娘メーティスを協力者とした。彼女はクロノスに薬を呑むように与えた。薬の力で彼は先ず石を、ついで呑み込んだ子供らを吐き出した。彼らと共にゼウスはクロノスとティーターン達と戦を交えた。（中略）ティーターン族を征服してタルタロスに幽閉し、百手巨人共を牢番とした。しかし彼等自身は支配権に関して籤を引き、ゼウスは天空を、ポセイドーンは海洋を、プルートーンは冥府の支配権の割当を得た。

『ギリシア神話』第一巻第一章。そのそっけなさはホメロス以下の詩人たちの流れを汲むヘレニズムの学匠詩人たちの典雅の対極にある系譜学者の系統に繋がるらしいアポロドロス（紀元後一—二世紀の人と推定されるだけで詳細は不明）の簡勁といえようか。それは同時に学匠型呉茂一と学究型高津春繁の特徴でもあろう。高津春繁は『ギリシア神話《ビブリオテーケー》』の訳者まえがきに言う。「本書の特徴は、著者がギリシア神話の伝承として拠った所のものがすべて純粋に古いギリシアの著述によっている所にある。（中略）これは従来日本に於て紹介せられた、一度ローマ文学、特にオヴィディウスの『転身譜《メタモルフォーセース》』（Metamorphoses）を経て、欧洲近代文学に入ったものを要約したギリシア神話とは大いに異っている」。

さらにつづけて「オヴィディウスの『転身譜』はギリシア神話にかりて大衆むきの読物、殊に恋の物語を面白おかしく語ったものであって、その中に描かれている多くの愉しい情景はローマ帝政時代の日常生活のそれであり、その中に表出せられている感情も亦同じくこの詩人の時代のソフィスティケーティッドなものである。これが近世初頭以来欧洲に於ける詩歌の好題材と考えられるに至り、ギリシア神話は多くの詩人によって再び取り上げられ、これに近代的な感情が吹き込まれ、ヘレニズム時代の感傷主義によって変化した神話はここに再度の転身を行った。（中略）これに反してアポロドーロスの伝える神話伝説は遥かに峻厳な、時としては近代的感情には余りにも酷な、野蕃なものが多いのである」という。

　これを要するに、ギリシア神話の紹介者としての呉茂一と高津春繁の態度は対蹠的《たいせきてき》。原ギリシア神話からホメロス、三大悲劇詩人を通ってローマ帝政期のオウィディウスに至る洗練化の流れを、呉が正道と認めるのに対して、高津は奇道、というよりむしろ邪道と否《いな》む。これは呉の西洋古典学における文人的態度を否むことでもあろう。高津は一九〇八年生まれで一八九七年生まれの呉より十一歳年少。しかし、西洋古典学の先駆者のひとり田中秀央《たなかひでなか》を叔父に持ち、呉に四年後れてオクスフォード大学に留学、四年にわたるギリシア語とサンスクリット語の比較研究の成果を持って帰って誇り高く、呉に対して生涯先輩後輩の礼は取らず、かえってしばしば対立した。そこから考えれば、高津の『ギリシア神話《ビブリオテーケー》』訳者まえがきは呉の『ギリシア神話』はしがきへの反論のようだが、事実は高津訳『ギリシア神話』は一九五三年刊行で、呉著『ギリシア神話』刊行より三年早く、呉のはしがきのほうが高津の訳者まえがきへの婉曲な異議表明ということになろう。

　もっとも、異議表明といっても呉流に文人的態度を失わず、文中に「また簡潔ながらことに広く系譜上の知識を集積して体系化したアポロドーロス（後一世紀頃）の“Bibliotheke”（高津春繁氏訳『ギリシア神話』）の功績も大きなものがあります」という紹介もある。こういう呉の著わした『ギリシア神話』に導かれたから、何の抵抗もなくやすやすと高津の訳したアポロドロス『ギリシア神話《ビブリオテーケー》』に入っていけたが、もし逆だったらどうだったろう。気質的に呉に近くはるかに劣弱な理解力しか持たない私は、高津の訳者まえがきを読みかけた段階で、自分が原ギリシア神話の峻厳酷烈からあらかじめ拒まれていると感じて、退散したかもしれない。

しかし、わが国の西洋古典学が呉茂一の文人型と高津春繁の学究型の両者を持ったことは、広く学芸に興味を持つ者、すくなくとも私にとっては倖せなことだった、と思う。呉は学芸の沃野に遊ぶ随想作品ともいえる『ギリシア神話』は著しても、およそ遊びの気分から遠いアポロドロスの『ギリシア神話《ビブリオテーケー》』を和訳することはなかったろうし、いわんやあの精緻を極める『ギリシア・ローマ神話辞典』（一九六〇年、岩波書店刊）を単独編纂することは考えられまい。呉・高津両者の生前の関係は措き、呉の『ギリシア神話』と高津の『ギリシア・ローマ神話辞典』は、わが国のギリシア神話に興味を持つ者にとって、最も重要な二冊といえよう。すくなくとも私にとってはそうだ。

さて、アポロドロス『ギリシア神話』は第一巻、第二巻、第三巻、摘要から成り、神神について述べるのは第一巻の第一章から第六章まで。第七章から第九章はデウカリオンの後裔。第二巻は第一章から第八章まですべてイナコスの後裔。第三巻は第一章から第七章までがアゲノルの後裔。第八章・第九章がペラスゴスの後裔。第十章から第十二章がアトラスの後裔。第十四章から第十六章がアッティカの諸王。摘要は第一章テセウス、第二章ペロプスとその後裔、第三章「イリアス」以前のトロイア物語、第四章「イリアス」、第五章「イリアス」以後のトロイア物語、第六章帰還、第七章「オデュッセイア」とその後日譚。つまり、訳名を『ギリシア神話』といいながら、神神について述べるのは全体の六分の一強。大部分は人間の物語だ。

これは著者のアポロドロスが系譜学者の流れを汲むらしいことによることはもちろんだが、神話、とくにギリシア神話とは何かに深く関わっていよう。神話とは読んで字のごとく神神のことを語るものだが、その前提には何のために語るのかという問題があるはずだ。人間が神神のことを語るのは、なぜ自分があり、自分を取り囲む世界があるのかを知りたいから、知って自分という存在の拠って立つ不安を去りたいからではないだろうか。どんな未開民族の未開の神話もこの希求から出ているはずだが、自覚されていたかは怪しい。その点、ギリシア民族の神話の場合は先住民族の神話との複雑な葛藤によって象《かたちづく》られただけに、深く自覚されていた。その結果がきわめて人間くさい神神を産み、神神から出た英雄たちと、その英雄たちを始祖とする夥しい諸王家の物語を産んだのだろう。その意味では神話は人話、神神を語るのは人間を語ることにほかならず、ひいては神神を語ることよりも人間を語ることに興味の中心が移っていったもの、と思われる。古代ギリシアに顕著な、煩瑣なまでの系譜学の隆昌も、おそらく一半はそこに繋がっていよう。

古代ギリシア文学史を見渡して、神神自体が主題になった作品は意外に乏しい。ヘシオドスの『神統譜』、ホメリダイ（ホメロスの裔を称する吟遊詩人たち）の『諸神讃歌』、サッポオの「アプロディテ讃歌」などを別にして、二大叙事詩の主要登場人物は英雄《ヘロス》と呼ばれる人間で、『イリアス』はトロイア城外のエーゲ海につづく平野での、ギリシア方のアキレウスとトロイア方のヘクトルを中心にした戦闘の物語、『オデュッセイア』はトロイア陥落後の、ギリシア方のオデュッセウスの海上遍歴と故国帰還の物語。またギリシア悲劇の主題はいずれも英雄とその家族の葛藤の経緯で、アイスキュロスの『オレステイア』三部作（『アガメムノン』『供養する女たち』『慈しみの女神たち』）はトロイア戦争のギリシア方総帥ミュケナイ王アガメムノン、妻クリュタイムネストラ、息子オレステスの、ソポクレスの『オイディプス王』『アンティゴネ』『コロノスのオイディプス』はテバイの王オイディプスとその母にして妻イオカステ、娘のアンティゴネの、エウリピデスの『メディア』はコルキスの王女メディアとその夫イアソンの、それぞれ家庭悲劇。神神は叙事詩ではしばしば、悲劇でも時に顔を出すが、それはつねに脇役として。ギリシア文学はあくまでも人間の文学なのである。

『イリアス』1

古代ギリシア文学の代表がホメロスの二大叙事詩『イリアス』『オデュッセイア』だというのは、世界文学史的にはかなり奇異なことではあるまいか。一民族あるいは一言語の文学は小さいものから大きいものへ、低いものから高いものへというのが常道だろう。ところが古代ギリシア文学史においては、最も大きく最も高いものが最初に出現しているのだから。その後、盛期から頽廃期まで、それ以上に大きく高いものはついに出なかったのだから。

二大叙事詩の成立は西暦紀元前八〇〇—七五〇年頃と推定されている。二作ともホメロス作と伝えられ現行二十四歌から成るが、分量は『イリアス』が一万五六九三行で、『オデュッセイア』の一万二一一〇行より二割がた多く、文学的評価も前者のほうが高い。また成立年代も、用語の上からも内容の上からも前者のほうが早いとされる。古代ギリシア文学が古いほうが大きく高いという事実は、二大叙事詩に限ってもいえるわけだ。

『イリアス』の意味するところはイリオンの歌。イリオンはトロイアの別名。トロイア＝イリオンの故地は一八七二年、現トルコ共和国小アジア北西部ヒッサルルクの地に、『イリアス』の叙述を事実と信じるドイツ人H・シュリーマンによって発見され、W・デルプフェルトらによって追加発掘が続けられ、重なる九層の城塞都市の存在が明らかになった。第一市は前三千年まで遡り、すでに城壁をめぐらし青銅器文明を有していた。

当地はアイガイア（＝エーゲ）海北東部、マルモラ海、黒海に抜けるヘレスポントス海峡に近いスカマンドロス河流域の丘上にあり、周辺の平野および後背地の農産物・鉱産物に富み、海上貿易の要衝として古くから繁栄したらしい。殷賑を極めたのは前二五〇〇年から前二二〇〇年頃にわたる第二市の時代で、シュリーマンが発見して名付けた「プリアモスの財宝」に代表される豪華な発掘物は、じつは『イリアス』の時代より千数百年早いもの、したがってトロイア王プリアモスの財宝とはシュリーマンの妄想だったことになる。

それから紆余曲折があって最盛期を迎えるのが、歴史考古学にいわゆるミュケナイ時代のミュケナイ文化圏に含まれる第六市時代（前一八〇〇～前一六〇〇）で、続く第七市A（前一三〇〇～前一二六〇）が『イリアス』の舞台のトロイアだろうと推測されている。第七市Aの発掘結果はミュケナイ時代末期の前一二六〇年頃の、外部からの侵略によると覚しい全般的破壊の痕跡が認められるからだ、という。

『イリアス』にいわゆるトロイア戦争の真相とは、どういうものだったか。おそらくはミュケナイ時代末期のギリシア人、『イリアス』の呼びかたではアカイア人が、何らかの口実のもとにアイオロス族トロイアの繁栄を奪うべく侵略、王以下男性を皆殺しにし、女性は奴隷として故郷に連れ帰った歴史的事実があったのだろう。これは当時のギリシア世界の大事件だったから、これを語り伝える叙事詩が生まれ、生まれた叙事詩は口唱伝承の中でさまざまなヴァリエーションを生み、その過程でその時代時代のいろいろな要素を採り入れつつ、磨かれていったものと思われる。

トロイア戦争勃発から現行『イリアス』成立までの三百数十年のギリシア世界は、原始的な略奪経済から新しい交易経済への過渡期で、その中で正義の原型のようなものが形づくられていった、それが原『イリアス』を現行『イリアス』に成長させた、とは考えられないだろうか。その過程で原始的な略奪を勇ましさの表出としていた古い通念がしだいに後ろめたくなり、トロイア戦争の原因をトロイア方に転嫁する伝説が拵えられた。スパルタに賓客として迎えられたトロイアの王子パリスが、賓客関係の倫理を裏切ってスパルタ王妃ヘレネと恋に落ち、彼女をトロイアに連れ去ったため、正当な報復としてスパルタ王メネラオスの兄のミュケナイ王アガメムノンを総帥にアカイア方がトロイアに攻め寄せたというものだ。

この敵方に戦争の原因を転嫁したことにも後ろめたさが拭いきれなかったのか、次には神神に原因が転嫁される。増えすぎた人類を戦争によって減らすべく、大神ゼウスは争いの女神エリスに最も美しい女神に与えられる黄金の林檎を投げさせる。林檎をめぐって、ヘラ、アテナ、アプロディテ三女神のあいだに争いが生じ、三女神は世界一の美男の誉れ高いトロイア王子パリスに裁定を依頼した。裁定に先立って、三女神はそれぞれ賂《まいない》を約束した。ヘラは全アジアの王位を、アテナは戦いの勝利と知を、アプロディテは世界一の美女を。
若いパリスは最も美しい女神にアプロディテを選び、世界一の美女ヘレネを得たが、選ばれなかった二女神ヘラとアテナは憤懣やるかたなく、パリスのみでは収まらずトロイアの滅亡を企てる。こうしてトロイア戦争が起こったとすれば厳密にいえば、パリスも、トロイア全体も、そしてトロイアに攻め寄せたアカイア方も、神意の犠牲者ということになる。こうして『イリアス』の世界ではギリシア方もトロイア方も対等となり、語り手も聴衆も後ろめたさから解放された、というわけだ。

さて、現行『イリアス』は十年続いたトロイア戦争の最終の年、約五十日間の事件を、アカイア方第一の英雄アキレウスを中心にうたう。トロイアの城市がいかに難攻不落を誇ったにしても、アカイア族の各地から駈けつけた連合大軍を前に十年もの長期間保《も》ちこたえたとは考えられない。トロイア第七市Aの規模からいっても、十年という歳月もアカイア方の連合大軍も、語りものでは常套の、話をおもしろくするための誇張以外の何ものでもあるまい。

それにしても、蜿蜒とつづく戦闘を終結近い五十日ほどの、それもアキレウスなる一人の人物を中心に焦点を絞った構成は、近代的といえるまでに見事だ。おそらくは長く続いた叙事詩時代がようやく煮詰まってきたこと、その時も時、後世にホメロスと呼ばれる天才が登場して、それまでさんざ語られてきた話の発端から日日続く戦闘の退屈な繰り返しを切り、さらにまた戦争終結の顚末を切って、緊密な二十四歌にまとめあげた、ということだろう。その主題をいうならアキレウスの怒りとその克服だろうか。
『イリアス』(岩波文庫「イーリアス」呉茂一訳。昭和二八年第一刷発行・同三九年第一一刷改版発行による)第一書は次のように始まる。

怒りを歌え、女神よ、ペーレウスの子アキレウスの、
おぞましいその怒りこそ　数限りない苦しみを　アカイア人《びと》らにかつは与え、
また多勢の　勇士らが雄々しい魂《たま》を冥王が府へと
送り越しつ、その骸《むくろ》をば　犬どもや　あらゆる鷙鳥《しちょう》のたぐいの
餌食としたもの、その間にも　ゼウスの神慮は　遂げられていった、
まったく最初に争いはじめて　武夫《もののふ》らの君アガメムノーンと
勇ましいアキレウスとが　仲たがいしてこのかた。

「怒りを歌え、女神よ」というのだから、詩人の意識においても、聴衆の意識においても、すくなくとも建て前においては、歌う主体は詩の女神ムーサ、詩人はムーサの意に従う代行者ということだろう。詩人がムーサの代行者として歌うのはアキレウスの怒りの顚末、ただしその怒りは「おぞましい怒り」というのだから、ムーサそしてその代行者である詩人に肯定されているわけではない。怒りはこのアカイア方第一の英雄の特徴の一つだが、強さというよりは弱さ。この弱

さを克服することにより、アキレウスは英雄であることを実現するというのが、現行『イリアス』の完成者ホメロスの意図といえようか。

アキレウスの怒りの発端はギリシア方の総帥アガメムノンの傲慢さにある。アガメムノンの傲慢さはおぞましいという以上に醜い。先のトロイア方との戦闘で得た分捕り品を諸将で分けたアガメムノンの取り分に、トロイア方のアポロンの祭司クリュセスの娘クリュセイスがあった。祭司クリュセスは莫大な身代《みのしろ》をもってアガメムノンとメネラオスの陣屋を訪れ、愛する娘を返してくれるよう懇望する。アガメムノンはけんもほろろにはねつけ、クリュセスはアポロン神に祈り訴える。アポロン神は祈りを聞き届けて、アカイア方に九日にわたって疫病の矢を射かけつづけ、ためにアカイア方の兵士たちはつぎつぎに殪《たお》れていった。十日目、事態を憂えたヘラ女神に促されて、アキレウスが会議を招集し、神意を問うことを提案する。提案に従って占いの第一人者カルカスが、処女クリュセイスを父の祭司に返さない限り、アポロン神の怒りは止まずアカイア勢は殪れつづけるだろう、と予言する。

アガメムノンはカルカスを兇事《まがごと》の占い師と罵った上で、処女を返さなければならないなら、代りの分け前をと要求する。アキレウスが立ちあがって、先の分捕り品は分けてしまって御身に渡す分け前がないことは承知ではないかという。アガメムノンはアキレウスの取り分のブリセイスをよこせと迫る。とどのつまり、クリュセイスを船に積んで返し、しかしアキレウスに向けた怒りの鉾先を収めることなく、伝令たちにアキレウスの陣屋に行ってブリセイスを連れてくるよう、言いつける。陣屋の前で脅えて立っている伝令たちにアキレウスはお前たちに咎はないと宥め、ブリセイスを手渡す。

誇りを深く傷つけられたアキレウスは、母の海の女神テティスに恥を雪《そそ》いでくれるよう訴える。テティス女神はオリュンポスに上りゼウス大神の膝にすがり、息子の名誉回復を願う。大神はこれを聞き届け、アキレウスの退いた戦闘をアカイア側の敗けいくさに持っていくべく想を練る。

その間、大神の送った夢の、いまトロイアを攻めれば勝つとの贋のお告げによるアカイア側の勢揃え、それに対抗してのトロイア方の勢揃え、勝ったほうがヘレネを得て両軍和睦という条件でのメネラオスとパリスの一騎討ち、アプロディテ女神とアテナ女神の介入による一騎討ちの挫折、アカイア方のディオメデスの目覚ましい働き、アカイア方のディオメデスとトロイア方のグラウコスの親しい家どうしであることを知って鎧を交換しての別れ、トロイア方の総帥ヘクトルの申し出によるヘクトルとアカイア方のアイアスの一騎討ちと贈物を交換しての別れ……などのことがあるものの、ヘクトルの勇猛な働きもあってトロイア方の優勢が続く。

アカイア方は会議を開き、長老ネストルの忠告で、アガメムノンがアキレウスに謝って戦列に戻ってもらうべく、奪ったブリセイスの返還のほか、多くの償いの目録を付け、アイアスとオデュッセウスら使いを出す。念友のパトロクロスを傍らに竪琴を弾いていたアキレウスは、一行を酒と肉で饗したあと、二人の話を聞くが、戦列に戻ることは断わる。

アカイア方の敗けいくさが続き、アカイア方に肩入れするポセイドン神はゼウス大神の隙を見て、アカイア方に味方する。ヘラ女神は美しく装い眠りの神を伴なってゼウス大神を恋心に陥らせ眠らせてしまう。ヘラ女神の報らせを受けてポセイドン神はアカイア軍を立てなおし、トロイア軍は劣勢になる。ついには総帥ヘクトルさえ傷を負うありさまで、アカイア軍はますます勢いづく。

ゼウス大神は目を覚まして怒り、ポセイドン神に身を引くことを命じ、アポロン神にトロイア方の加勢をさせる。アポロン神に助けられてヘクトルはアカイア方の囲いの中になだれこみ、船に火をかけるようトロイア方を励ます。アキレウスの陣屋からも見える味方の劣勢にパトロクロスは涙を流し、鎧兜を貸してくれるようアキレウスに頼みこむ。アキレウスはパトロクロスに自分の武具を貸し与え、兵士たちを付けてやる。そして言うには、ヘクトルとトロイア軍を船のそばから追い払え、しかし深追いしてトロイアの城壁まで攻めこむことはやめよ、ゼウス大神もそこまでは許されまいから。

アキレウスの具足に身を固めたパトロクロスの出現に、トロイア方はアキレウスが怒りを解いて戦列復帰したかと怖れふためく。パトロクロスはトロイア方のピュライクメスを殪し、トロイア方の援軍のリュキア勢を率いるサルペドンとたがいに戦車を降りて闘いあう。ついにパトロクロスの槍にかかってサルペドンが死ぬのを、サルペドンの父であるゼウス大神はオリュンポスの高みからなすすべもなく見守るのみ。

大神は息子サルペドンのために復讐する。ヘクトルの戦車をトロイアの城市へと駈け出させると、トロイア軍もそれにつづく。これを見たパトロクロスは出陣の折のアキレウスの注意も忘れて、トロイアの城壁にまで深追いする。パトロクロスがヘクトルを追って城壁をよじ登ると、トロイア方に味方するアポロン神が三度までつき落す。とどのつまりは靄に身を包んだアポロン神がパトロクロスの肩を後ろから叩き、大兜が頭から落ち、大槍はくだけ、大楯まで地面に落ち、胸鎧さえほどけてしまう。茫然と立ちすくむパトロクロスの肩のまん中をエウポルボスが槍でつき通し、とどめにヘクトルが腹をつき刺すと、ついにパトロクロスは地面に殪れる。

死んだパトロクロスの武具をめぐって、ヘクトルとアカイア方とのあいだに取り合いが続き、ついに武具を奪ったヘクトルはこれを着て力づく。アカイア方はまたしてもトロイア方に押され、パトロクロスの屍さえ奪われそうになる。ゼウス大神がトロイア方に味方しているのを見て取ったメネラオスは、アキレウスが念友のパトロクロスの屍を守りに来るよう、ネストルの子アンティロコスをアキレウスの陣屋に走らせる。と、以上が十七書まで。このアキレウスがアガメムノンに誇りを傷つけられた怒りから戦線を退き復帰するまでの息もつかせぬ展開は、三百数十年という時間の無数の詩人たちの口唱伝承の中で磨かれ、締め括りにホメロスと呼ばれる一人の天才によって纏められた事実を物語るものだろう。

この天才はトロイア戦争伝説の十年を最後の年のほぼ五十日に集約させ、主題をアカイア方第一の英雄アキレウスの怒りから始めた。この怒りのうちにアカイア・トロイア両軍の戦いは進み、しかしこれが終結するためには、アキレウスのアガメムノンへの怒りが克服されなければならない。怒りは何によって克服されるか。もう一つのさらに大きな怒りによって。

具体的にいえば第一の怒りが分捕り品の処女ブリセイスを奪われた怒りなら、第二の怒りは幼な馴染みの念友パトロクロスの生命を奪われた怒りだ。第一の怒りが誇りを傷つけられた怒りなのに対して、第二の怒りは愛する念友を喪った悲しみから来る怒りであり、第一の怒りより精神的に高度な怒りということになろう。精神的に高い怒りが低い怒りに打ち克ち、アキレウスは戦線に復帰し、喪失感を補塡するかのようにヘクトルに立ち向かい、これを殪し、それにも足りず屍をさんざんに蹂躙する。

しかし、より高い怒りといえども怒りには違いなく、怒りに停っていてはアキレウスは真の英雄ではない。『イリアス』の残る十八書から二十四書までは、アキレウスが第二の怒りさえ克服して真の英雄になる物語ということになろう。

『イリアス』2

聖書や仏典を持たない古代ギリシア人にとって、それらに代わる役目を果たしたのはホメロスの二大叙事詩、なかんずく『イリアス』だったといわれる。『イリアス』の主人公はアキレウス。アカイア方第一の英雄でありながら、総帥アガメムノンへの私的な怒りから前線を退き、味方に壊滅的打撃を齎《もたら》したアキレウスのその怒りの顚末を語る『イリアス』が、なぜ古代ギリシア人の聖典、というのが言い過ぎなら倫理の原典でありえたのか。

思うに『イリアス』に語られるアキレウスは、その朗唱に耳を傾けた当時のギリシア人の気質を集約して誇り高く、そのゆえに誇りを傷つけられることに敏感で怒りっぽい性格の持主。だから、アキレウスの怒りとその克服は聴衆ひとりひとりにとり、身にしみて日日の、そして人生の模範となりえたのではないか。人間の男と女神とのあいだに生まれた半神ということになっているアキレウスは、ホメロスの語る限りでは神神の側よりも人間の側に属する印象が強い。

アキレウスの怒りには、したがってまたその克服には二段階がある。第一段階の怒りの対象は味方の総帥のアガメムノン。この男は総帥でありながら味方の諸将への顧慮や寛容に欠け、味方の戦利品のうちの自分の取り分を返さなければならなくなった腹いせに、正論を述べるアキレウスの取り分を力ずくで奪い取る傲慢と私欲の鼻持ちならない存在で、これに対するアキレウスの怒りが説得力を持つ。

この第一段階の怒りは、アカイア方の窮状の果てのアガメムノンの謝罪によっても解消されない。さらなる敗北つづきについにいたたまれなくなった念友のパトロクロスが、アキレウスの武具を借りて前線に出、トロイア方の総帥ヘクトルを深追いして斃されることによる第二段階のヘクトルに対する怒りが、第一段階のアガメムノンへの怒りにうち克ち、アキレウスはやっと戦線に復帰する。では、誇り高いアキレウスをしてアガメムノンへの怒りさえ捨てさせたヘクトルとはどんな人物か。

アガメムノンの理不尽への怒りを忘れるほどの怒りを起こさせた人物だから、アガメムノン以上に理不尽かというとまったく逆で、同じく総帥といっても諸将に闘わせて自らは安全な陣屋に坐しているのではなく、率先して闘いの最先端に立つ。いわば本来のアキレウスと対応する大丈夫で、しかもつねに冷静という点ではアキレウスに勝っている。もし平和時ならアキレウスと盟友の交誼を結んでも不思議はない人物だ。

アガメムノンと対応すべきトロイア方の人物は、戦争の原因をつくっておきながら闘いから逃げてしまう卑怯未練な無責任男パリスではあるまいか。第三書で、自ら自分とメネラオスの一騎討ちで勝ったほうがヘレネと財宝とを取って両軍は和解という提案をしながら、じっさいに一騎討ちの場でメネラオスに負けそうになると、トロイア城内に逃げ帰り、敗けたら返す約束だったヘレネと喋喋喃喃《ちょうちょうなんなん》するのだから。

もっとも、それはメネラオスに兜の馬の毛飾りを摑まれ、アカイア勢の中に引きずって行かれるところを、アプロディテ女神が兜の紐を切り、沢山の靄で包みかくして、トロイア城内のヘレネの許に連れていったせいになっている。しかし、それは愛欲に惹かれて戦さの庭を捨てたことの別な表現にほかなるまい。同様にその後、トロイア方を憎むアテナ女神の唆《そそのか》しによって、トロイア方のパンダロスが協定破りの矢を射かけるのも、パンダロスの押えがたく逸る戦意《いくさごころ》の比喩にすぎまい。

ヘクトルの情理兼ね備えた魅力がみごとに描かれているのは、第六書の卑怯な弟パリスを探しに城内に戻って詰《なじ》った後、愛する妻アンドロマケと嬰児スカマンドリオスに会う条《くだ》りだ。あなたがアカイア方に殺されたら、私たちは頼る人とてないのだから、私たちの許にとどまってください、それから城外の最も攻め登りやすいところに守りの人数を置いてください、と訴えるアンドロマケに対してヘクトルは言う（以下、岩波文庫旧版、呉茂一訳）。

「いや、私にしても、そうした事には一々十分気を配っている、だが別して
トロイエー人《びと》や　裳《もすそ》を引きずるトロイエー女に　恥じも畏れもしているのだ、
もしも私が卑怯な者みたように　戦さを避けてすっ込んでいては、申し訳ないと。

私の心だとても、それは許さぬ、もとより私が始終雄々しく
立ち振舞《ふるま》って、トロイエー軍の先頭に立ち　戦えとばかり学んだからは。
また父上や私自身に　大いな誉れを獲てくるようにと。
いかさまこうと私も十分　胸にも腹の底からも覚悟はしている、
いつかはその日が来ようということ、聖《とうと》いイーリオスもプリアモスも
そのプリアモスのとねりこの　槍もよろしい兵《つわもの》どもも滅び去る日が。
だがそのトロイエー軍らの後々の苦しみとても　それほどには気懸りではない、
また（母）ヘカベーの嘆きさえ、また父プリアモス王や
兄弟たちの苦難というとも。大勢いて勇敢とはいえ、その兄弟も
敵たう者らの手にかかって、塵ひじの中に殪れよう、だがそれとてお前の
嘆きほどには（気に懸らない）。誰かしらぬ青銅の帷衣《よろい》を着たアカイア人《びと》が、
涙にくれるお前を引いてゆく折の、自由の日々を奪うてからに。
そしてあるいはアルゴスに住み、他処《よそ》の女の言いつけで機《はた》を織ろうか、
またおそらくはメッセーイスか、ヒュペレイアーの泉の水を　汲むでもあろう、
ひどい恥辱を身に受けながら、厳《きび》しいさだめに圧しひしがれて。
またいつかは、涙を流すお前の姿を　見ていう人がありもしようか、
あれが昔のヘクトールの妻だ、イーリオスをめぐって戦うた折、

馬を馴らすトロイエー軍中、わけても武名《ぶめい》が聞こえた者の。
こういう人がいつかはあって、お前に今さら辛《つら》い思いをさせよう、
隷従の日を禦《ふせ》いでくれる　かほどの良人《おっと》を失《な》くした嘆きに。
だが願わくは、とっくに私は死んで終って、盛り上げた墳《つか》に秘《かく》れていたい、
お前の叫び、引摺られてゆくお前の声など、聞こえぬうちに。」

こう言ってヘクトルは愛児スカマンドリオスに手をさし延べるが、嬰児《みどりご》は青銅の甲冑に身をかためた父親の外貌《なりかたち》に脅えて乳母のほうへとそっくり返る。そこでヘクトルもついでアンドロマケも笑いくずれ、すぐさま頭から兜を脱ぎとって地面に置き、やっと父親とわかって安心したわが子に接吻《くちづけ》し、手にとって揺すぶり上げ、さてゼウス大神や他の神々に祈りを捧げて言うようには、

「ゼウスや他の神々たち、願わくはこれなる私の　児もまたまさしく
この私と同様に、トロイエー人らのあいだに　その名を顕わし、
同様に力も優《すぐ》れて、イーリオスをなびけ治める君となるよう、
またその戦《いく》さから帰るのを見て、誰彼も言いますように、『この男は
ともかく親父よりは　ずっと優《すぐ》れた者だな』と。それで敵の武士を討ち取り、
血にまみれた獲物を持ち帰れば、母も心に喜びますよう。」

こう言い終えると、いとしい妻の手に自分の子供を
置いてやった、彼女はそれを薫香《たきもの》の香《かお》りもゆかしい懐《ふところ》に受けた、
涙のうちにも微笑《ほほえ》みながら。良人《おっと》はそれを目にとめて哀れと思い、
手をもって妻を撫でさすり、その名をよんで言い聞かせるよう、
「困った人だね、どうかあんまり胸を痛めて嘆いてくれるな、
だって私をまだ誰も、定業《じょうごう》に超えて冥途にやるというのではない。
それにまた死の運命は、人間の世の誰一人として、免《のが》れおおせる
者はないのだ、臆病者でも勇士にしても、一旦こうと定《きま》った上は。
だからさあ、家へ帰って　お前自身が受持った事を　するようにおし、
機《はた》を織るなり、糸巻き竿を繰るなりして、侍女《こしもと》たちにも
仕事をせっせとやるようにお言い、戦《いく》さは男の連中がみなで、
とりわけ私が引受けようから――さてイーリオスに生れた以上は。」
　こう語りおえて、誉れかがやくヘクトールは、馬の毛飾りを
つけた兜を取り上げれば、愛《いと》しい妻も家の方へと歩いていった、
いく度となく後《うし》ろを振り向き、溢れる涙をこぼしながらも。
それから間もなく　つわものを斃すヘクトールの　構えもよろしい
館《やかた》に着くと、中へはいって大勢の侍女《こしもと》たちに迎えられたが、

その誰彼にも、一人のこらず哀号《あいごう》のこえをあげさせずにはおかなかった、
　つまりはヘクトールが生きてる中から、自分の家で悼《くや》みをしたと
　いう訳だった、というのもみなみな彼が　戦いから戻ろうなどとは、
　思いがけもしなかった故——アカイア軍の武勇や腕を逃がれおおせて。

『イリアス』の中の最も美しい二つの条りの一つだろう。ずいぶん長い引用になったが、その美しさを味わうためにはこれ以上削るわけにはいくまい。トロイア方の若き総帥はトロイア方の、またアカイア方のどんな武将にも劣らず妻と子を愛し、侍女たちに侍《かしず》かれた家庭を慈しんでいる。そして、そのことを心優しく表現する。しかし、たとい運命的に死が免かれないとしても、自ら戦闘の先頭に立って闘わなければならないときびしく心に決めてもいる。それは彼の義務であるとともに、誇りでもある。そのことを知っているから、妻は涙をこぼしつつも最終的には従わざるをえず、侍女たちは一人残らず哀号の声を挙げたのだ。

平和時にならら盟友となったでもあろう、トロイア方第一の人物とアカイア方第一の人物の出会いは、不幸なものだった。アキレウスが味方の総帥アガメムノンへの怒りを解かず、陣屋に籠りきりだったら、二人は出会わなくてすんだろう。しかし、アキレウスの不参加のためのアカイア方の敗色続きに、たまりかねてアキレウスの甲冑を借りて出た念友のパトロクロスがヘクトルに斃《たお》されるに及んで、アキレウスの身心を満たした悲しみと綯《な》い交《ま》ぜの新たな怒りは、アガメムノ

ンへの怒りにうち克ち、アキレウスはアガメムノンと和解して戦場に向かう。アテナ女神の欺きもあって、ついにアキレウスの槍に咽喉《のど》を貫き通された虫の息のヘクトルと勝ち誇るアキレウスのやりとりは無惨を極める。

「頼むから、御身の命と、その膝と、御身の両親にも掛け、
どうか私を　アカイア軍の船傍で　犬らが裂くのに任《まか》せてくれるな、
それより御身が　青銅や黄金　なんどをどっさり贖《あがない》として
受取るように、必ず父や母君《ははぎみ》が　寄越すだろうから。
してこの体は　家へと送り返してくれ、死んでからトロイエー人《びと》らや
トロイエー人《びと》の家妻たちが　私を火葬に附してくれるよう。」
　それを上眼《うわめ》に睨《にら》みつけ、脚の迅いアキレウスが対っていうよう、
「何だと、犬めが、膝だとか両親だとかに　掛け頼もうなどと。
まったくこの身を　気勢や忿《いか》りが駆り立て、御身を生《い》けたまま切り割いて
啖《く》わせてくれたらよいに、――それほどの目に遭《あ》わせた御身を。
されば誰とて、御身の首から　犬どもを追っ払う者は到底なかろう、
よしたとえ、十倍、また二十倍ほど、数知れぬ償《つぐな》い代《しろ》を
此の処に運んで来て　積み立てようと、他にもどれほど約束しようと。

またたとえ　ダルダノスの裔《えい》プリアモスが、御身の体を
黄金の重さに　測《はか》って代えると言い出そうとて、かならず母御が、
自分の生んだ、御身を臥床《ふしど》に据《す》え置いて　哭《な》き悲しむことはできずに
犬どもや鷲鳥《おおとり》どもが、御身をすっかり啖《く》いつくそうよ。」
　それに対って、いのち絶えつつ　燦めく兜のヘクトールがいう、
「いかにも御身を眺めるからに　十分解《わか》る、とても御身は説き附けられ
ようもないのが、まことや御身の　胸なる心は鉄《くろがね》であろう。
それならよくよく思案するがいい、私のことから　神々の御忿《いか》りを蒙らないよう。
パリスとポイボス・アポローンとが　いつか御身を、よしいかほどの
勇士だろうと、スカイア門で討ち取られようというその日に。」
　こう言い終《お》えた彼の身を　死の終りがすっかり蔽うと、
その魂魄《こんぱく》は四肢《てあし》を　抜けて飛び去り、冥王の府へと、身の運命《さだめ》を
悼《いた》み哭《な》きつつ赴いたもの、雄々《おお》しさと若さの華《はな》を後に遺《のこ》して。
生命《いのち》の絶《た》えた者に対って　勇ましいアキレウスが言うようには、
「死んで終《しま》え、死の運命《さだめ》を　私はそのおり　身に受けようよ、全くいつなり
とも、ゼウスや、その他の不死なる
　神々が、果《は》たされようと望む折には。」

この後、アカイア方の諸将が来て槍を取り、てんでにヘクトルの屍に突き刺す。アキレウスはそれでも足りず「雄々しいヘクトールに　無慚な所業を企《たく》らみ出し、／両方の脚の後《うし》ろ方《かた》に、踵《かかと》の上から足の附根《つけね》へ、／腱《けん》のところに穴を穿《うが》って、牛皮づくりの細紐《ひも》をそれへ結《ゆ》いつけ、／二人乗車の後へ繋《つな》いで、頭《こうべ》を引き擦《ず》られるのに任《まか》せた」。

ポリス間の戦争と略奪が常態だった蒼古の時代でも、死者は生者より重いものとの共通感覚《コンセンサス》から、敵同士の死体の引き渡しは最低限のルールだったのではないか。それを引き渡さないのみか傷めつけて引き回すのは、償いの申し出を拒否して分捕り品の少女を返さなかったアガメムノン以上に人非人的と言わざるをえないのでは？

アキレウスは第二のより高い怒りによって第一の怒りを克服したが、結果的に第一の怒りの時よりも低い状態に陥ったことになったのではないか。

『イリアス』3

冒頭に「女神よ　怒りを歌え」（岩波文庫旧版　呉茂一訳。以下も）というとおり、『イリアス』はアカイア方第一の勇将アキレウスの怒りの顚末をうたう叙事詩。だのに敵トロイア方の総帥ヘクトルをアキレウス以上に完璧で魅力的な人物に描いているのは、なぜか。さらにはアカイア方側からうたわれているはずなのに、アカイアの歌ではなくトロイアの歌（「イリアス」はトロイアの別名イリオンの歌を意味する）と名付けられているのは、なぜか。それはまた最終的な作者とされる詩人ホメロスの出自とも関わろう。

ホメロスは本名メレシゲネス。ホメロスは仇名で盲人または人質の意味という。生地についてはスミュルナ、キオス、キュメ、コロポン、死の地はイオス……と、いずれも小アジア沿岸または近海の島嶼が有力。生存年代はトロイア戦争と同時代という説から前六八六年頃という説までまちまちだが、現在では二大叙事詩『イリアス』『オデュッセイア』の成立年代は前八〇〇年から前七五〇年の間にほぼ定着を見ている。

おそらくトロイア陥落という大事件ののち生まれた伝説が、吟遊詩人たちに語られる中でさまざまなヴァリエーションを産み、それを最終的に現行のかたちに整えた天才がホメロスの名をもって呼ばれたのだろう。『イリアス』と『オデュッセイア』の作者については構成や表現の相違の上から別人説と同一人説とがあり、同一人の場合は両作の完成時期に数十年の開きがある、と考えるべきだろう、という。

かりに同一人ということにすれば、両作の言語がイオニア方言とアイオロス方言の混合体という事実から、ホメロスは両方言を日常的に使い、トロイア人と同じアイオロス族の血が自分の中にも流れているとの意識を持っていて、それがトロイア方総帥ヘクトルに肩入れさせた、と考えるべきかもしれない。という以前に、小アジア沿岸と近海島嶼の諸ポリス市民を主とする聴衆たちが両方言に通じ、同じ意識を持っていたということでもあろう。

トロイア戦争の真相はおそらく繁栄するトロイアの富を奪うため、アカイア族が一方的に攻撃したもの。その事実を糊塗するためにトロイア王子パリスのスパルタ王妃ヘレネとの不倫・誘拐伝説が拵《こしら》えられ、叙事詩が育っていった。しかし、小アジア沿岸および近海島嶼の聴衆たちはトロイア滅亡の悲劇的真実をうすうす知っていて、それがトロイア方の登場人物たちを人間的に造りあげた。それはまたギリシア世界では最初に都市化した小アジア沿岸および近海島嶼の洗練好みでもあったろう。

アカイア方のアガメムノンのような粗野で威丈高な人物はトロイア方にはいない。否定的な人物をしいて挙げればアカイア方が攻め寄せる口実をつくったパリスだが、彼も人妻ヘレネへの道ならぬ恋に一途だったというだけで、狡猾なところはまるでない。老王プリアモスは国の災いを齎らしたヘレネに対しても慈愛深い。むしろ厳然とヘレネを拒めば災いを防ぐことができたかもしれないのだが。

そして、トロイアの柱石ともいうべきヘクトル。彼はプリアモスの頼もしい長子であり、弟たちの敬愛すべき兄であり、妻アンドロマケの良き夫であり、幼い息子スカマンドリオスの優しい父であり、トロイア軍の先頭に立って闘う責任感強い総帥である。ほかでもないそのことが、そのまま敵方アキレウスの激しい憎しみの理由となる。いわばアキレウスの身代りとしてトロイア方に攻め入ったパトロクロスを殺したというのが理由だが、ヘクトルとしては攻め入られたら攻め返すのは当然で、それも何ら狡い手を使ったわけではない。

しかし、幼時より身心ともに深く結ばれてきた念友パトロクロスの生命を奪ったヘクトルを、アキレウスは許すことができない。ここで古代ギリシアに特有の念友という習慣について触れておこう。これは男性同士の性愛を伴なう文字どおり身心ぐるみの結び付きで、ポリス間の闘争を常とした古代ギリシアは、この習慣を奨励して軍の組織の中核とした。すなわち念友関係にある二人はお互いを辱しめないよう励ましあって真剣に敵に対するだろうからだ。そのお手本ともいうべきがアキレウスとパトロクロスの関係で、パトロクロスはアキレウスの身代りとして前線に出て討たれ、アキレウスは討たれたパトロクロスの復讐に立つ。

念友という風習は古代ギリシア民族が北方の故地から持ってきた一種の蛮風といえるかもしれ

ない。そうだとすれば、パトロクロスは蛮風によって斃《たお》れ、アキレウスは蛮風によって復讐を遂げる。復讐はヘクトルを斃すことでいちおう果たされたはずだが、そこでは終わらない。簡単には終わらないところが、蛮風の蛮風たるゆえんかもしれない。アキレウスはヘクトルの屍《しかばね》の両踵《かかと》に穴を開けて皮紐を通し、二人乗りの戦車の後ろに繋いで、戦車を牽く二頭の馬に笞をくれる。

引き擦《ず》られてゆく者からは　また砂塵《さじん》が起って、黒々とした
髪の毛も両側に垂《た》れれば、以前《もと》はきよらかだった頭《こうべ》も　すっかり
砂埃《すなぼこり》の中に置かれた、この折にはゼウスも彼を
敵手に委《ゆだ》ね、自分の祖国《くに》で　無慚《むざん》な目にもあわせたのである。
　こうしてヘクトールの頭《こうべ》はすっかり塵に塗《まみ》れた、それを眺める
母親は髪をむしって、つややかな被布《かつぎ》を遠くへ
かなぐり捨て、息子の姿を見るからに、とても劇《はげ》しく泣きじゃくった。
愛《いと》しい父御《ててご》も痛ましく　呻《うめ》き上げれば、あたりを取り巻く人々も、
町をあげて　歎《すす》り泣きと　悲しい呻《うめ》きにとりこめられた。
それはあたかも　この眉輪《まゆわ》の多いイーリオスの　町全体が、
頭《てん》からそっくり　火に燻《くす》べられ焼亡するのとそのままだった。
町の人らは当然のこと、老王が　ダルダノスの門からして

ただ一図に外へ出ようと　あがき立てるのを、やっとのことで抑えていた。

この後、アキレウスはパトロクロスのため、アガメムノンと諮《はか》って葬送をおこなう。それがまた野蛮極まりない葬送だ。薪を積んだ上にパトロクロスの屍を置き、羊や牛を殺して脂肉《あぶらみ》を取って屍に着せ、さらに四頭の馬を生きながらに、パトロクロスが飼っていた犬のうち二匹を切り殺して投げ加え、

かつ十二人の、気性も大いなトロイエー人《びと》の凜々《りり》しい息子を
〔青銅（の刃）で害《あや》めた、とは酷《ひど》い所業を企《たく》らんだもの、〕
鋼鉄《はがね》のような火の勢を、焼き尽くせとばかりに煽《あお》って、
さて一声高く喚《おめ》きあげて、愛《いと》しい友の名を呼び（言うよう）、
「喜んでくれ、パトロクロス、よし冥王《アイデース》の館《やかた》に居ようと。
以前御身に約束したこと、それをすっかり果たすのだから。
十二人の、気性も大いなトロイエー人《びと》の　凜々《りり》しい息子ら、
それらを残らず　御身と一緒に火が貪《むさぼ》るのだ。だがプリアモスの
子のヘクトールは、決して火に焼かせず、犬に啖《く》わせよう。」

しかし、アキレウスのむごい企みは最後のところで実現しない。なぜなら、アキレウスが「こう猛《たけ》り立ち言いはしたが、犬らはそれに掛かろうとせず、／ゼウスの御娘アプロディーテーが、昼となくまた夜となく、／犬どもの寄らないようにし、薔薇《ばら》の薫《かお》りの、神々しい／香油を塗って、引き擦《ず》り廻され　さんざん傷がつくのを防いだ。／またその上にはポイボス・アポローンが、かく黒の雲を大空から／地面までずっと引き廻し、（ヘクトールの）屍が亘る処をすっかり／蔽いかくした、まだその期《とき》の到らぬうち　日の勢いが、／（体の）ぐるりに　腱《すじみ》や四肢《てあし》も、肌肉《はだみ》を乾燥《ひから》びさせないようにと。」そのゆえにだ。

アプロディテ女神やアポロン神は、つまりはそれを語るホメロスはヘクトルに味方したわけだが、そのことは結果的にはアキレウスのために幸いだったことになる。もしアキレウスの企てどおりに、ヘクトルの屍を犬どもが啖い尽し骨ばかりにしていたら、アキレウスは野蛮な復讐者のまま終わり、ギリシア人の生きかたの鑑《かがみ》となるような人格転換の実現の機会が彼に訪れることは、ついになかったろうからだ。

アキレウスは西風の神と北風の神に祈り、風神の力を借りて一晩じゅうかかって、パトロクロスの屍を焼き、燃える屍のそばで一晩じゅう呻きのたうつ。じゅうぶんに悼み尽し眠った翌日、アキレウスはパトロクロスの霊を悦ばせるため、沢山の賞品を用意してアカイア方の諸将の競技会を催す。その後もアキレウスのパトロクロスを喪った嘆きは止まず、パトロクロスの墳《つか》をめぐってヘクトルの屍を引き擦り廻す。

これをオリュンポスの宮居から見ている神神のあいだで、トロイア方に味方する側、アカイア方に肩入れする側とで悶着が起こる。ついにゼウス大神がテティス女神を呼びにやり、いつまでもヘクトルの屍を辱めていれば神神とりわけ儂《わし》ゼウスの怒りを買うことになるから、お前の誉れのためにも多くの償《つぐな》い代《しろ》を取って屍をプリアモスに返すべく、息子を説得するよう命じるいっぽう、プリアモスの許にもイリス女神を遣わす。要するに神神を用いるホメロス常套の詩法であって、アキレウスの悲憤もようやく収まり、プリアモスの懇望を受け容れる余裕が生まれたことの神話的表現と考えればいいのではないか。

プリアモス老王は夜陰にまぎれて、ホメロスの詩法ではヘルメス神に援けられて、アカイア方のアキレウスの陣屋に入り込み、嘆願の作法に則《のっと》って愛しい息子を斃した手に口づけ、アキレウスの老いた父ペレウスを引き合いに出し、用意してきた沢山の償《つぐな》い代《しろ》をかたに、ヘクトルの屍を返してくれるよう切切と願う。二人はそれぞれヘクトルを偲び、パトロクロスを思い起こして嘆きあう。その上で、アキレウスは跪いたプリアモスの手を取って立ち上がらせ、言葉をかける。この箇所は第六書のヘクトルの妻子との別れの条《くだ》りとともに『イリアス』の最も美しい条りの双璧と思われるので、ここも長くはなるが引用しておこう。

「ああ気の毒な、まったくひどい不幸を沢山　心に忍んで
来られたもの、よくまあ独《ひと》りで、思い切り、アカイア軍の船陣まで

やって来られた、多勢の、しかも立派な御子息がたを　殺して剝いだ
その男の眼の前に出るとは、御身の心は鋼鉄《はがね》づくりか。
ともかくも、さあ、この腰掛にお坐りなさい、苦悩はともあれ
心の中に暫し臥《ね》かして置くとしましょう、よし辛《つら》かろうと。
身を凍《こお》らせての泣き悲しみも　何の役にも立たないものゆえ。
つまりは斯様《かよう》に　神々が　いじましい人間どもに（運命《さだめ》の糸を）紡《つむ》がれたのだ、
生き存《なが》えては悩《なや》むようにと。しかも神々御自身は些《いささか》の煩《わずら》いも御持ちにならぬ。
すなわちゼウスの宮敷《みやしき》には、人間に下《くだ》しおかれる遣《つか》わし物の
甕《かめ》が二つ据《す》えてある、その一つは禍《わざわ》い、もう一つには幸福《さいわい》を容《い》れた、
して雷霆《はたた》を擲《なげ》うつゼウスが、この（二つを）混《ま》ぜてお寄越《よこ》しの者は、
時にはいかさま不幸に遭《あ》おうが、他《ほか》の時にはよい眼も見るもの。
〔中略〕
そのように、まことペーレウスにも　神々が立派な施物《せもつ》を生れるとから
お寄越しなされて、それで富でも幸福《さいわい》でも　世のすべての人に
立ち優《まさ》って、ミュルミドーンらの君ともなって治《おさ》めて来た。
その上にもまた死ぬべき人の身として、女神を妻にたまわったもの。
だが、その彼にも、御神は　禍《わざわ》いを附け加えられた、というのは、

王位を継《つ》ぐべき血統《ちすじ》の子供が　館《やかた》に誰も（他《ほか》には）生まれて来ず、
生まれた独《ひと》り子の私は、いかにも夙死《はやじに》して、年老《としお》いてゆく父をはや
看護《みとり》することも叶《かな》わない、かように便々として故郷を離《さか》り、
トロイエーの里に、御身や御子息たちを　傷《いた》ぶり暮らす身の上とて。

アキレウスは自らが遠からず「夙死《はやじに》」することを自覚している。『イリアス』の文脈では母親のテティス女神から予言されたことになっているが、自らの性格として死ぬとわかっていても突き進まずにはすまない、いうなれば宿命の自覚だろう。夭死の宿命の自覚は必然的に後に残る老いた父親への悲痛な憐愍の思いを産む。この遠からず愛息を喪うだろう己が父親への思いが、すでに愛息を喪った父親、目の前にいる敵の老王プリアモスへの憐愍の思いを喚び起こす。それはまた念友パトロクロスの生命を奪った憎い敵ながら、立場上パトロクロスに対《むか》わざるをえず、その結果自分と同じく夭死の宿命によって斃れたヘクトルへの、同情とまではいえなくとも理解にも繋がろう。

アキレウスはプリアモスに返すべきヘクトルの屍を用意し、懇ろに食事を共にし、しつらえた床への仮眠を勧める。プリアモスも、伝令も、アキレウスも、あらゆる人間、神神も眠ったが、お助け神のヘルメスだけは眠らず、未明のうちにプリアモスに言葉をかける。

「老人よ、危険はちっともお構《かま》いないのか、敵の者らの
間でまだこうお臥《やす》みなとは、――アキレウスがよいというたとて。
今のところは　愛《いと》しい息子を贖《あがな》い戻して　沢山なものを遣《や》られた、
だがもし御身が　生捕《いけど》りされたら、その買い戻しには、三倍ほども
後に残っている息子たちが　身の代《しろ》として出すことになろう、もし
アトレウスの子アガメムノーンやアカイア勢が　みな気附《きづ》いたら。」

このヘルメス神の言葉はプリアモスのいまある状況がいかに異常かを、聴衆に再確認させるものでもあろう。いまさらながら状況に怖気を振るって起きあがったプリアモスは、伝令を揺り起こし、馬や騾馬を笞打ってトロイア城市へと、愛しい息子の屍を運ぶ。その間は攻撃を控えるというアキレウスの約束のもと、トロイアでは十二日のあいだ手厚い葬儀が営まれる。その顚末を述べた後、「かようにして、馬を馴らすヘクトールの葬いを　営んだもの。」と『イリアス』二十四書は終わる。

神話では再開された闘いにおいてアキレウスがパリスの矢に斃れることになっているが、そこまでは述べない。述べないことによって、私的な怒りを克服して敵ヘクトルの葬儀を完遂させたアキレウスの人格は古代ギリシア人の鑑となる。そのアキレウスの粗野の極みから洗練の極みへの人格変容こそが、叙事詩の最終完成者ホメロスの最も賞むべき発明ではなかろうか。そして、

その人格変容成就の地がトロイア＝イリオンだったという理由で、「イリオンの歌」なる題名は妥当だったことになろう。

『オデュッセイア』1

げんざい一般にホメロス作ということになっている二大叙事詩『イリアス』と『オデュッセイア』を、最終的に現行のかたちに纏めたのが、同一人物か別の二人なのかは、いまなお決着のつかない問題のようだ。ただ私のような門外漢にもいえるのは、共通して今から溯って二千八百年前後に成ったとはとても思えないほど、斬新な構成と細部の迫真性を持っていることだ。

まず構成についていえば、トロイア陥落というギリシア世界の大事件をテーマにした作品でありながら、両者とも陥落そのものについて真向うからうたうことをしない。『イリアス』は陥落以前のアキレウスを主人公とする戦闘譚であり、『オデュッセイア』は陥落以後のオデュッセウスを主人公とする漂流・帰還譚である。肝腎のトロイア陥落そのものは、『イリアス』が語り終え、『オデュッセイア』が語りはじめる中間にある。

勇将アキレウスをはじめアカイア勢が出発してからトロイア陥落までが戦闘の十年、トロイア陥落からアカイア勢中の知将オデュッセウスが故郷に還り元の館の主に直るまでが漂流・帰還の十年。しかし、両叙事詩とも戦闘の経緯を縷縷述べたり、漂流の終始を順序立てて語ったりはしない。『イリアス』は戦闘の十年を最後の四十九日または五十一日間に集約して述べ、『オデュッセイア』は漂流と帰還の十年をさらに短い四十一日間に凝縮している。

この集約・凝縮の手法は両作で似ていると言えるし、また後作のほうが前作より進んでいる、とも言える。同一人のかなりの年月を経ての二作、前作の影響を受けた後人の進めた後作、とも取れるわけだ。しかし、戦闘の十年を最後に近い五十一日前後に約《つづ》めるのはともかく、漂流の長い年月と復帰始末の短かい数日という性質の違う時間を四十一日間に縮めることが、どうすれば可能なのか。じっさいに『オデュッセイア』（呉茂一訳）を見よう。『イリアス』第一書が「怒りを歌え、女神よ」と始まるように、『オデュッセイア』第一書も「あの男の話をしてくれ、詩の女神《ムーサ》よ」と始まる。

あの男の話をしてくれ、詩の女神《ムーサ》よ、術策に富み、トロイアの聖《とうと》い城市を
攻め陥してから、ずいぶん諸方を彷徨《さまよ》って来た男のことを。
また数多くの国人の町々をたずね、その気質も識り分け、
ことさらに海の上ではたいへんな苦悩をおのが胸中に咬《か》みしめもした。
自分自身の生命《いのち》を確保し、部下たちに帰国の途も取りつけようとする間に。
だがそれまでしても、部下たちを救いおおせはできなかった、しきりに努めは
したものの。それというのも、彼らは自身の非道な所業ゆえ身を滅ぼした、

とは愚かな者らよ、虚空《おおぞら》をゆく太陽神の牛どもを啖《くら》いつづけたとは。
それで御神としても、彼らから帰国の季《とき》を奪い去られたのであった。
それらの次第をどこからなりと、ゼウスの御娘なる女神《ムーサ》よ、私らにも語って下さい。

「ゼウスの御娘なる女神」の援けによって詩人が「どこからなりと」の中から選んだのは、オリュンポスなる神神の集い。地上のどこにいる人間の運命も神神の意思の操《あやつ》るままだとすれば、どこへ行くより先に神神の集いに行くこと。そうすれば、そこからどこの誰のところへ赴き、どう語りつづけようと自由だという、詩人の知恵だろう。

オリュンポスの神神の中でオデュッセウスを深く憎み、トロイア陥落ののち十年もの長年月、切望するイタケへの帰郷を果たさせず、海上を漂流させつづけているのはポセイドン神。そのポセイドン神がたまたま地の果てのアイティオペスの許に出かけて留守なのをさいわい、オデュッセウスに味方するアテナ女神は、もういいかげん彼を故郷に帰してほしいとゼウス大神に訴える。大神はこれを承《うけい》れ、オデュッセウスを抑留しているカリュプソ女神の島へはヘルメス神を、故郷イタケの息子テレマコスの許へはアテナ女神自身を遣わすことにする。

イタケのオデュッセウスの館には、主人の出発以来二十年の不在を理由に、領内の豪族どもが女主人ペネロペイアに再婚を迫って押し寄せ、勝手に飲み食いして館の財産を蕩尽している。オデュッセウスの旧友に化けた女神はテレマコスに豪族たちの集会を開いて、彼らにはめいめいの家に帰ることを要求させ、自らは父親の消息を求める旅に出るよう勧告する。テレマコスはそれに従い、老将ネストルの治めるピュロスへ、そこからさらにメネラオスとヘレネのスパルテに行く。以上、第四書まで。

いっぽう、オデュッセウスに恋着して放そうとしないカリュプソ女神の許へはヘルメス神が訪れる。不死と引き換えに夫になるよう説きつづける女神だが、知将の願うのはぶじ帰国しての家族との生活の中での自然な老いと死。それにゼウス大神の命令とあっては諦めざるをえない。女神は彼みずから木を伐って筏を作るようにしむけ、帆柱に張る帆と順風とを贈る。

ところがカリュプソの島を出航して十八日目、アイティオペスの許から帰るポセイドン神の発見するところとなり、神の起こす大暴風雨に見舞われる。その結果、パイエケス人の島に流れ着くのだが、それはポセイドンの意思というよりは、詩人の意図の結果と考えたくなる。詩人はこの島の海岸でオデュッセウスを、侍女たちを引き連れて洗濯に来ていた王女ナウシカアに遭遇せしめ、王女の教えのままに王宮に赴いて客人として迎えられたオデュッセウスは、自らのトロイア陥落後の漂流の一部始終を国王夫妻と国人たちの前で、つまりは『オデュッセイア』の聴衆たちに語る羽目になるからだ。

オデュッセウスの漂流譚は以下、第十二書までつづく。ということは父親の消息を求めてのテレマコスの旅の挿話はあるものの、『オデュッセイア』全二十四書の前半十二書が漂流譚、後半十二書が故国での帰還始末譚ということになっている。漂流譚の内容は概して荒唐無稽で、帰還始末譚のリアリティーと著しい対照をなすのだが、その荒唐無稽な漂流譚の連続が地の文の叙述ではなく、オデュッセウスの口から語られることによって一種のリアリティーを帯び、後半の帰還始末譚とのバランスを保つ効果を生んでいる。

概して荒唐無稽な漂流譚の最初が、およそ荒唐無稽のかけらもない、事実だけの報告であることも重要だろう。

イーリオスから風は私を運《はこ》んでいって、キコネス族の国へ近づけました。イスマロスの町へと。そこで私は城市《しろまち》を攻略し、市民らを掃蕩したのち、市中から婦女たちや、たくさんな財物などを奪い取って、仲間うちで分配しました、公平な分け前を受け取らずには、誰も出てはいかぬようにし。そのおりまったく私にしては、脚に帆かけて早々そこを逃げ出すようにと命じましたのを、仲間の者らはまるきり何の弁《わきま》えもなく、それを肯《き》こうといたしませんで、その場でしたたか酒を飲みつづけ、羊をまた何匹も、浜辺でもって屠殺いたしておりました、脚くねらす曲った角の牝牛らをまで。そうするうちに、キコネスどもが出かけていって、近隣に住むキコネス族に呼びかけたのです、この連中は数も多くて武勇にすぐれ、内地に住まっておりますのが、馬上から敵《かたき》の武士らと戦う技《わざ》も

心得ており、また必要に応じては、徒歩でも戦《いくさ》ができるという者ども、
それがこの折やって来たので、その多勢《おおぜい》なことといったら、季節の花や葉の数ほど、
しかも朝早くにです。まったくその折にこそ、ゼウス神から来た凶運が、
われわれ哀れな運命《さだめ》の者に　取り付いたのです、さんざんひどい苦労をするよう。

もちろん事の発端はキコネス族からオデュッセウスの一行にどんな危害を加えたわけでもない。逆にオデュッセウス一行が行きがけの駄賃とばかりに一方的にイスマロスの城市を攻め、市民らを掃蕩し婦女たちや財物を分けた。ありていにいって理由のない略奪。それがトロイア陥落後、故郷に向けて出航した一行の最初の対外行動であることから見れば、ひるがえってアカイア勢のトロイア遠征自体、本質は理由のない略奪行為であることが見えてこよう。

あるいは帰郷の旅の最初に出食わしたイスマロスの攻略は、オデュッセウス一行にとって今後の旅の吉凶を占う行為の意味を持っていたかもしれない。占象《うらかた》は凶と出る。その凶が「ゼウス神から来た」というオデュッセウスの判断は注意すべきだろう。キコネス族の報復を受けてやっとのことに逃げ出した一行が、「蓮の実喰い」の国を経て次に漂着した食人の一つ目巨人キュクロプスの島で捕えられ、計りごとで巨人の一つ目を潰し、ために巨人の父親ポセイドン神の怒りを買い、さんざんな漂流の旅をつづける仕儀となるのだが、それ以前に罰は神神の長《おさ》、ゼウス大神から来ていることになる。

何ゆえの罰かといえば、富み栄えているというだけの理由でトロイアを攻略し陥落させたゆえの罰。その罰をアカイア勢中、最初にトロイア遠征軍を組織したアガメムノンと、最終的にトロイアを陥落させた張本人のオデュッセウスが代表して受ける。アガメムノンは帰国は果たしたものの、着いたその日に王妃クリュタイムネストラと情夫アイギストスに殺され、オデュッセウスは彼自身は殺されないものの、十年間も漂流し部下すべての生命を奪われる、というわけだ。

トロイアとイスマロスの場合はともかく、キュクロプスの島の場合はオデュッセウス一行は被害者ではないのか。一つ目巨人に捕えられ、食事のたびに二人四人と叩き潰され食われていくところだけを見れば、一見被害者のごとくだが、キュクロプスの側からいえば、一行は侵入者にほかなるまい。たまたま彼らに食人の習慣があるとすれば、一行を捕え食らうのはキュクロプスの論理では正当防衛の行為といえなくはあるまい。捕われと死から逃がれるため止むをえずとはいえ、そのキュクロプスの一つだけの目を潰したのだから、父神ポセイドンの怒りを買うのは、当然ともいえる。

以後、風神アイオロスの島、食人族ライストリュゴネスの国を経て、たった一隻になって魔女キルケの棲むアイアイエの島に辿り着く。オデュッセウスはここに一年滞在ののち、キルケの勧めで冥界を訪問して予言者テイレシアスの魄霊から託宣を受けて戻り、アイアイエを出発する。その先船はセイレンたちの浜、カリュブディスの淵、スキュレの岩などの難所を通りおおせる。その先に太陽神の尊い島トリナキエがあり、そこに立ち寄るのを避ければぶじイタケに帰れようと、テイレシアスもキルケも予言したのだが、部下たちはいうことを聞かず、島の入江に碇を下ろす。ところが以後南の風が吹き止まず、一行は島の滞在を余儀なくされる。その間、船に積み込んだキルケの贈りものの飲みものや食糧を下ろしては食いつないできたが、一カ月を過ぎ食糧が尽きると、飢えに苛《さいな》まれた部下たちはオデュッセウスの制止も聞かず、禁忌の太陽神の牛たちを食べてしまう。やがて風が止んだので船を出すと、島かげ一つ見えなくなったところで西風が出て荒れ狂い、落ちた雷火で船は燃え、投げ出された部下たちは波に呑まれる。禁忌の牛たちを食べなかったたった一人のオデュッセウスは九日間海上を漂い、十日目にカリュプソ女神の棲むオギュギエの島に流れ着く。ここで女神に恋着されての長い滞在ののち、ゼウス大神の説得で女神から解放してもらい、なおもポセイドン神の執拗な妨げを受けてパイエケス人の島に漂着するのは先に見てきたとおり。

トロイアからイタケまで、平時なら一カ月もかからないはずの船旅が、十年もの漂流となるのは何を意味するか。理由のないトロイア攻略を知謀によって完遂させたオデュッセウスの贖罪の遍歴行と言っていいのではあるまいか。もちろん、実際のトロイア遠征当時は一つのポリスが他のポリスを攻略することは、正当とはいわないまでも、しばしばおこなわれた経済行為だったろう。しかし、ポリス間の交流が進むにしたがって、行為への反省も進む。

トロイア遠征後、さまざまなトロイア遠征譚が生まれ、のちの『イリアス』に、また『オデュッセイア』に整理されていく過程は、その反省の過程でもあったのではないか。『オデュッセイア』に限っていえば、聴衆受けのする荒唐無稽な漂流譚が、荒唐無稽の筋は残しつつ、贖罪譚の趣を帯びてきたのではないか。贖罪は行為だけでなく、語りにおいてもなされる。というより、語りこそが窮極の贖罪行為だろう。

そのためにも、オギュギエの島とイタケのあいだには、パイエケス人の島がなければならなかった。ナウシカアの教えに従い、アテナ女神に導かれたオデュッセウスは、アルキノオス王の館に現われ、王妃アレテに帰国の援助を懇願する。王と王妃は快諾し、オデュッセウスにゆっくりと眠ることを勧める。翌日、オデュッセウスはパイエケス人の集会所で、王と王妃、国人たちの歓待を受ける。

そこには伶人《うたうど》のデモドコスが招《よ》ばれていて、さまざまな神話伝説を歌う。その歌がトロイア陥落の条りに及んだ際、オデュッセウスは眼瞼《まぶた》からあふれる涙で両頬を濡らす。このさまを見て取ったアルキノオスは、デモドコスの歌を止めさせ、オデュッセウスに国と名とを名告《なの》るように勧める。客人を送り届けるパイエケスの船には舵取りという者がいず、船自体が客人の行先を識別して快走する習いだから、と。かくして、オデュッセウスは名を名告り語りはじめる。

私こそは、かのラーエルテースが子、オデュッセウスとて、世の人々にあらゆる類《たぐい》の詐謀をもて評判の者、その名声は天にまで達しております、住居とするは人目によくつくイタケー島で、（中略）

ではさあ、これから、私の苦難に満ちた帰国の旅をお談しすると
いたしましょう、トロイアを出発した時、ゼウスがかようにお仕向けなので。

オデュッセウスの自ら語る漂流譚は、第九書から第十二書まで及ぶ。後半の第十三書に入り、語り終え一夜寝《やす》んで目覚めたオデュッセウスのため一日がかりの別れの宴が張られ、オデュッセウスは王と王妃と国人たちに謝辞と別辞を述べ、用意された船中のしつらえられた床に身を伸べる。たちまち快い眠りが眼瞼にかかる。

その人は以前はずいぶんたくさんな苦悩を心に味わったもの、
武士たちの戦も何度か、また難儀な海の波を凌ぐと。
だがこの時は身動《ゆる》ぎもせず睡りつづけた、過去の苦難もみな忘れて。

忘れることができたのは、おそらく贖罪にじゅうぶんな苦難を受け、またその次第をじゅうぶんに語ったから。さてこそ、英雄は眠りのうちに故郷に待ち受けるもう一つの苦難の克服へと向かう。

『オデュッセイア』2

『オデュッセイア』二十四書立ての、前半十二書がオデュッセウスの回想語りによる漂流譚なら、後半十二書は時系列による帰郷・復讐譚。もちろん前半と後半とがそれぞれ独立してあるのではなく、両者は緊密に結びついている。そして、その連結の工夫が前半にある。

現われた筋の上でのそれがパイエケス人の島スケリエの、アルキノオス王の宮廷でのオデュッセウスの強いられた回想語りなら、隠された意味上のそれは、アイアイエの島での魔女キルケの勧めによるオデュッセウスの冥界訪問ではあるまいか。キルケの歓待による館の滞在が一年を過ぎ、忠実な部下たちにも懇望されて、オデュッセウスは帰国させてくれるようにキルケに頼む。キルケは快く聞き入れるが、その前に果たすべき条件を示す。それが冥界を訪問し、予言者テイレシアスの魂魄に託宣を貰ってくること。キルケの言葉によれば、「……衆人の／頭領というその方が、あなたの旅の道程や道中のこと一切、また／帰国の次第も言ってくれましょう、魚鱗《うろくず》のすむ海をどうして渡るのかも」(呉茂一訳。以下も)というわけだ。

その冥界とは地下世界ではなく、「帆柱」を「押し立てて、まっ白な帆を張りひろげ」た「船を」「北風の息吹《いぶき》が」「運んでくれ」「大洋河《オーケアノス》の流を渡りきった」「その場所は雑草の茂る岸辺で、またペルセポネイアの苑《その》といわれ、／丈の高い河楊《かわやなぎ》や、実《み》をいたずらに投げ落す柳が並《なら》ぶ／そのところ」。その「ほとりに船を着け」「冥王《アイデース》の昏《くら》く湿《しめ》っぽいお館《やかた》」に「詰め寄ってから、」「長さも幅も一尋《ひろ》ほどの」「深い穴を掘る」。

「してその穴ぼこ自体のまわりに、ありとある亡者《もうじゃ》のため、供養《くよう》の灌奠《そそぎ》の／式をするのが、まず最初は蜜を混ぜた乳、次には甘いぶどう酒、／三度目はまた水をもってし、その上へ白い挽き割り麦をふりかけ」る。「切《しき》りに亡者たちの、気力の抜けた頭顱《こうべ》に」「もし」故郷に「帰れたなら、仔を産まない牝牛のうちいちばんよいのを、／館《やかた》のうちで犠牲にささげ、祭壇の火をいろんな宝で充たしましょうと」「祈願をささげる」。

目当ての「テイレシアースへは、ひとりだけ別なところで、まっ黒な／羊をささげてお祭りする」。「亡者らの世に聞こえた一族に祈願をこめ終ったらば、／今度は牝の仔羊の黒い毛のを、幽冥の方へと首を向け降ろして／贄祭《にえまつ》りにささげる」。「すると多勢、／この世を去った亡者たちの、霊魂《みたま》がどんどんやって」くる。そこで「腰の脇から鋭い剣を抜き放って」「亡者たちの気力の失《う》せた頭顱《こうべ》などを、犠牲《いけにえ》の血の／傍《そば》へいかせ」ないようにする。

この臨場感あふれるリアリティーは何によるか。おそらく前古代のギリシア人世界のあちこちに冥界との境界に擬せられる場所があって、そこで犠牲獣の血をもって死者の霊魂を呼び出す儀式があったのだろう。霊魂たちは等しく犠牲の血を好むと信じられ、お目当ての霊魂にじゅうぶんに血を呑ませるためには、ほかの霊魂たちが血に近づかないよう、剣を抜いて身構えるという習慣があったのではなかろうか。

オデュッセウスはキルケの勧めに従って部下たちともども冥界に到り、言われたとおりに穴を掘り、言われたとおりに灌奠《そそぎ》と犠牲《いけにえ》とをおこない祈りをささげる。犠牲の血の匂いに惹かれてまず出てきたのは、酒を飲みすぎ酔いざましにキルケの館の屋根で臥《ね》ていて、冥界への旅の出発の騒ぎに跳び起き、墜落して死んだ年若い部下エペノル。この最も新しい哀れな死者はオデュッセウスの船がいったんアイアイエの島に戻った後の自分の火葬と埋葬、墳の上に櫂を立てることを願う。ここには前古代ギリシア人世界において死がいかに身近なものだったかが感取されよう。

このあと、血溜りに近づこうと現われるのは、オデュッセウスの母アンティクレイア、件《くだん》の予言者テイレシアス、トロイア攻めの武士《つわもの》どもの君アガメムノン、アキレウス、パトロクロス、アンティロコス、アイアス、その他もろもろの魂魄。その中で最も重要なのは予言者テイレシアスだが、次いで重要なのは古来同じホメロス作とされてきた先行叙事詩『イリアス』の主人公、アキレウスではあるまいか。

まずテイレシアスの魂魄は犠牲の血をたっぷり飲んだ後、予言する。予言の内容は、オデュッセウスの帰郷の旅はポセイドン神の執拗な妨げにより難渋を極め、また部下たちの無思慮により部下も船も失い、他国の船で送り届けられることになる、また妻のペネロペイアに求婚して館の財産《しんだい》を食い潰している不届者らを成敗ののちは、船を見たこともない蛮人の住む地まで行ってポセイドン神に贄を献るように勧める。

また故郷に帰り着いたら、とうとい百牛の大贄《おおにえ》を、不死にいまして、
久方《ひさかた》のみ空をたもちたもう神々たちにたてまつれよ、
次第を正してありとあるおん神たちに。さて死はそなたの身に
まさしく海から迫って来よう、いと穏やかにやさしい死がな、
ゆたかな老《おい》の境《さかい》のうちに、弱った生命《いのち》を奪っていこう、まわりを取り巻く
国人もみなゆたかに栄えて。以上をわしの間違いなしの告げごとと知れ。

このテイレシアスの予言、とりわけ終わりの部分と照合するのが、オデュッセウスの「まったく君より、／アキレウスよ、幸福な者は、これまでとてもまた今後とて、決してあるまい、／先《さき》にはわれらアルゴス勢が、みな君を生きてるうちから、神々にも／ひとしく尊敬していたうえに、今度はまた亡者の間でたいした威権を／振っておいでだ、この国でも。されば決して死んだとて嘆きたまうな」との賞賛に対する、アキレウスの次の言葉だろう。

いや滅相もない、私の死を説きすかそうなどしてくれるな、オデュッセウスよ。
むしろ私は、他人《ひと》に小作として仕え、畑の畔で働こうとも、まだ生きたがましと

思ってるのだ、生活《くらし》もあまり裕《ゆた》かといえぬ、公田《くでん》も有《も》たぬ男のもとでも、
この世を去った亡者のすべてに、君として臨むのよりはまだしもましだと。
だが、それよりもさあ聞かせてくれ、私のすぐれた息子の話を、
あるいは戦さに参加したか、大将になろうというので、それともせぬか、
または誉れも高いペーレウスにつき、何かをもし聞いておいでなら、——

先行叙事詩『イリアス』の中での生きているアキレウスは出ればいずれ死ぬとわかっている戦さの庭に、名誉のため進んで出ていく。ところが、後行叙事詩『オデュッセイア』の主人公オデュッセウスに対して、死んでいるアキレウスは死ぬことがどんなに味気ないかと愚痴る。そして、自分の生命の続きの息子や父親の安否を尋ねる。それは『オデュッセイア』の生きているオデュッセウスのありようにも通じる。

『イリアス』および後日譚のオデュッセウスは武勇の士ではなく知謀の人。名誉のため死ぬよりも現実のため生き残ることを選ぶ。その現実の中核をなすのは家であり家の持続、持続は父権制のもとでは父親から受け継ぎ息子に手渡すもの。アキレウスにおける父親ペレウスと「すぐれた息子」ネオプトレモスは、そのままオデュッセウスにおける父親ラエルテスと息子テレマコスに当たろう。

かつての名誉の士アキレウスは死んで現実の人となり、生きている現実の人オデュッセウスの

ありように寄り添う。死んだアキレウスは「この世を去った亡者のすべてに、君として臨むのより」「他人《ひと》に小作として仕え」「生きたがまし」と言う。だが、そのことは不死でありたいことを意味するわけではあるまい。家の持続を確かなものにしたのち、「ゆたかな老《おい》の境《さかい》のうちに」「いと穏やかにやさしい死が」訪れることこそが、神ならぬ人間の身の理想的ありようなのだろう。

だから、冥界訪問から戻り、キルケからの贈物を受けてふたたび船出、テイレシアスの予言どおり部下も船も失って単身泳ぎ着いたオデュッセウスは、オギュギエの島でカリュプソ女神から、不老不死の身にしてあげるから末永く共に暮らそうと持ちかけられても、故郷に帰りたいと言いつづけたのだ。ついにゼウス大神のお使い神ヘルメスがオデュッセウス解放の勧告を持って訪れるに及んで、カリュプソ女神もオデュッセウスに指図して筏を作らせて贈りものともども乗せて順風を送る。筏はまっすぐイタケに向かうはずのところが、またしてもポセイドン神の妨げを受けてパイエケス人の島に漂着し、アルキノオス王の好意による駿足の船で眠りのうちにイタケに着いたのは、すでに見てきたとおり。

ところで、オギュギエの島のカリュプソ女神はアイアイエの島の魔女キルケ（彼女は語りの文脈の中で魔女とも女神とも呼ばれる）の二番煎じの印象は否めない。思うにホメロスに整理される前のオデュッセウス漂流譚は、英雄色を好むの例に洩れず、冒険譚とともに艶福譚のヴァリエーションに富み、聴衆はそれを喜んだにちがいない。最終完成者ホメロスとしても聴衆の期待を無視するわけにはいかず、印象が重なることは承知しながら、敢えてキルケとカリュプソ両者を残さざるをえなかった、ということではないだろうか。

もちろん、アルキノオス王の王女ナウシカもこれに準じよう。スケリエの島に漂着して裸同然のオデュッセウスを発見したのは彼女だし、彼女の導きで目見《まみ》えたアルキノオス王が、オデュッセウスの回想語りにより人となりや身分を知るに及んで、彼女の婿にと望んだのだから。しかし、オデュッセウスは女神たちと添い遂げることも、「その姿形《なりかたち》が、不死である女神がたにもひとしいという」王女の婿となることもなく、故郷イタケの「命《いのち》死ぬ人間の身」の古妻ペネロペイアの許に帰っていく。

そこには若くして結婚し、一人子テレマコスまで生《な》し、結果的に二十年もの長期間放っておくことになった妻への懐しさやら労《いたわ》りやらの思いがあることは、確かだろう。しかし、オデュッセウスにとってそれ以上に重要なのが、父親から受け継いだ家の所有権およびイタケの島島の支配権を、息子に手渡す手筈を整えること。そのことが成就するまで、イタケに着いたオデュッセウスは、ペネロペイアに自分の身分を隠しつづける。

彼はイタケに辿り着いた乞食同然の客人を装い、アテナ女神の意向で息子に父親の名告《なの》りをし、忠実な乳母、豚飼と牛飼に主人であることを明かしたのちにも、妻には客人であることを装いつづける。基本的には知謀の人の水も洩らさぬ深謀遠慮だが、性愛を媒介とした男女の結びつきが、不在中の新しい相手の出現によっていかに脆くも崩れ去るかを知っているからでもあろう。そこにはアイアイエの島からの冥界訪問のさい、アキレウスに先立って現われた武士《つわもの》どもの君アガメムノンの忠告も響いていよう。

武士どもの君はトロイアからの帰国早早、妻のクリュタイムネストラと姦夫のアイギストスによって殺された顚末を物語り、「さあ、そんな訳《わけ》ゆえ、君もけっして女性に優しくしてはならんぞ、／また心によくよく念うところも、残らず打ち開け話してしまわず、／次第によってあるいは話して聞かせ、あるいは秘《かく》しておくのがよい」と忠告したのだ。もっとも、付け足して「だが決して、ともかく君が、オデュッセウスよ、妻君から殺害されは／しなさるまい、とても賢く、思慮を十分お持ちだからな、／イーカリオスの娘御の、たしなみ深いペーネロペイアは」とも言いはしたが。

乞食に装った夫の深謀遠慮も、アガメムノンの魂魄の忠告も知るべくもないペネロペイアだが、結果的に「とても賢く、思慮を十分」「持」っていることを示す。すなわち、二十年前のトロイア出陣以前、夫オデュッセウスが手馴らしていた大弓と弓弦《ゆんづる》と矢を入れた胡録《やなぐい》を持ち出し、頭に穴のあいた十二丁の鉄斧を並べ、この大弓に弓弦を張りおおせ、番《つが》えた矢を放って鉄斧の十二の穴をみごと射通す強者があれば、その方の花嫁となってこの館を出ようと申し出たのだ。

求婚者たちはつぎつぎに弓を取り挙げ弦を張ろうとするが、力不足で張れる者はひとりもない。と、思いがけなくもみなの侮蔑する乞食が試させてくれと申し出る。何を乞食風情がと、みなみな罵るところに、テレマコスが館の若殿の権利において乞食の手に弓を渡す。乞食じつはオデュッセウスは難なく大弓に弦を張りおおせ、立て並べた鉄斧の十二の穴をみごとに射通す。さらにつづいて、驚いている求婚者たちのうち、頭《かしら》というべきアンティノオスののどぶえに矢先を向けて誤たず射貫き、われこそはオデュッセウスと高らかに名告る。これに対して求婚者たちが武具《もののぐ》を執ろうにも前もってすべて取り片付けられ、逃げ出そうにもすべての扉に閂《かんぬき》が掛けられているため、ことごとく射殺される。それから侍女《こしもと》たちが集められ、求婚者たちと通じていた十二人が死者たちの片付けを強いられた上、一まとめに縊《くび》り殺される。

殺された求婚者たちの魂魄は黄金の杖を持ったヘルメス神に導かれ、「広やかな洞窟の奥で、／蝙蝠《こうもり》どもがチーチー鳴きつつ飛び交わすよう」冥界に降りていく。そこにはトロイア戦争で死んだアカイア方の諸将の魂魄が待ちかまえていて、その中のアガメムノンが旧知のアンピメドンの亡霊を認めて、「どういう訳《わけ》があってか、君たち、みな選り抜きの／しかも同年輩の者らが、この暗い地下の世界へ降りて来たのか」と尋ねる。

アンピメドンの亡霊は、オデュッセウスが故国を出たきり長らく帰ってこないので奥方に求婚し、舅の経帷衣《きょうかたびら》を織りあげるまでと言いながら織っては解《ほど》き織っては解きする奥方の企《たくら》みに長年欺かれ、侍女の告げ口でやっと現場を押さえて織りあげさせたところに、老いさらばえた乞食の姿のオデュッセウスが帰ってきて、たまたまピュロスから帰りあわせたテレマコスとしめし合わせ、求婚者一同一人残らず殺された顛末を嘆き語り、アガメムノンは「志操堅固なペーネロペイア」を賞讃する。

さて、この顛末においてオデュッセウス側は善で、求婚者側は悪と言い切れるか。一つの共同体の支配者が有為の若者を多勢引き連れて出国ののち、十数年も帰ってこないとなると、他の共同体との対抗上も新しい支配者を立てなければならない。後継者がまだ若すぎて頼りないとなれば、安否も不明、おそらくは死んだろうかと思われる旧支配者の妻に求婚し、新しい支配者になろうと望むのは、かならずしも悪とばかりは言いきれまい。

もちろん、帰ってきたオデュッセウスの側としては、家の所有権・共同体の支配権を回復しようとするのは立場上正当で、ここにそれぞれの立場においての正当と正当とが相争い、知謀においても膂力《りょりょく》においてもはるかに勝った旧勢力が、知恵も力も足りない新勢力を退けたというのが、真相だろう。そこで、葬い合戦に押し寄せた求婚者たちの遺族と旧主側の間にアテナ女神が割って入り、旧主側は支配権を保ち遺族側は恨みを残さず、共に繁栄を志すということで、いささか不公平な和議が成立する。

それにしても先行作『イリアス』よりはるかに古臭い材料を用いながら、『オデュッセイア』の到達点はなまなましく新しい。前半十二書の荒唐無稽な夢魔的世界が、後半十二書の現実的処生訓にかえって対比的説得力を発揮している、といえばよかろうか。

『神統記』『仕事と日』

ヘシオドスはホメロスと並んで、古代ギリシア草創期の二大叙事詩人。しかし、両者の立ち位置はずいぶん違う。後者が当時のギリシア人世界の各地を遍歴したのに対して、前者は生まれ故郷に定住した。したがって、ホメロスの作品が遍歴者の叙事詩なら、ヘシオドスのそれは定住者の叙事詩だ、といえる。

ホメロスの二作品『イリアス』と『オデュッセイア』が故郷を遠く離れた戦士、戦地から故郷に凱旋するつもりにもかかわらず漂流を続ける英雄が主人公なのに対して、ヘシオドスの二作品、『神統記』は定住者の地上から見た神神の秩序、『仕事と日』は神神によって生かされている定住者の日日の生きかた、その中心的主題は農耕生活のありようである。そして、ホメロスのうたう事柄とヘシオドスの述べる内容と、どちらが根源的かといえば、それは後者だろう。『イリアス』の戦士たちは『仕事と日』の生まれ故郷を離れて戦地にいるわけだし、『オデュッセイア』の英雄は『神統記』の神神の力関係によって漂流を余儀なくされ、また漂流から解放されるからだ。

そんな理由から、ヘシオドスのほうがホメロスより前代の人だとする説が、古代からあったようだ。また同時代説、伝説的詩祖オルペウスの血筋を引く親類説もあったらしい。しかし、根源は最初から認識されるとは限らない。むしろ根源が認識され本論が纏められるのは各論の後というのが、多くの場合の順序ではなかろうか。戦士の戦いの経緯をうたい、英雄の漂流の顚末を語ることは始源的かつ素朴な行為、神神の系譜を細かく割り出し、御意に悖《もと》らぬ日日の生活とその淵源を述べることはかなりの程度思弁的行為であって、叙事的であると同時に哲学的でもある。ヘシオドスをホメロスと並ぶ叙事詩人とするとともに、イオニア学派に先立つ哲学の始祖とすることもあるゆえんだろう。そんなこともあり、また用語の比較研究の成果などから、現在ではホメロスよりかなり後れて、前八世紀後半あたりをヘシオドスの活躍時期とする説が有力のようだ。

ヘシオドスは自分のことを語った古代ギリシア最初の詩人といわれる。自身語るところによれば、父親は小アジアのエーゲ海沿岸のアイオロス系植民市キュメで船貿易を営んでいたが、事業に失敗して現在のギリシア本土ボイオティアの寒村に移り住み、ヘシオドスとペルセスの兄弟はそこで生まれたらしい。どういう契機から詩人になったかについて、ヘシオドスは『神統記』(京都大学学術出版会刊西洋古典叢書『ヘシオドス全作品』中務哲郎訳より。以下も)序歌で次のように言う。

ヘリコンの詩神《ムーサ》たちから歌い始めよう。……(中略)……

さて、ある時女神らは、このヘシオドスに美しい歌を教えてくれた、神さびたヘリコンの麓で、羊を飼っていた時のことだ。
アイギスを持つゼウスの姫たち、オリュンポスなるムーサらは、
こんな言葉を、いきなり私に語りかけた、
「野に伏す羊飼い、情けない屑ども、胃袋でしかない者らよ、
我らは実《まこと》しやかな偽りをあまた語ることもできるし、
その気になれば、真実を述べることもできるのです」
偉大なるゼウスの娘、言の葉の匠たちはこう言うと、
瑞々しい月桂樹の枝を折って、私の杖にと
下さった。見事な杖だ。そして、これから起こること、
既にあったことを歌い広めるよう、私に霊感の声を吹きこんで、
併せて命じたのは、永遠に在《いま》す至福なる神々の族《やから》を祝《ほ》ぎ歌うこと、
初めと終わりには必ず、他ならぬムーサたちを歌うことだった。

これは家の手伝いで羊飼いをしていたヘシオドス少年に詩への興味、つづいて詩作の習慣が訪れたことの神話的表現にほかなるまい。この比喩的表現の裏にどんな事実があったか。ボイオティア寒村の羊飼い少年といっても、父親はかつて文化的にも発達した小アジア植民市で船貿易に従事していた。当然ホメロスによって纏められた『イリアス』『オデュッセイア』その他の叙事

詩語りを聞く機会もあったろうし、記憶の中のその断片を息子たちに聞かせることもあったろう。それがまた記憶となってヘシオドス少年の裡にあったのが、羊飼いの徒然《つれづれ》の時に突如噴出し、詩作の習慣へと導いた、ということだろうか。

しかし、それがホメロス流の物語風の叙事詩に向かわず、神神の系譜といった思弁風の叙事詩に向かったのはなぜか。天才の独創といえばそれまでだが、ホメロスの『イリアス』『オデュッセイア』以前にトロイア戦争関連のプリミティヴな叙事詩群があったと想定されるように、ヘシオドス以前に神神の系譜関連のプリミティヴな叙事詩群があったと想定することはできまいか。ホメロスが先行するトロイア戦争関連の叙事詩群を磨いて『イリアス』『オデュッセイア』を出現させたように、ヘシオドスが先行する神神の系譜関連の叙事詩群を磨いて『神統記』、つづいて『仕事と日』を出来《しゅったい》させたと考えることは、恣意的想像に過ぎようか。

まず『神統記』から。その構成は以下のとおり、序歌。宇宙開闢。カオスの子。大地《ガイア》の子。天空《ウラノス》の去勢、王権の交替第一幕。夜《ニュクス》の子。争い《エリス》の子。海《ポントス》の子。ネレウスの子。タウマスの子。ケトとポルキュスが生んだ怪物たち。テテュスと大洋《オケアノス》の子。テイアとヒュペリオンの子。クレイオスとエウリュビアの子。ステュクスの子。ポイベとコイオスの子。ヘカテ讃歌。クロノスとレイアの子ゼウスの誕生、王権の交替第二幕。イアペトスとクリュメネの子。プロメテウスとゼウスの対決。女性の誕生。ティタノマキア。タルタロスの描写。テュポエウスとの戦い。テュポエウスの子。ゼウスの登位。ゼウスの結婚。ポセイドンの子、アレスの子。ゼウスのその他の結婚。第二の序歌。

神神の系譜といっても、じつに雑多な材料が、整理の途中で投げ出され尻切れとんぼで終わっている感なきにしもあらず。その整理の意図はどの辺りにあったか。本文を見てみよう。ヘシオドスはムーサたちの命令に従って「序歌」の中でムーサたちを長長と讃え、これから整理しようとする神神の系譜について、「オリュンポスの館に住むムーサイよ、初めから／私に語ってください。最初に生じたのは何かを告げてください」と祈り、「宇宙開闢」に入る。

いかにも、まず初めにカオスが生じた。次いで、
雪を戴くオリュンポスの峰に住む、八百万《やおよろず》の神々の
永遠《とわ》に揺るぎなき座なる、胸広き大地《ガイア》が生じ、
道の広がる地の奥深くある、闇黒のタルタロスが生じ、
そして、不死なる神々の中でも最も美しいエロスが生じた。
全ての神、全ての人間の胸の裡なる心も、
分別の計らいをも打ち負かし、四肢を萎えさせる神だ。

この箇所に登場する「エロス」についての訳者による脚注に「篇中活躍することはないが、男女を結びつける生殖原理として存在する。ここではエロースではなく、短母音でエロスの語形で

ある」とある。ある意味では『神統譜』を貫くものはエロス原理。エロスを一神格と見れば、エロスこそが『神統譜』の隠れた主人公ともいえる。さて、エロスによる男女の結びつきから生まれた神神の系譜の中心になるのは、「大地《ガイア》の子」で語られる大地《ガイア》と彼女の単性生殖から生まれた天空《ウラノス》との共寝から生まれた神神。その末子のクロノスが母ガイアの唆かしにより父ウラノスの性器を切断して王位を奪う経緯は、続く「天空《ウラノス》の去勢、王権の交替第一幕」で語られる。しかし、クロノスの王権とて永遠ではなく、クロノスの姉妹レイアとの交わりから生まれた神神の末子ゼウスに奪われる。その顚末は「クロノスとレイアの子ゼウスの誕生、王権の交替第二幕」で語られる。

「ゼウスの登位」と「ゼウスの結婚」、その後「ポセイドンの子、アレスの子」を挟んで「ゼウスのその他の結婚」で、父クロノスを追って登位したゼウスが、メティスを皮切りにさまざまの女神や人間の女性と交わって神神や英雄たちを生《な》したことが語られる。本来の『神統記』はそこまでで（さらにそれ以前に終わっているといういくつかの説がある）、「第二の序歌」は別人、おそらくはかつてヘシオドス作とされてきた『名婦列伝』の真作者の手に成るものと考えられている。

なぜゼウスが祖父ウラノスや父クロノスの轍を踏まず、主権を保ちえたのか。「ゼウスの登位」の箇所にいうとおり、「神々に、権能を巧みに分け与えた」からだろう。この目配りによって、ゼウスはアポロンら息子たちにも、他の雑多な系統の神族にも、王権を奪われることはなかった。

『神統記』に登場する神族の雑多さは怪物紛いの雑神を含めて目を覆うばかりで、おそらくウラノス―クロノス―ゼウスの神統に統一しようと考えたヘシオドスの初志は途中から変わり、ゼウスの王権を中心に置き、雑多は雑多のまま措くほうが、世界のありようを説明するのにふさわしいと考えなおしたのではなかろうか。

もしゼウスに強力な敵があるとすれば、ティタン神族イアペトスの子プロメテウスだろうか。その事情は「イアペトスとクリュメネの子」「プロメテウスとゼウスの対決」「女性の誕生」において長長と語られる。プロメテウスの父イアペトスはゼウスの父クロノスの兄弟だから、プロメテウスはゼウスの従兄弟ということになる。従兄弟どうしならば、対等の立場で王権を争うこともありえたろう。

しかし、プロメテウスのゼウスとの対決は、その王権を奪うためよりも、人間の生活を援けるため。そのためにゼウスを欺いて祭儀の犠牲獣の人間の取り分を神神の取り分より豊かにし、また天上の火を大茴香《おおういきょう》の内側に隠して地上に齎らした。怒ったゼウスはヘパイトスに美しい処女を作らせ、プロメテウスの弟エピメテウスに与えて人間の禍いとする。これはそのままヘシオドスのもう一つの叙事詩『仕事と日』に繋がろう。

さて『仕事と日』の構成は以下のとおり。序歌。二種の争い《エリス》。パンドラの物語。五時代の説話。鷹とナイチンゲール。正義について。労働の勧め。様々な教え。季節の中の農業。航海について。人生訓。様々な禁忌。人生訓、続き。日の吉凶。

こう見てくると、現行の『仕事と日』というタイトルは必ずしもこの叙事詩全体を総括していることにはなるまい。このタイトルにふさわしいのは、狭義には「季節の中の農業」「航海について」、飛んで「日の吉凶」。広義でも「正義について」以下ということになろう。しかし、とりあえずは『仕事と日』なるタイトルに従おう。『神統記』の隠れた主人公がエロスなら、『仕事と日』のそれは何か。エリスではあるまいか。「序歌」に続く「二種の争い《エリス》」に聞こう。

そもそも争い《エリス》というのは一種類ではなかった。この地上には、
二種類あるのだ。一方は、その働きに気付くと賞揚したくなるが、
もう一方は咎めなければならぬ。心ばえがまったく異なるのだ。
一方は、忌わしい戦争や諍いを煽り立てる
酷《むご》い神。これを好きになる人間は一人もないが、神々の
計らいなれば止むことを得ず、厄介な争い《エリス》と崇めている。
もう一方は、漆黒の夜《ニュクス》が総領娘として生んだもの、
天の顥気《アイテル》に住まい、高御座《たかみくら》占めるクロノスの子（ゼウス）が
大地の根元に据えた、人類にははるかに有益な神だ。
こちらは手に技もたぬ男をも仕事に向かわせる。
仕事をせぬ者も、他所《よそ》の金持ちが営々として

耕し、植え、家を見事に整えるのを見ては、
富貴を求めて励む隣人には隣人が悋気する理屈で、
これは、人類にとって善き争い《エリス》だ。

「二種類あるのだ」という箇所の訳者脚注には「『神統記』二二五以下では、争い《エリス》は夜《ニュクス》の最後の子で、労苦《ポノス》、戦い《マケ》、迷妄《アテ》などの親とされていた。その後ヘシオドスの思想が深化し、二種の争い《エリス》の提示となった」とある。要するに叙事詩『仕事と日』八二八行は、「序歌」に「ピエリアの地に生まれ、歌もて誉れを広める詩神《ムーサ》たちよ、／（中略）見そなわし聞こしめし、聞き届けたまえ、あなたは正義によって、／掟を正したまえ。私はペルセスめに、真《まこと》のことを話してやりましょう」というとおり、悪しき争いにより「王たち（土豪程度のもの）の裁きを賄賂で曲げさせ、父の遺産を不当に得た」「兄弟」（「ペルセス」についての訳者脚注）ペルセスに、有益な争いを認識し「正義」に立って生きる知恵を説いたもの、ということになろうか。

では、叙事詩全体で十回も呼びかけられている兄弟ペルセスは、エジプトやメソポタミアの教訓文学では通例の虚構の存在か、それとも実在の人物か。たしかに訳者解説にいうとおり、「『仕事と日』に見える伝記的要素（中略）を事実と信じておきながら、兄弟ペルセスとの諍いだけをフィクションと考えるのも奇妙」だろう。しかし、事実としての諍いを踏まえながら、当の相手である兄弟ペルセスを、虚構といって悪ければ文学上の人物類型にまで高めた、ということは考

えられまいか。そして、その前提には、狡猾かつ結局は愚昧な肉親に対する、愛憎を乗り超えた許しがあった、と考えるのだ。

この許しによって、ペルセスは現実の愚かな弟から、叙事詩の中の賢い兄なる者に教え諭《さと》される弟なるものに昇華される。昇華されたペルセスは「パンドラの物語」のエピメテウスと重なる。すなわち、「エピメテウスは、オリュンポスのゼウスからの贈物は／決して受け取らず突き返せ、死すべき人間の禍いとならぬようにな、／とプロメテウスから戒められていたのに、顧みなかった。／彼は受け取って、禍いを手にして初めて悟」る。ペルセスはさらにまた「五時代の説話」で語られる「五番目の人々」、つまり「鉄の時代」の「塗炭の苦しみが残るが、災厄を防ぐ術とて」ない「悲惨な人間」と重なる。

加えて「鷹とナイチンゲール」においては、ペルセスの賄賂を受け取ってヘシオドスを迫害した「王たち」を「喉頸《のどくび》の斑《まだら》なナイチンゲール」を「爪でしっかと摑まえ」た「鷹」に喩えつつ、ペルセスにこの「威丈高」な「鷹」に加担してはならぬ、と言っているのではないか。でなければ、次の「正義について」で「ペルセスよ、お前は正義《ディケ》に耳を傾け、暴慢を煽ってはならぬ」と続ける理由がなくなる。こうして、ペルセスを聞き手にした悪しき争い《エリス》が暴威を振るう現実への認識は、それゆえにこそ善き争い《エリス》に従って生きるべきだとの教訓に到るのだろう。

『ホメロス讃歌集』

古代ギリシアの叙事詩時代の最後を飾るものに『ホメロス讃歌集』がある。その題名に従うなら、ホメロスが作ったギリシアの神神への讃歌ということになるが、事実はホメロスの生地とされるキオス島を本拠とし、ホメロスの裔を称する吟遊詩人たち、いわゆるホメリダイによって作られたもの、とされる。

ホメリダイの作品がなぜホメロスの作品としておこなわれてきたか。その根底にはホメロスという存在自体のありようの不確かさがあろう。紀元前一二六〇年頃にじっさいにあったと見られるギリシア民族草創期の大事件トロイア戦争後に、吟遊詩人たちによってこの戦争をめぐるさまざまな叙事詩群が作られ、それらが歌い継がれる中から、最終的に『イリアス』と『オデュッセイア』が成立し、その最終的結集整理者がホメロスの名をもって呼ばれた。しかも、『イリアス』と『オデュッセイア』の成立には数十年の開きがあるとされ、その結集整理者については、同一人説と別人説とがある。

そもそもホメロスとは盲人または人質の意と言い、盲人または人質の吟遊詩人たちが伝えてきた叙事詩群を最終的に結集整理した一人、または二人がそれまでの吟遊詩人たちを代表してホメロスの愛称をもって呼ばれたということだろう。とすれば、ホメロスの前にもホメロスがいたわけで、その意味ではげんざい私たちがホメロスと呼んでいる人物も、ホメロス一家の一人または二人、要するにホメリダイということになろう。だとすれば、さらに後生のホメリダイの作品をホメロス作と呼ぶことも、あながち僭称とはいえまい。

もちろんすべてのホメリダイが讃歌の作者だったわけではなかろう。ホメリダイの中の詩才に卓れた者が各地に招かれて『イリアス』や『オデュッセイア』を吟誦するのに先立って、その土地ゆかりの神を讃える歌を作ってうたった。その歌はその後その土地を訪れるホメリダイにうたい継がれて磨かれていったこと、『イリアス』『オデュッセイア』の場合と同じだろう。現存三十三番中の讃歌第二番「デメテル讃歌」(沓掛良彦訳『ホメーロスの諸神讃歌』平凡社より。以下も)から。

おごそかな女神、髪うるわしいデーメーテールを歌い始めよう、
かの女神と、細やかな踝《くるぶし》もつその娘神とを。
重々しく雷鳴轟かし、遠方《おちかた》まで見はるかすゼウスにより与えられ、
冥王ハーデースがこの娘神を奪い去ったのであった。
処女《おとめ》は黄金の太刀を帯び穀物を豊かに実らせる
母デーメーテールのもとを離れて、

オーケアノスの胸ふくよかな娘たちと遊びたわむれ、
やわらかな草生うる牧の原で花を摘んでいた。
摘む花は薔薇、クロッカス、美しく咲くすみれ、
さてまたあやめにヒヤシンス、それに水仙。
この水仙は、大地がゼウスの意を承けて、
多くの者迎えるハーデースの心歓ばそうとて、
蕾にも似た顔の処女を欺くために咲かせた花。
それは不死なる神々であれ死すべき身の人間であれ、
見る者すべての心に驚嘆を呼び起したもの。
その根からは百本もの茎が生え出で、
いとも甘やかな芳香をただよわせていたので、
頭上に広がる天空も大地も
海面に沸き立つ潮も、なべて悦びに微笑んだ。
処女は驚きに胸つかれ、この美しい慰みの具を取ろうとて、
両手をともにさしのべた。
すると、路広い大地はニューサの野で大きく口を開け、
多くの者迎える王、多くの名もつクロノスの御子なるハーデースが、

不死なる馬を駆って処女の前にあらわれ出でた。
して、抗う処女を捕えて黄金の馬車に乗せ、
泣き叫ぶのもかまわずに、無理やりに拉《らっ》し去った。
……

思うにデメテルはオリュンポスの神神の中で、主神ゼウスの妃神ヘラを超えて最重要の女神。大地母神として娘神の穀物神コレまたの名ペルセポネとペアで人間の生命と密接に関わるデメテルへの讃歌は、いきなり娘神の拉致という悲劇から始まる。ペルセポネの悲痛な叫びを聞いたデメテルは、愛娘《まなむすめ》の行方を求めて大地と海原とを経めぐる。高処《たかど》からすべてを見守る日神ヘリオスに、拉致したのが兄弟のハデス、唆かしたのが兄弟で娘の父ゼウスと知らされて悲しみ怒り、哀れな老婆に身をやつし人間の世界をさまよう。その途次エレウシスの地で王族の女たちに親切にされ、そこがのちに古代ギリシア世界に名だたる秘儀の地となる。

デメテルの呪いで、播かれた種子の一粒も芽を出すことのない事態を深く憂えた大神ゼウスは、望む栄誉を与えることを条件にオリュンポスに戻るよう神神を遣わすが、女神は怒りを解かない。ついに大神はヘルメスを冥界に遣わし、ペルセポネを一年の三分の二は地上に還すようハデスを説得する。ハデスもやむなくそれを受け容れ、デメテルも怒りを解いて大地から実りの芽を生《お》い出させた。女神はそれからエレウシスの王たちの許に赴き、うるわしい密儀を開示した、と「讃

歌」は言うが、密儀の内容は明かされない。
内容を明かさないのが秘教の秘教たる、密儀の密儀たるゆえんだが、そもそも「讃歌」の詩人は内容開示に関心がない。彼はその地に呼ばれて『イリアス』『オデュッセイア』を語る前にその地を賞めるべく、その地ゆかりの神神の物語をすればこと足りたろうからだ。「デメテル讃歌」は次のように閉じる。

いざ、かぐわしく香るエレウシースの地と、波打ち寄せるパロスと、
岩がちなるアントローンを領したもう女神たち、
季節もたらし四季折々の賜物を恵むデーオーの君よ、
女神御みずからとその娘神なるいとも美しきペルセフォネーよ、
わが讃歌《ほめうた》を賞でたもう報酬として、心にかなう糧をくだされたまえ。
さてわたしは、あなたをも他の歌をも想い起そう。

ここで「他の歌」とは『イリアス』や『オデュッセイア』を指すのか。それとも他の神への讃歌をいうのか。もし後者ならたとえば続く讃歌第三番の「アポロン讃歌」「デロスのアポロンに」「ピュトのアポロンに」がある。ここでは「デロスのアポロンに」から。

遠矢射るアポローンのことを想い起し、忘れはすまい。
この神がゼウスの館へ足を踏み入れると、神々は震えおののく。
して、アポローンが近くに寄って輝く弓を引き絞ると、
神々は皆々急いでその座から立ち上がる。
だがひとりレートーのみは雷鳴《いかずち》を悦ぶゼウスのそばから動かない。
女神はわが子の弓を緩め、箙《えびら》の蓋を閉じて、
そのたくましい肩から弓を外してやって、
それを父神が坐す柱に打たれた黄金の釘にかける。
してアポローンの手を取って導き、御座《みくら》に坐らせる。
すると父神はいとしい息子を喜び迎え、
神酒《ネクタル》を黄金の杯に注いで与える。その後で他の神々は初めて席につく。
されば尊き女神レートーは、弓矢もつ強い息子を産んだことを喜ぶ。

この後、詩人はゼウスの胤《たね》のアポロンを胎《みご》ったレトが、ヘラの嫉妬のため産褥の場を見いだせずにさすらい、産まれるアポロンの社《やしろ》をそこに作るという条件で、不毛の岩島デロスでぶじアポロンを産み、その後の島がアポロン信仰の中心として繁栄した次第を語り、アポロンに仕える処女《おとめ》たちを讃えた上で、懇願する。

いざアポローンよ、アルテミスともども恩寵をたれたまえ。
どの乙女たちもさらば。後々までもわたしのことを心に留めておいてくれよ。
もしいつの日か世にある人々のうちで、
誰か苦難を経た他所の人がここに来て、
「乙女たちよ、この地を訪れた歌人《うたびと》のうちで最も甘美な歌人で、
そなたたちの心を喜ばせたのは誰であったか。」と尋ねたら、
その時は皆々口をそろえてこう答えてくれよ。
「それはかの盲いたる人。峨々たるキオスに住み、
その人の口にする歌はことごとく、後の世までこれにならぶものとてない。」と。
わたしもまた、この地上に住む人々の賑う都邑《まち》を巡り歩くかぎり、
そなたたちの誉れを歌い伝えてゆこう。
わが歌が真実のものであるからには、人々もまたそれを信じよう。
さてこのわたしは、髪うるわしいレートーの産んだ、
銀の弓もつ神、遠矢射るアポローンを讃め歌うことをやめはすまい。

ここにいう「かの盲いたる人」、「峨々たるキオスに住み、／その人の口にする歌はことごとく、

後の世までこれにならぶものとてない」人とは誰か。キオス島生まれとされるホメロスであり、その裔を称する吟遊詩人たち、ホメリダイのひとりひとりだろう。今日から考えると二つのことは矛盾のようだが、当時の感覚では矛盾ではあるまい。彼らひとりひとりはホメロス作といわれる叙事詩を語りつつ、わが身においてホメロスを体現してもいた。また讃歌を作るときもホメロスとして作り、うたうときもホメロスとしてうたっていた。それが「歌い伝えてゆ」くことであり、「人々もまたそれを信じよう」というのは、そのことが歌い手にとってだけでなく、聴き手にとっても共通感覚《コンセンサス》だったからだろう。

『ホメロス讃歌集』はそれぞれ数百行から成る長篇四篇と短篇二十九篇から成る。長篇四篇はこれまでに紹介した「デメテル讃歌」四百九十五行と「アポロン讃歌」五百四十六行のほかは「ヘルメス讃歌」五百八十行と「アプロディテ讃歌」二百九十三行。ここでは讃歌というものの常識を裏切る気味がないでもない「ヘルメス讃歌」を見ることにしよう。

ヘルメースを讃め歌え、ムーサよ、ゼウスとマイアの御子、
キューレーネーと羊多いアルカディアを統べる神、
幸運もたらす御使者《みつかい》を。うるわしい巻毛の畏いニンフのマイアが、
ゼウスと愛の交わりをなしてこの神を産んだ。

というとおり、ヘルメスはオリュンポスの神神に属しながら、母親が神神より一段低い身分の「ニンフのマイア」であり、自身ゼウスの「御使者《みつかい》」とされ、他のオリュンポスの神神より格下の扱いである。にもかかわらず、他の神神より長い讃歌を献げられているのは民衆、それも下層の民衆に根づよい人気を持っていたからだろう、という。讃歌にうたわれるこの神の行為も、下層民衆好みだ。すなわち、

その時かのニンフが産んだのは、策略に富み、奸智に長け、
盗人にして牛を追う者、夢をもたらし、夜陰をうかがい、門口を見張る神であった。
この神はさっそくに、不死なる神々の間で聞こえも高い所業を顕わすこととなった。
暁時に生れ落ちると、昼間にははや竪琴をかき鳴らし、
日暮れには遠矢射るアポローンの牛を盗んだのだ。

生まれたその日に嬰児ヘルメスが顕わした所業とは、揺籃を這い出て戸口の外で亀を見つけて肉を抉り出し、甲羅に羊腸の絃を張って竪琴を作り、音楽を奏でたこと。もう一つはアポロンの牛を盗んで殺し、火を拵えて炙り、さて何食わぬ顔で元の揺籃にもぐり込んで寝たふりをしたこと。二つの所業の結びつきにはいささか無理があるとされるが、音楽や詩歌にはほんらい盗みに通じる欺瞞の要素が含まれていることを言っていると取るのは、後世の理屈にすぎようか。

短篇では讃歌二十六番に数えられる「ディオニュソス讃歌」を挙げておこう。

常春藤《きづた》の冠戴き、響動《とよめき》起す神
ディオニューソスを歌い始めよう、
ゼウスと誉れ高きセメレーの秀でたる息子をば。
御神を髪うるわしきニンフたちがその胸に、
父なる大神より受け取り抱いて、
ニューサの峡間で慈しみ育てた。
父神の御心《みこころ》のままに、神々の一員として、
御神は洞穴《ほこら》の中にて成長なされた。
さて、女神たちがあまたの讃歌《ほめうた》捧げられるディオニューソスを育て上げるや、
御神は常春藤と月桂樹とを身にまとわれて、
鬱蒼と木々繁る谷めぐってさまよい歩かれた。
ニンフたちはその御供をして従いゆき、
御神は先立ちて女神らを引きゆきたまえば、
果しなく広がる森は鳴り響動《とよ》んだ。
では、御身はこれにてさらば、

豊かな葡萄の房もちたまえるディオニューソスよ。
われらが歓びあふれる心で再びこの季節を
迎えることができるようになしたまえ。
そしてまたその後の、巡り来る多くの年々をも。

他の短篇の多くが「編集詩」と呼ばれるとおり、しばしば舌足らずで内容空疎なのに較べて、この一篇は短いにもかかわらず、豊饒な感じがする。訳註者が言うように、『イリアス』や『オデュッセイア』と関わりなく、これ単独でディオニュソス＝バコスの祭礼で信女たちにうたわれたものかもしれない。

成立年代や場所はまったく不明だというが、『ホメロス讃歌集』と一括りにされる文学的なものの中ではかなり異質で、信仰色が強いという意味ではのちの『オルペウス讃歌集』に近いと言うべきか。

独唱抒情詩

西洋古典学の教えるところでは、古代ギリシア文学は前八世紀と前七世紀で大きく様相を変える。前八世紀までが叙事詩の時代、前七世紀からは抒情詩の時代といえようか。

前八世紀の八〇〇―七五〇年頃、ホメロスの『イリアス』、つづいて『オデュッセイア』が完成し、さらに七〇〇年頃、ヘシオドスの『神統記』『仕事と日』が成立した、とされる。そして、前七世紀の半ばから後半にかけてアルクマアンが、やや後れてステシコロス、つづいてアルカイオス、サッポオが活躍する。

なぜ、叙事詩が抒情詩に取って代わられたのか。英雄時代の続きの暗黒時代が終わり、血統を誇るだけの王族に代わって、実質的土地所有者の貴族層に政治の実権が移るいっぽう、都市が生まれ台頭した商工業者が新興階層として自己主張を始め、貴族層と対立した。この対立に乗じて登場するのが僭主（＝ティランノス）という卓れてその時代的な存在で、彼らの庇護のもと抒情詩の一体である合唱抒情詩も発展した。

もちろん、この時代に抒情詩が突然誕生したわけではなかろう。ホメロスの『イリアス』『オデュッセイア』がげんざいあるかたちに編集される以前に、長い叙事詩の混沌時代が続いたと推測されると同様、アルクマアン以下の抒情詩人たちが登場する以前に原抒情詩時代があったと考えるべきだろう。その根跡はほかならぬホメロスの叙事詩の中に垣間見ることができる。それらいうなれば無名の一回性の自然発生的な歌謡が、才能ある詩人の登場によって磨かれ、げんざい断片として残る祝婚歌や挽歌、その他の抒情詩に成長したのだろう。

抒情詩の胎動はことにエーゲ海東部、小アジア沿岸のギリシア人植民都市に著しかった。現在いうギリシア本土に存在した母市と異なり、そこからはみ出した移民によって建設された植民市には古い桎梏もなく、自由な海上交易による経済発展と情報収集に恵まれ、結果的に住民の個の自覚を促した。彼らが英雄たちを主人公とする古い叙事詩より、自分たちと同じ生身の人間の日常の感情をうたう抒情詩に魅かれるのは自然の勢いというものだろう。

そもそも叙事詩の『イリアス』『オデュッセイア』の結集者ホメロスもエーゲ海東部の生まれと伝えられるし、『神統記』『仕事と日』の著者ヘシオドスも同じ地域から本土に移住した人の息子だった。スパルタを活躍の場としたアルクマアンにも小アジアから連行された奴隷だったという説があり、これを疑問とする専門家も少なくないが、小アジア出身という説があるということが重要だろう。叙事詩に引きつづき、抒情詩もエーゲ海東部の植民都市地域からという共通理解が、本土にもあった証拠だろう。ステシコロスはエーゲ海東部とは逆方向ながら、やはり新開地であるシケリア（現在のシチリア島）の植民都市ヒメラの出身、アルカイオス、サッポオは小アジアを間近に見るレスボス島の出身だ。

本稿では便宜上、抒情詩ということばを使っているが、抒情詩に当たる英語lyric、フランス語lyriqueは東方起源の絃楽器の竪琴lyraから出ている。つまり私たち現代日本人のいう抒情詩とは異なり、古代ギリシアの抒情詩は音楽を伴い、詩人は同時に作曲家であり、朗唱者・演奏家だった。さらに合唱抒情詩では舞踊を伴った。この場合、詩人は振付家であり舞踏家でもあった。

古代ギリシアの抒情詩は大きく独唱抒情詩と合唱抒情詩に分かれる。前者は作者自ら詩を作り曲《ふし》付けして自ら歌うもの。したがって言語はその詩人の土地の方言が用いられる。これに対して後者は作者の作詩作曲したものを作者が指揮して合唱隊に歌わせた。この時の言語はホメロス以来の人工的詩語に加えて、スパルタ地方のドリス方言が使われた。これは合唱抒情詩の中心地がスパルタおよびその植民都市（南イタリアとシケリア島に点在）だったという歴史的事情による、という。

もちろん、一篇が数百行から数千行、一万行を越えることもある叙事詩に較べて、抒情詩は総じて短く、そのぶん、叙事詩が長短短六脚韻《ダクチュリック・ヘクサミーター》なのに対して、抒情詩は長短短格《ダクチュロス》、短長格《イアンボス》、長短格《トロカイオス》、長短長格《クレティコス》と韻律の変化に富むが、原語によらず和訳で読む本稿では深入りしない。詩の享受者が古い王族から新しい貴族・庶民に移ったことで、韻律上の好尚も長長しい叙事詩の単調から短い抒情詩の変化に富む調べに変わった事実を押さえておけば足りよう。

ただし、同じ抒情詩でも節《スタンザ》を重ねるだけの形式的に単純な独唱抒情詩に較べ、合唱抒情詩の、特に発達したものは節に代わって、正旋舞歌《ストロペ》、対旋舞歌《アンティストロペ》、結びの歌《エポドス》の三つの組合せの、一回から十回以上の繰り返しから成る。これは舞踏を伴うことから来るもので、作者は作詩・作曲・作舞・指揮を兼ねて専門職業化が進み、要請があれば遠隔の地にも出かけた。そのため、合唱抒情詩の作者は旅の詩人とも呼ばれた。対する独唱抒情詩の作者は地《じ》の詩人ということになろうか。以上、古代ギリシア抒情詩のありようについては、要所で『ギリシア合唱抒情詩集』（アルクマン他、丹下和彦訳、京都大学学術出版会、西洋古典叢書）解説に教えられた。

　独唱抒情詩と合唱抒情詩では、前者が古く後者が続いたと考えるのが自然だろう。しかし、げんざい文献として残るところでは、合唱抒情詩のアルクマアン、ステシコロスが古く、独唱抒情詩のアルカイオス、サッポオのほうが新しい。これは地域による発達差や個性の相違もあろうし、細かく見れば合唱抒情詩人にも独白の気味、独唱抒情詩人にも独白を超えた集団的要素が浮かびあがろう。ここでは時代を逆に、独唱抒情詩の代表的存在であるサッポオから見ていくことにしよう。

　旧い詩である叙事詩に対抗して生まれた新しい詩の抒情詩だが、その担い手はすくなくともレスボスにおいては、新興の商工業者層よりは旧い体制に属する貴族層から出た。これは彼らが新興階層に較べて教養を持っていたことに加えて、新興階層に押されての危機にあったことによるものだろう。表現、ことに詩歌というような尖鋭な表現は、ある種の危機、または危機感が契機にならなければ、生まれないものらしい。

もともとレスボスの主邑ミュティレネは、トロイア戦争におけるアカイア方の総帥アガメムノンの孫ペンティロスの血を引くというペンティリダイに治められていた。しかし、暗黒時代が終わって実権を失った王族に代わって、土地所有に基盤を置く貴族勢力と商工業を拠り所とする市民勢力の抗争が続いた。市民勢力は王族を追放して僭主を擁立、その打倒を企てた貴族たちはミュティレネを追放され、島内の小邑ピュラに蟄居を余儀なくされた。

その中に詩人のアルカイオスも、サッポオもあった。サッポオの一族もアルカイオスともども、貴族勢力の構成員として市民勢力の押し立てた僭主制の打倒を企てたのだろう。僭主も何度か変わり、貴族たちも許されてミュティレネに戻ったが、またもや追放の憂き目を見る。おそらくふたたび同じ企てにより、アルカイオスは小アジアの富都サルディスに亡命、サッポオの家族は遠くシケリアのシュラクサイで流謫の生活を送った。

アルカイオスも、そしてたぶんサッポオもそれ以前から詩を作っていたと思われるが、二度にわたる追放生活がその詩を磨いたことはじゅうぶんに考えられよう。もっとも、男性であるアルカイオスはあからさまに自らの政治的立場を闡明《せんめい》にする詩を書いたが、女性であるサッポオはその種の詩は書かなかったようだ。のちにアレクサンドレイア時代に纏められたサッポオの詩は九巻あったというが、その後キリスト教の二度の狂信的焚書によって、げんざい僅かな断片をとどめるのみ。しかし、受難以前のサッポオの詩を読んだ著述家の言及にもその種の作を見た形跡はない。

では、サッポオの詩の内容はどんなものだったか。幸いにも完璧に近い形で残っている二篇の作を読んでみよう。一篇は「アプロディテ讃歌」と呼ばれるもの（ここでは沓掛良彦『サッフォー詩と生涯』水声社版から「アフロディーテー禱歌」を）。

彩色《いろどり》もあやな玉座《みくら》にいます、不死なるアフロディーテーさま、
ゼウスのおん娘、策略《てだて》めぐらしたもう女神よ、
おんみに祈り上げます、悲嘆《かなしみ》と苦悩《くるしみ》とによりわが心を
ひしぎたもうな、と。尊い女神よ、

いざ来ませ、こなたにこそ、何時《いつ》とてかそのかみ、
わが祈りまつる声を遠方《おちかた》より聴きとどけたまいて、
父神の黄金《こがね》造りのおん館を立ち出でて
わがもとへ来たりたまいしことあらば《ママ》、

御《み》車を駆られて。おんみを導き誘《いざな》う
天翔けること迅《はや》いつがいの雀らが、その翼《はね》を
繁く搏《う》っては羽ばたかせ、かぐろい大地へと

高天《たかぞら》より中空《なかぞら》を分けて

たちまちに舞い来たった。して、至福なる女神よ、おんみは
不死なる面輪《おもわ》にほほえみたたえて、問わせたもうは、
このたびはまた何に胸を痛め、また
なにゆえに呼び奉ったのかと、して

もの狂おしい胸中に何の成就を願ってのことかと。
「このたびはどの少女を、そなたの
愛を享ける者とせよと言いやる？　サッフォーよ、
そなたのこころ害《あや》めるは、そも誰ぞ？

あの娘《こ》がそなたを厭うていようとも、やがてみずから追い求めよう、
いまはそなたの贈物を拒むとも、やがてはみずから贈物をそなたに捧げ来よう、
いまは恋せずとも、やがてはそなたを恋する身となろう、
たとえその意にそわずとも。」

いまもまた、わがもとに来ませ、つらき苦悩《くるしみ》より救いたまえ、
わがこころの憧れ求むるなべてのものを、
いざ、成就せしめたまえ。女神おんみずから
加勢の手とならせたまえ。

ここには愛の女神アプロディテの彩色した神像の祭られている玉座があるのだろう。その前でサッポオが跪き、祈っている。サッポオは当座の願《ね》ぎごとを申すかわりに、かつて自分の祈る声を遠く、たぶんキュプロスのパポスの宮で聞きたまい、はるばる自分のもとへ来たもうたことを言う。その折、「このたびはどの少女を、そなたの／愛を享ける者とせよと言いやる？（中略）あの娘が（中略）いまは恋せずとも、やがてはそなたを恋する身となろう」と問わせたもうた、と言い、いまもまた、わがもとに来ませ、つらき苦悩より救いたまえ、わがこころの憧れ求むるなべてのものを、いざ、成就せしめたまえ、と祈る。これはいったい何なのか。

サッポオのひとりの少女への恋の成就のための祈り、常識的に受け取ればそういうことになろう。そこからサッポオ同性愛説が生じ、女性間の同性愛を意味するサッフィズム、レスビアニズムの語を生み、キリスト教のサッポオの詩への弾圧の理由ともなったこと、知られるとおりだ。しかし、ほんとうにそうなのだろうか。私の解釈はすこしく異なっている。

サッポオは愛の女神アプロディテを祭る私塾のごときものを開き、少女たちを親たちから預か

り、愛される女性になるための教育を施していた。最初は近隣から、のちサッポオの評判が拡がるにつれて、広くギリシア人世界の各都市から有力者の少女たちが預けられた。その新入りの少女を受け入れるさい、塾の守護女神であるアプロディテの神像の下、少女や少女の親たちを前に、サッポオ自らが竪琴を弾じながら歌った、なかば公的な受け入れの歌が、この詩なのではないか。
さらにもう一篇、「恋の衝撃」と呼ばれる作（これも沓掛訳で）。

わが眼には、かの人は神にもひとしと見ゆるかな、
君が向かいに坐したまい、いと近きより、
愛らしうもののたまう君がみ声に聴き入りたもう
かの人こそは、

はたまた、心魅する君が笑声《わらい》にも。まこと、
そはわが胸うちの心臓《こころ》を早鐘のごと打たせ、
君を見し刹那より声は絶えて
ものも言い得ず、

舌はただむなしく黙して、たちまちに

小さき炎《ほむら》わが肌《はだえ》の下を一面に這いめぐり、
眼《まなこ》くらみてもの見分け得ず、耳はまた
とどろに鳴り、

冷たき汗四肢にながれて、身はすべて震えわななく。
われ草よりもなお蒼ざめいたれば、
その姿こそ、わが眼にも息絶えたるかと
見えようものを。

「されど、なべてのことは忍び得るもの、げにも…」

一篇の登場人物は三人、話者であるわれと、われのひそかに恋い焦がれる君と、君が親しげに向きあっているかの人と。われと君とは女性であり、かの人は男性。君とかの人の親しげな様子にわれは激しい羨望を感じているが、かの人に嫉妬、ひいては憎悪を覚えているわけではない。われはかの人にも憧れを感じていて、そのことの表われが「神にもひとしと見ゆる」という形容だろう。

この作もまた、常識的に読めば同性愛的、あるいは両性愛的人間関係の表出となり、のちにいうサッフィズム、レスビアニズムの根拠ということになろう。しかし、ここで不思議に思われるのは、同時代のアルカイオスも後代のプラトンをはじめ古代ギリシアの著述家たちも、そのことに何の非難めいた発言をしていないことだ。非難が登場するのは古代ギリシア人世界、さらに地中海世界にキリスト教が拡がったのち。

これも私の考えをいえば、サッポオの私塾における教科の一部、愛のケース・スタディーのようなものではないか。サッポオの私塾では少女たちに詩や音楽や舞踊、礼儀作法を教えたようだが、基本は愛される女性になるための教育、今風に砕けていえば花嫁教育のようなものだった。そこでは男女の新床での愛の行儀への指導もおこなわれたろう。あからさまな性技指導といわないまでも、家族の中の父や兄弟以外の男性とのつき合いのない良家の少女への愛の行儀への指導は、花嫁教育の必修課目だったのではないか。

その指導において教師であるサッポオが男役を担ったろうことは自然で、残存する詩の断片に見られる少女への愛の表現はその視点からの理解が可能ではないか。その指導に当たったサッポオに同性愛的傾向があったとしても、そのことは指導にとって有益でこそあれ、非難には当たらなかったのではないか。

合唱抒情詩

古代ギリシア独特の合唱抒情詩にも長い前史がある。『ギリシア合唱抒情詩集』（アルクマン他、丹下和彦訳、京都大学学術出版会、西洋古典叢書）解説によれば、断片を含め作品の残るアルクアマン、ステシコロス、イビュコス、シモニデス、ピンダロス、バッキュリデスに魁《さきが》けて、オリュンポス、エウメロス、テルパンドロス、タレタス、ポリュムネストスらの名が伝えられる。

オリュンポスはほぼ前八世紀後半から前七世紀前半の人とされるが、初代・二代があったらしい。現在のトルコ西側プリュギア出身の立笛アウロス奏者で、朗唱のための新しい旋律を各種開発した、という。エウメロスは前八世紀後半、コリントスの人で、彼の作の一部と伝えられる小断片はこんにち残るギリシア抒情詩の最古のものとされる。テルパンドロスはレスボス島に生まれ、前七世紀前半にスパルタで活躍、七絃の竪琴を考案し、またスパルタの内紛を音楽によって解決したとも。タレタスは前七世紀の人でクレタ島に生まれ、クレタの旋律をスパルタに導入、音楽の力で疫病から人びとを解放したと。ポリュムネストスは前七世紀半ばの人で小アジアのコロポンに生まれ、スパルタを訪れ行列歌を創始した、という。

以上からもわかるとおり、前七世紀のスパルタは後世の武一辺倒の鎖国的な国柄とは異なり、外にも開かれて都雅な気風にあふれ、合唱抒情詩の一大中心地だったことがわかる。その伝統の上に同世紀半ばから後半にかけてのアルクアマンの華華しい活躍もあるのだろう。彼は少女合唱隊のための作詩・作曲・作舞・宰領者であり、呉茂一の名訳で知られる断片「眠るは山の嶺／かひの峡間《はざま》／またつゞく尾根／たぎつ瀬々／また地を爬ふものは／か黒の土の育《はご》くむところ／山に臥すけだもの／蜜蜂の族／また紫の潮のおくどに／潜む異形《ゐぎやう》の類、／眠るは翅ながの／鳥のうから。」の如きも少女合唱隊用の合唱抒情詩の一部であるらしい。

　アルクアマンの宰領する少女合唱隊の合唱はどのようになされたのか。彼の現在まで残る断片の中では最長の一〇〇行余りの「乙女歌《パルテネイオン》」と呼ばれるものの後半部に、実際の合唱のありさまが描写されていて、興味ぶかい。ここでは丹下和彦訳から。

あの人はアギドの［近くに］侍して
われらが祭礼を寿ぎ称えている。
さあ、彼女らの［祈りを、］神々よ、
受け入れたまえ、成就と完成は
神の領分に属するもの。［合］唱隊の長よ
言わせていただけるなら、わたしのこの身は

梁の梟のように空しく歌う平凡な乙女子
それでもアオティスを喜ばすことを
ひたすら願うもの。あのお方こそ
わたしたちの数々の苦悩の癒し手だから。
でも乙女子らが愛しい平和の途に達しえたのは
ハゲシコラのおかげ。

というのも引き馬のように
〈一行判読不能〉
船にあってはなにがなんでも
舵取りの言うことに従うべきなのだから。
もちろん彼女の歌の響きは
セイレンのそれよりも妙なることはない。
なんといってもセイレンは神さまなのだから。でもわれら十人の乙女子は
十一人の乙女子に充分対抗して歌う。
その歌声はさながらクサントス川の水に浮かぶ
白鳥のよう。彼女はその愛らしい黄金の髪で

〈以下四行欠損〉

歌っているのは十人の少女合唱隊だが、その中のひとりの少女が歌っている体裁だ。彼女は自分たちの合唱隊の長《おさ》の美少女ハゲシコラを讃め、自分たちの合唱隊と対抗する合唱隊の長の美少女アギドを讃め称えている。二つの合唱隊の二人の長は共に神神に、とりわけ暁の女神アオティスに祈りを献げている。ということは、対抗するといっても二つの合唱隊は敵対しているわけではなく、対抗して歌い祈ることで祭儀を盛りあげているのだろう。ひょっとしたら、ハゲシコラを長とする合唱隊とアギドを長とする合唱隊は、共にアルクアマンの宰領するところかもしれない。

なお、帝政期ローマの紀元後二〇〇年前後に活躍したギリシア系著作家、アテナイオスが『食卓の賢人たち』に引用したアルクアマンの断片に「この言葉づかい、この韻律はアルクアマンが／見つけ出したもの、鷓鴣《しやこ》の調子のよい声と／つけ合わせ調えて。」また「わたしはあらゆる鳥の声調《しらべ》を／知っている。」というのがあり、歌いはじめるに当たってかならず詩女神《ムーサ》を立てた叙事詩人たちと異なり、アルクアマンはその抒情詩を自らの才覚によって作ったことを誇っている。

その延長線上に、アルクアマンにすこし後れて前七世紀後半にシケリア島のヒメラまたは南イタリアのマタウロスに生まれ、前六世紀前半にシケリアを中心に活躍したステシコロス、さら前六世紀前半に南イタリアのレギオンまたはシケリア島メッサナに生まれ、シケリア各地で活躍ののち、イオニアのサモス島に渡って後半生を過ごしたらしいイビュコスがあるが、一挙に飛んで前六世紀末から前五世紀前半、シモニデス、ピンダロス、バッキュリデスが続いて登場し、競合して活躍した合唱抒情詩の絶頂期にして終焉期を見ることにしよう。

なぜこの時期に合唱抒情詩が絶頂期を迎え、彼らの退場と共に終焉するのか。それは古代ギリシアのこの時代がどういう時代だったかを見ることによって見えてこよう。まず前七世紀後半からギリシア世界各地で、新興の商工業者など民衆の力を背景に僭主が登場する。前六世紀に入りアテナイで父母共に名門の出で、改革者ソロンに愛育されたペイシストラトスが、何度かの失敗ののち、前五四六年僭主の座に就いた。彼は土木建築事業を興してアテナイ市を整備、元来のパンアテナイア祭を拡充してディオニュシア祭を創始。ホメロスの二大叙事詩を結集《けつじゅう》・編集させ、学芸を奨励。悲劇・喜劇をはじめ、詩歌文芸隆昌の基をつくった。

その時期は東方、ペルシア帝国の興隆時代でもあった。前五五〇年にキュロスがメディア帝国を覆してペルシア帝国を建設、前五四六年から五年にかけてリュディアの首都サルディスが陥落し、小アジア沿岸イオリアのギリシア植民諸都市が帝国に併合。ペイシストラトスの没する二年前の前五二五年にはエジプトも征服している。前五世紀に入り、ペルシアは前四九〇年と前四八〇—七五年と二度にわたってギリシア本土に侵入。しかし、一回目はアテナイ軍が、二回目はアテナイを中心とする諸都市国家連合軍が果敢な戦いによってペルシア軍を撃退している。

つまり、この時期は古代ギリシア世界の諸都市国家それぞれの民衆の自覚の時代であるとともに、それぞれの都市国家を超えた共通のギリシア人としての再認識の時代でもあった。その自覚=再認識において、彼らは神話伝説中の古い英雄ではなく、現実世界の新しい英雄を必要とした。その必要に応えたのが、新しい時代の合唱抒情詩人たち、シモニデス、ピンダロス、バッキュリデスたちだった。新しい英雄は大きく分けて二通り、死の極みによる英雄と生の極みによる英雄ということになろう。具体的にいえば、祖国とギリシア民族を守るために生命を落とした英雄と、ギリシア民族間の国際的な競技会において生命を輝かし祖国の名を高からしめた英雄とである。彼らはその仕事に対して報酬を受けた職業詩人で、どんな注文にも応じられたはずだが、残存する作品により、かりにシモニデスは碑銘詩を、ピンダロスは祝勝歌を得意とした、といえばいえようか。

シモニデスは前五五七／五五六年頃、アッティカ半島スニオン岬から海上二十キロのケオス島に生まれ、若くして詩才を謳われてギリシア世界各地の有力者の許を巡り、注文に応じて詩を書いた、といわれる。ペイシストラトス没後、僭主の座を襲った息子ヒッパルコスの許に滞在し、デュテュランボス詩競技で五十六回も優勝した、という。またオリュンピアその他の競技祭での優勝者のための祝勝歌も多数作っているが、断片しか伝わらない。ここにはその用途上の短かさのゆえに全体が残っている碑銘詩のいくつかを示そう。丹下和彦訳。

異国《とつくに》の人よ、われらそのかみは水もよろしきコリントスに住居《すまい》せし者。

いまはアイアスの島サラミスがこの身を留む。
この地でフェニキアの、またペルシア、メディアの船を毀《こぼ》ち、
　聖なるギリシアを護りしはわれら。

＊

ギリシアのため、メガラの人らのために自由の日の育ちゆくよう
　願うがあまり、われら死の運命《さだめ》を甘受せり。
ある者はエウボイア、また弓の神
　聖なるアルテミスの社《やしろ》殿の建つペリオンで。
ある者はミュカレの山中で、またある者はサラミスの島の前
　………
またある者はボイオティアの野で。これは
　騎兵にあえて素手で立ち向かわんとした者。
市民らは人の集まるアゴラの、ニソスの民の臍のまわりで、
　この誉れをわれら皆に平等に与えてくれた。

＊

アテナイの子ら、ペルシア勢を討ち果たし
苛酷な隷属から祖国を護りき。

＊

かつてこの地で三百万の軍勢と戦うたペロポンネソス四千の兵。

＊

異国《とつくに》の人よ、スパルタの郷人《さとびと》に伝えてよ、
われら言われしままに掟を守り、ここに眠ると。

＊

ギリシアのためペルシアに刃向かい斃れし者ら、

法に厳しいロクリス人《びと》の母市オプス、これを悼む。

ここに引いただけでも、コリントス、メガラ、アテナイ、スパルタ、オプスの各都市国家がペルシア戦争で死んだ自国の兵たちを称揚する碑銘詩をシモニデスに依頼している。それだけギリシア世界においてシモニデスの詩名が高く、彼に碑銘詩を書いてもらうことが祖国およびギリシア世界のための犠牲になった死者たちを新しき英雄として永遠化する保証となったのだろう。

対するピンダロスは前五二二／五一八年にボイオティアのテバイ近郊の名家に生まれ、すでに二十歳で合唱抒情詩人として知られていた、という。すこぶる誇り高く、アテナイでシモニデスに、テバイで女流詩人コリンナに教わったにもかかわらず、自分が鷲ならシモニデスやその甥バッキュリデスは烏と嘲りコリンナとの歌競べに負けて牝豚と罵った、と伝えられる。ヘレニズム時代に十七巻に纏められた彼の作品は、ローマ時代・ビザンティン時代を通じて教科書として用いられたため、古代ギリシアの抒情詩人の中では例外的に、全体のほぼ四分の一に当たる最後の四巻分の競技祭祝勝歌が今日まで残っている。いずれも荘重華麗、韻律修辞はしばしば複雑晦渋、量的にも長大なものが多いが、ここでは比較的短かい作品を引こう。京都大学学術出版会、西洋古典叢書、ピンダロス『祝勝歌集／断片選』「イストミア第三歌　テバイのメリッソスのために——戦車競走優勝」内田次信訳。

〔ストロペ〕

もし人が、栄《は》えある競技で、
または富の力で、幸《さき》わいつつ、厭わしい高慢を心中に抑えられるなら、
市民の賞賛を受けるに値する。
そしてゼウスよ、偉大ないさおが人間どもにかなえられるのは
あなた次第である。畏敬を忘れぬ者の幸福はより長く生き続けるが、よこしまな心の持主に
　それが
いつも変わらず栄えつつ伴なうことはない。

〔アンティストロペ〕

誉れあるいさおに報いつつ人は、すぐれた男子を讃美し、
好意あふれる祝勝の歌で賞揚せねばならぬ。
メリッソスは、じつに二重の賞を恵まれて、
甘美な喜びに心を委ねることができる。
イストモスの谷間で栄冠を受けた彼は、さらに
胸板厚き獅子の窪地で戦車競走の覇者となり、

〔エポドス〕

テバの名を触れさせたのだ。祖先から受け継いだ
生来の資質を彼は辱めてはいない。
あなたたちは、クレオニュモスが戦車で得た
いにしえの誉れをご存知だ。
そして母方では彼らはラブダコス一族につながり、
四頭戦車に辛苦を惜しまず富を用いていた。
人生は、うねり寄る日々とともに、折につけ転変を引き起こす。
傷つけられないのは神々の子たちだけなのだ。

テバイはピンダロスの故郷、しかも名だたる少年愛者である彼は、同郷名門の逞しい少年の優勝に心弾み、この短かいながら高揚した一篇を成したのかもしれない。なお、ストロペ、アンティストロペ、エポドスは二群に分れた合唱隊が舞踏しながら歌い競いつづいて共に歌う形式で、ふつうこの正・反・合が何度か繰り返されるが、この「イストミア第三歌」では一度だけで、繰り返しはない。なおエポドス最初の「テバ」とはテバイの守護女神であるニュンペ（ニンフ）の名。
それにしても、シケリア島シュラクサイの僭主ヒエロンの寵を競いあったシモニデス、ピンダロス、バッキュリデスの後、合唱抒情詩が急速に衰えた理由は何か。ペルシア戦争で大同団結し

たギリシア世界都市国家群が、ペルシアへの勝利後ふたたびばらばらになり、たがいに嫉妬と猜疑からペロポンネソス戦争に突入し、都市国家それぞれの中でも民衆が率直に自らの力を信じることができなくなったということがあろう。要するに、ペルシア戦争を契機としての地中海世界への拡がりの中で、都市国家民主主義という体制の効力が限界に達したということか。

さらに、ピンダロスという鷲が合唱抒情詩を形式的にも内容的にも絶頂まで押し上げた結果、鳥たちはおろか燕雀《えんじゃく》さえも囀ることができなくなった、ということもできようか。

アイスキュロス　悲劇1

都市国家の実権が古い王家から土地を所有する貴族と新興の商工業者に移った時期、信仰形態にも変化が生じた。叙事詩時代のオリュンポスの神神の秩序の外から新しい神神が到来した。その代表がトラキア・マケドニアを起源とするディオニュソスだ。

ディオニュソスがアテナイに入ったのは、アッティカと北隣ボイオティアの境にあった小邑エレウテライから、といわれる。そこの住人だったペガソスなる人物が古い木製のディオニュソス神像をアテナイに移したが、はじめアテナイ人に容れられず、デルポイの神託によってアクロポリス南斜面の神殿に祀られた。これに目を付けたのが賢明な僭王ペイシストラトスで、この新来の神を祀るかたちで新しい国家統合の象徴としての文化祝祭事業を創設した。ペイシストラトスの権力が定着した前六世紀中頃のことと推定される。アテナイ暦春三月エラポリオン月《づき》の第九日から七日間にわたる大ディオニュシア祭で、その中の主要な演《だ》しものの一つが悲劇だった。

悲劇の起源については、アリストテレスが『詩学』第四章で「悲劇も喜劇も、もとは即興的な演芸であったが、悲劇のほうは合唱物語詩《ディーテュラムボス》の、喜劇のほうは道祖神祭歌《ファアリカ》の、各々の作者・演者の工夫が重ねられることによってその姿をととのえることとなったが、とくに悲劇のほうでは変容が重ねられ、ついにその体現するべき形に落ちついたものである」(岩波書店刊『ギリシア悲劇全集』別巻「ギリシア悲劇とその時代」より。久保正彰訳)というあたりが事実に近かろう。たしかに合唱抒情詩の中の合唱物語詩は素朴な劇的構成を持ち、その内容が悲劇的ならそこにのちの悲劇の原型を見ることは可能だろう。

合唱物語詩から悲劇を産んだ功労者は誰か。前五三四年の大ディオニュシア祭でおこなわれた最初の悲劇競演でアッティカ・イカリア出身のテスピスが優勝したことが知られるが、競演というからにはそれ以前にすでに悲劇形式が成立していたことになろう。彼の功績は合唱隊から一人の俳優を分けたこととされ、これによって合唱隊と俳優との対話が可能になった。彼自らが俳優となって序詞《プロロゴス》を述べ、自ら考案した仮面を複数付け変えることで複数の役を演じ分け、合唱隊と問答することで劇を進行させた、という。

テスピスの後にはコイリロス、プリュニコスがつづき、さらにアイスキュロスが出る。アイスキュロスはテスピス案出の第一の俳優に加えるに第二の俳優をもってした、とされる。これによってコロスと俳優の対話に加えて、俳優二人の対話が可能になり、悲劇は一挙に劇的複雑さを加えた。彼の功績はそれにとどまらない。古代末期の筆者不明の小文献『出自』14節には次のようにある。

「アイスキュロスは次のことを成就した最初の人である。すなわち、かつてない高貴な心情や体験を織りこむことによって悲劇の規模と内容を大ならしめたこと、演技の場《スケーネー》を整え飾ったこと、観客の眼を華麗な舞台で驚かせるために、絵画《グラファイ》、機械仕掛け《メーカナイ》、祭壇、墓、ラッパ、亡霊、復讐の女神らなどを利用し、また役者たちの衣装には袖をつけて腕をかくし、長く裾を引く長袍を着せて圧倒的な重量感を加え、それまでになく背の高い舞台用の高靴《コトルノス》をはかせて、見上げるような登場人物に仕立てたのである」(岩波書店刊『ギリシア悲劇全集』別巻「アイスキュロスについて――『出自《ゲノス》』の記事を中心に」久保正彰より。以下も)。

同書の1節には「悲劇詩人のアイスキュロスは出自においてはアテーナイ市民で、エレウシース登録区《デーモス》に属し、父はエウポリオーン、兄弟にはキュネゲイロスを持ち、生まれは貴族階級の一員である。」また4節には「その人となりは出自に違わぬ《ゲンナイオス》ものであったと言われ、……かれは兄弟のキュネゲイロスと共にマラトーンの会戦に参加し、またサラミースの海戦にも加わった［末弟のアメイニアースと一緒に。そしてプラタイアの陸上戦にも。］」とある。つまり大地母神デメテルを祀るエレウシス密儀宗教の神官職を出すエウパトリダイ家の出身で、第二次ペルシア戦争に際し、兄弟のキュネゲイロスとともにマラトン、サラミス、プラタイアイの戦闘に参戦し、とくにマラトンでは果敢に戦い、英雄的戦死を遂げたキュネゲイロスと二人の名誉の絵がストア・ポイキレに掲げられた、という。

2節には「(かれは)年若くして悲劇創作をはじめた」とある。しかし、現存する作品は前四七二年の『ペルサイ』、前四六七年の『テバイを攻める七人の将軍』、前四六三年の『ヒケティデス——嘆願する女たち』、前四五八年のオレスティア三部作（『アガメムノン』『コエポロイ——供養するものたち』『エウメニデス——恵み深い女神たち』）、上演年不明の『縛られたプロメテウス』の七作のみ。アイスキュロスは前五二五年生まれとされるから、『ペルサイ』上演年にはすでに五十三歳。一説には九十余篇の悲劇・サテュロス劇を上演したといわれるから、残っているのは中期以降の作品ということになろう。とりわけ傑作はやはりオレスティア三部作だろう。

オレスティア三部作はその第一部『アガメムノン』の名のとおり、ギリシア神話のミュケナイ王アガメムノンのトロイア戦争凱旋後の王妃クリュタイムネストラと奸夫アイギストスによる殺害と、その折姉娘エレクトラによる計らいでアガメムノンの姉妹の許に避難した幼い弟息子オレステスの成長・帰国後の母妃とその奸夫の殺害。そして母殺しの結果の復讐女神に追われてのさすらいと竟《つい》の許しの壮大なドラマである。ドラマは第一作『アガメムノン』冒頭の物見の男の独白から始まる（人文書院『ギリシア悲劇全集第一巻』アイスキュロス篇『アガメムノーン』呉茂一訳。以下も）。

物見の男　［王宮の屋根の上に現れ、独白する］神さま方にお願いするが、こうした苦労はもう厄払いにして貰いたい。まる一年間見張りをつづけ、アトレウス家の館《やかた》の屋根に、うでを枕に犬をみたよう、臥《ふ》せって来た間《ま》に、夜出る星の数々も、すっかり覚えた。なかでも冬や夏やを人間の世にもたらす星々、高空にひときわ著《しる》しく見えてかがやく大星どもの、沈む時刻も、またそいつらが昇る時刻も、みな識《し》りわけた。今も今とて、松明《たいまつ》の合図を見張りつづけているが、——トロイアからの報せをもたらす火の燿《かがよ》い、攻めとったという信号をだ、それももとはといえば、一人の女が、男のようなたくみを謀る、心にそれと思い設けて指図をされた。で、夜の間も落ちつかず、雨露にも濡れほうだい、夢さえも私の臥床《ふしど》を訪ねることはよもやあるまい。というのも眠りの代りに、恐《こわ》さがいつも付添うてるのだ、……このお館の不仕合せを、嘆息《ためいき》まじりに泣いてることさ。けして昔のように、申し分なく運んでいるとはいえぬものでな。だが、はて、こんどこそ、仕合せもよく、いろんな苦労も片附けられるか、吉報をもたらす明りが、闇の夜のまに上ったからは。

［遠くの空が明るくなり、炬火《たいまつ》の影が遥かに見える］

おおまあ、嬉しい火の輝きよ、夜ながら昼間のように照りわたり、数知れぬ喜びの歌舞をアルゴスの町に、この仕合せを祝おうと、しつらえさせるか。

ほうい、ほうい。

アガメムノーン王の奥方に、お報せしまする、はっきりとな、一刻も早く、臥床《ふしど》からお起きなされて、お館じゅうに、この火照《ほで》りにむかい、とよめき渡る喜びの朝祝《ほ》ぎ歌を歌い上げられましょう、もしも真実、イリオンの城が陥落しましたなれば、いかさまこの松明が、報せてくれる手はずどおりに。……ご主人方に来た仕合せは我が身のためにもなろうものだ。この火の番の賽《さい》の目が上乗《じょうじょう》に、三つとも六と出たからには。

［しばらく口をつぐんで沈思する体］

ではまず、館に殿様がお帰りなされて、そのなつかしいお姿にこの手でもって挨拶がかないまするよう。ほかのことは何も言うまい、……この館自身が、もし声を出せたならば、すっかりとしゃべるだろうよさ、何もかも。いや、知ってる者には、私の文句も十分解るつもりだが、知らぬ者には、内証《ないしょ》、内証。［物見の男、退場］

おそらくアイスキュロス自身が物見の男に扮して朗朗唱したと思われるこの前口上《プロロゴス》には、アテナイ滞在中、交流があったと思われるピンダロスの祝勝歌の荘重な調べに通い、さらに劇的な修辞がこらされている。つづいて登場する長老らのコロスが通路《パロドス》より登場、道行きの歌、つづいて第一の合唱部スタシモンをうたったあと、第一作の事実上の主役、王妃クリュタイムネストラが館の前に登場する。

クリュタイメーストラー［長老らに向って］吉《よ》い報せは、さあ、諺にもあるとおりに、この朝明けが、心やさしい母の夜からもたらしますよう。だがお前方は、聞こうとかねて期したよりも、もっと大きな嬉しい報せをお受け取りでしょう、プリアモスの都を、アルゴスの兵《つわもの》どもが陥れたというのですから。

クリュタイムネストラの最初の科白の「吉い報せ」はじつは不吉な前兆だったことが、やがて判明する。出立《しゅったつ》から十年余ののち帰館した夫王《ふおう》アガメムノンをいとも慇懃に、つづく夫王の勝ち土産、トロイア王女カッサンドラを憎々しげに宮門のうちに迎え入れたのち、夫王と土産とを屠《ほう》りおおせて出て来たクリュタイムネストラは傲然と宣言する。

クリュタイメーストラー　［進み出て年寄たちに向かい、手にはなお刃物をかざしたるまま］いろいろと先ほどその場に応じて言った言葉に、いままた反対のことを言うのも、私は別に恥だとは思いますまい。……

私にとってこの手合せはとうの昔から、その昔の諍《いさか》いを心から忘れ得ぬ身に、やって来たのです、いかにも遅くはあったけれど。うち倒したその場に私は立っています、成し遂げた仕事を前に。このとおりにやったのです、そのことをしも私は隠そうとはしません。逃げることも、死の運命を防ぐこともできないように、遁れられないその投網を、……ぐるっと引き廻して、――禍害《わざわい》の衣をゆたかに――そいでこの人を二度打ちました、すると二度呻きの叫びをあげて、そのままぐったりしたのです。そこで倒れたところへ三度目を打ち下しました、あの地下においでて、屍《かばね》をお護り下さるゼウス神へ、祈りともご挨拶とも。

このようにしてあの人はうち倒れ、最後の息を引き取ったのです。でもそのとき切傷の口から烈しく血を噴き出して、まっかな血潮のしぶきを黒々と私の身体に打ちつけましたが、いっそどうして、嬉しいもの、天の降らせる慈《めぐ》みの雨を、うけてよろこぶ、ふくらんだ穂鞘《ほざや》の中の麦と同じに。

彼女の存在感に比べれば、アガメムノンのそれも、アルゴスの長老たちのコロスのそれも、まして況んや彼女の若い燕にすぎないアイギストスのも、およそ影が薄い。部分的に匹敵するのは、虜囚《とらわれ》の身とはいえ滅ぼされたトロイアの王女にふさわしいカッサンドラのそれだろう。クリュタイムネストラの存在感は、彼女が殺される第二作にも、殺された後の第三作にも持続する。第二作『コエポロイ——供養するものたち』（呉訳では『供養する女たち』）ではオレステスに殺された奸夫の屍に「まあ、どうしましょう、死んでおしまいなの、愛《いと》しいアイギストスさまが、ああ。」と嘆きの声を挙げ、オレステスに「この男が愛しいんですか、そんなら同じ一つ墓に埋めてあげましょう、死んでからは、もうけっして裏切りもできないでしょうよ。」と言われて、こんどは肉親の情に訴えて生き伸びようと計る。

クリュタイメーストラー　お待ち、待っておくれ、オレステース、これを憚《はばか》って、これに免じて、吾子《あこ》、この乳房《ちぶさ》、それへ縋って、お前がたびたび、眠《ね》こけながらも、歯齦《はぐき》に嚙みしめ、たっぷりおいしい母乳《おちち》を飲んだじゃないの。

あげくは「私はお前を養い育てた、いっしょに年を取りたいのです。」「みんなこれには運命も、ねえ、お前、手伝ったのだわ。」「どうして、だけど同じに、お前のお父さまの落度も挙げておくれ。」「じゃあ母親をどうあっても、お前は殺すってんだね。」「気をおつけ、母親《おや》の怨みの呪いの犬に用心おし。」「何てことを、私はこんな蝮《まむし》を産んで育てたのだ。」と、さんざ未練の限りを尽して殺される。

しかも、そこで終わりではない。第三作『エウメニデス――恵み深い女神たち』(呉訳では『慈みの女神たち』)でも、クリュタイムネストラは亡霊となって、眠りこける復讐の女神たちに言うのだ。「寝といでなさい、ええ、ええ、寝こけているものたちに何の用があるのかえ、私はね、あなた方から、他の死人たちのあいだで、こんなにすっかり見下げはてられ、私が人殺しをやったって、死人仲間でいつも悪口いわれどおしさ、……いちばん親身なはずの者から、こんなむごたらしい目にあわされて。」「だから、あんた方の血醒《ちなまぐさ》い息をあいつに吹っかけてやっておくれ、お腹から火のような気でさ、あいつをすっかり乾からびさすんだ、さ、追っといで、もう一度追っかけてって、息の根を止めとくれ。」とけしかけて消える。亡霊とはいえ、その存在感は「黄泉の女神たち」エリニュスたちのそれを超えている。オレステスはおろか、アポロンやヘルメスのそれをも超えているのではないか。この怖ろしい存在感はどこから来ているのか。アイスキュロスの出自エウパトリダイ家が神職として司ったエレウシスの女主人《おんなあるじ》、デメテル大女神から来ているのではないか。男性上位の勝手な論理を戒めるために。

亡霊が消えた後、クリュタイムネストラを体現するのは、目覚めた復讐の女神エリニュスたち。彼女たちはオレステスを後見するアポロン神に対抗して、一歩も引かない。とど、アポロンに後見されたオレステスはアテナイのアテナ神殿に逃れ、アテナ女神の統率のもと、オレステスの母殺しを罪とするか否かの、アテナイ市民十二人による裁判をおこなう。評決は結果同数、そこでアテナ女神が自ら罪を否とする一票を加えて、オレステスは潔白の身となる。

忿懣やるかたないエリニュスたちに、アテナ女神は復讐の女神から慈しみの女神への転身を命じ、エリニュスたちはこれを受け容れてエウメニデスとなる。それはすなわち、クリュタイムネストラが慈しみの母になったということではないか。そうでなければ、オレステスもアガメムノンも救われないのではないか。

ソポクレス　悲劇2

今に残る大ディオニュシア祭悲劇上演の最初の記録、テスピス作品の前五三三年から、エウリピデスとソポクレスとが続けて没した前四〇六年までをギリシア悲劇の実質的盛期とすれば、この約百三十年間は都市国家アテナイの古代ギリシア世界における上昇期↓全盛期↓凋落期に当たる。

前五三三年は追放されていたペイシストラトスがアテナイに復帰して十三年、万全の権力のもと矢継ぎ早な良策により同市を隆昌に導いた時期。ペイシストラトスは前五二八年没。後を嗣いだ二人の息子のヒッパルコスは暗殺、ヒッピアスは亡命。クレイステネスの改革によって確立した民主制の効力で、前四九〇年・前四八〇年の二度にわたりギリシア世界に侵入したペルシア軍を、ギリシア諸都市国家連合軍の先頭に立って率先撃退。デロス同盟の盟主となったアテナイはやがて同盟市拠出金を自市に移し、アクロポリスにパルテノン神殿を建設するなど、空前の繁栄を誇る。しかし、その突出した国力に基づく傲慢は、ギリシア世界を二分し三十年に及ぶペロポンネソス戦争を招き、紆余曲折のすえ前四〇四年（エウリピデス、ソポクレス死没のわずか二年後！）スパルタに全面降伏。以後、かつての栄華を取り戻すことはなかった。とはいえ、勝利した側のスパルタやその他の都市も長い戦争で消耗。やがて台頭する辺境のマケドニアに覇権を譲るほかなかった。

この間の悲劇関連では、前五二五年にアイスキュロスが、前四九六年にソポクレスが、前四八〇（前四八五／四説も）年にエウリピデスがそれぞれ誕生。三者の年齢差はアイスキュロスとソポクレスとが三十歳、ソポクレスとエウリピデスとが十五歳。アイスキュロスとエウリピデスとでは四十五歳差ということになる。アイスキュロスは前四五六年にシケリアで死んでいるから、享年六十九。同じ前四〇六年没の二人のうちエウリピデスは享年七十四、十五歳上のソポクレスは八十九ということになる。

アイスキュロスの悲劇創作上の最大の功績は、テスピスがコロス（合唱隊）から一人の俳優を分けた上に、第二の俳優を加えて俳優二人の対話を可能にしたこと。ソポクレスの功績はさらに第三の俳優を加えたこととされる。人数の上では一人増えたにすぎないようだが、これによって舞台上に配役どうしの三角関係《トライアングル》が生じ、悲劇は一挙に合唱物語詩の匂いを残した神話劇から人間劇にと進行し、コロスは劇の背景の様相を濃くする。これがいかに画期的な功績であったかは、作劇上さらに革新的なエウリピデスが、俳優の人数に限っては三人以上には増やさなかったことからも、明らかだろう。

ソポクレスの代表作は何か。現存する作品でいえば、アイスキュロスのオレステイア三部作に対応しうるオイディプス伝説関連の三作、『オイディプス王』『コロノスのオイディプス』『アンティゴネ』ではあるまいか。もっとも、ソポクレスにはアイスキュロスのような三部作意識はなく、右の三作は別別の年に作られ、その作劇順も『オイディプス王』、『アンティゴネ』、『コロノスのオイディプス』と推定され、三部作とすると筋の上で種種の矛盾を生じるが。

その矛盾に目をつぶって、オイディプス伝説の時系列でいえば、第一作とすべきはもちろん『オイディプス王』。ソポクレスによって三人になった俳優はさっそくプロロゴス（序詞）で顔を合わせる。オイディプス、神官、のちに登場するクレオンである。まずオイディプスが登場し、すでに舞台上にいると思われるテバイの十五人の長老から成るコロスにそこにいる理由を問いかけ、神官に答えを促し、テバイの国の滅亡に瀕した緊迫した状況が明らかになるところに、オイディプスの妃の弟クレオンがデルポイのアポロン神の神託を持って帰ってくる。

この場合の神官はコロスの代表とも考えられるが、プロロゴス、パロドス（合唱隊登場の歌）に続く第一エペイソディオン（対話場面）にコロスの長がオイディプスと対話するのでいちおう別の役かと思われる。よしんば神官とコロスの長が同一人物としても、その場合も神官＝コロスの長は単にコロスの代表を超えて一人格を持ち、オイディプスなる一人格とこの一人格の対話から劇的状況が明らかになり、さらに神託を持ち帰ったクレオンとオイディプスの対話が加わることでドラマが進行するところ、アイスキュロスの『アガメムノン』のプロロゴスの物見の男一人の合唱物語的語りによって状況が明らかになるのとは明確に異なっている。つまり、アイスキュロス劇が叙述的性格を残すのに対して、ソポクレス劇は卓れて対話的だということだろう。

オイディプスはテバイの長老十五人から成るコロスに「嘆願の印である／羊毛を巻いた小枝を手にそのように坐っているのは」「なんの願いごとがあってか」（岩波書店刊『ギリシア悲劇全集3』岡道男訳「オイディプース王」。以下も）と問いかけ、神官に「さあ、老人よ、話すがよい」と促す。神官は「大地の実りは熟さぬままに枯れ、／牧場に群なす家畜は倒れ、女がはらんだ子は／流れて、国は滅んでゆくのです。さらには燃えさかる神、／憎んでもあまりある疫病がこの国をおそって荒らしまわり、／そのためカドモスの館は人気《ひとけ》なく、暗い／ハーデースの館はうめきと嘆きに満たされています。」と語り、「さあ、万人にまさるお方、この国を助けおこしてください。」と懇願する。

オイディプスは「おまえたちの苦しみは、一人ひとりだけのもの、／他人にまではおよばぬが、わたしの心はこの国のため、／この身のため、そしておまえたちのために嘆いている。」と言い、「思案のあげく見出した、病いを癒《いや》す唯一の手だて、」として「クレオーン、わたしの妻の弟を、ピュートーなる／ポイボスの社へ」アポロン神の神託を伺わせにつかわしたと告げ、「戻ってきても／よいころなのに、あれ以来旅に出たきりだ。」と述べる。

そこに帰ってきたクレオンは「ポイボスの君ははっきりとわたしどもに命ぜられました、／この地で養われ育まれた国の穢《けが》れをはらい、／それが癒しがたきものとなるまで育ててはならぬ、」「追放によってか、それとも流された血を血によって／あがなわねばならぬ、――その血のため国は嵐にもまれているからだ、と。」と告げ、オイディプスが「だれのことなのか、神が流血の不幸を告げられたのは。」と問うのに対して、「あなたがこの国の舵をとられるまで」「この土地でわれらを治めてい」たライオスが「命を落とされました。で、神はいま下手人どもを――／それが何者であれ――罰するようはっきりと命じておられます。」と言う。

全員の退場ののち、パロドスで再登場したコロスの歌。つづく第一エペイソディオンで登場したオイディプスは合唱隊の長に、「いまわたしは／かつてあの方の手中にあった王権を継ぎ、その臥床《ふしど》を／わがものとし、その種が腹に蒔《ま》かれた同じ女を妻にしている。／もしあの方が子供に恵まれなかったのでなければ、／同じ腹から生まれた子供がわれわれを結ぶきずなとなっただろう。／だがその前に不幸があの方の頭上を襲ったのだ。／だからわたしは、実の父のためにするように、／あらゆる手だてを尽くしてあの方のために戦い、／犯人を探し出し、つかまえてみせよう、」と宣言する。このオイディプスの強い意志のもと、以後のドラマは進行する。

そのとっかかりがクレオンの進言によって二度も呼びにやった盲目の予言者テイレシアス。やっと登場したテイレシアスは先王ライオス殺しの下手人は誰かと問われ、さんざ答え渋ったすえ、答えないのはお前が下手人の一味だからだろうと詰め寄られ、止むなく、「あなたは、／みずから宣言した布告に従わねばならぬ、そして今日から／この者たちにも、わたしにもいっさい口をきいてはならぬ。／この地を汚《けが》した不浄の者はあなたなのだから。」と言う。オイディプスは思いがけない答に激昂し、テイレシアスを王権を狙うクレオンの手先と思いこんで罵り、テイレシアス、つづいてオイディプスが退場。

　第一スタシモン（定位置についた合唱隊の斉唱と舞踏）の後、第二エペイソディオンで登場したクレオンは王権を狙っているというオイディプスの疑いへの怒りをコロスの長に表白。そこに登場したオイディプスとの激しいやりとりのうちに、王妃イオカステが登場、「情けない方がた、何がもとで愚かな口論を／お始めになったのですか。このように国が病んでいるというのに、／私ごとでひどい騒ぎをおこして、恥ずかしくないのですか。／あなたは館にお入りなさい。クレオーン、あなたもご自分の館へ。／とるにたらぬことを大きな苦しみにしてはなりません。」と窘《たしな》める。

　プロロゴスの神官はコロスの長かもしれず、そのばあい俳優はオイディプス役とクレオンの二人のみとなるが、ここではクレオン役、オイディプス役、イオカステ役（当時は女役も男が演じた）と、三人の俳優が揃いドラマは一挙に核心に入る。そのことの意味はオイディプスとクレオンの対話にイオカステが加わったというのにとどまらない。ドラマの核心の人物が出現し、三角関係が露わになったということだ。

『オイディプス王』の孕む真の三角関係は息子オイディプスと父ライオスと母にして妻のイオカステ。このうちの二人、オイディプスとイオカステがここに並ぶ。もう一人のライオスは死者として不在だから、その代行者としてクレオンが、クレオンに先立ってテイレシアスがいる。クレオンが退場した後にはイオカステが自ら気付くことなくライオスの代行者を兼ねる。彼女は予言者の言が当てにならないことでオイディプスを安心させるために、かつてライオスに告げられたアポロン神に仕える者の予言が実現しなかったことを明かす。

その予言はライオスとイオカステのあいだに生まれる子がライオスを殺すというもの。ライオスは生まれた子の両足を縛り、人も踏み入らぬ山中に捨てさせたのでその子は死んだはずだし、ライオスはよその国の盗賊どもに車径《くるまみち》の三つに分かれたところで殺された噂だから、予言は成就しなかったのだ、という。ところがオイディプスを安心させるためのイオカステの話は、かえってオイディプスを大きな不安に陥らせる。

惨劇の場所の詳細やライオスの相貌、供の者の人数などを聞くうちに、自分がテバイに来てスピンクスの災いから国を救い、王に挙げられる前に、三叉《みつまた》の道で遮られた供回り連れの男を殺した経緯を思い出したからだ。自分はコリントスの王と王妃の子、ある時酔った男から貰われっ子と言われて、両親にも告げずアポロンの神託を受けに行き、父を殺し母と交わり罪の子を生すだろうと予言され、国を捨ててさすらった。その旅の途中やむなく人を殺したが、それがライオスではなかったかという疑いを生じたことをイオカステに明かし、惨劇を告げた生き残りの供の者を捜し出してほしいと頼む。

第二スタシモンにつづく第三エペイソディオンで、イオカステがテバイのリュケイオス・アポロンの社に穢れを払おうと詣でたところにコリントスから知らせの者が来、王が死んだので新王に迎えに来たと告げる。イオカステがオイディプスを呼びにやり、ここにまたオイディプス役とイオカステ役と知らせの者役の三人の俳優が揃う。三人目の知らせの者もまた不在のライオスの代行者であることは、オイディプスが父王の死によって予言のうち父を殺すことは免かれたが母と交わる不安が残っていると言うのに対して、安心させるためあなたは両親の実の子ではないと明かすことに示される。

知らせの者は自分こそが子のないコリントス王に嬰児のオイディプスを渡した者で、その嬰児は自分が羊飼いをしていて、ライオスの家の者と名乗る羊飼いから貰ったのだ、と言う。それ以上詮索しないでほしいというイオカステの願いをオイディプスははねつけ、イオカステは「ああ、ふしあわせな方。あなたをお呼びする名は／これしかない、別の名でお呼びすることは二度とありますまい。」と走って退場する。

第三スタシモンのコロスの短い歌の後、第四エペイソディオンに羊飼いが現われ、オイディプス、知らせの者、羊飼いの男と、また俳優は三人。三人目の羊飼いの男も知らせの者との対話で言い渋ったのち、オイディプスの詰問にイオカステから嬰児を山中に捨てるようにと命ぜられたが不憫から知らせの者に渡した旨、告白する。ここで不在のライオスの窮極の代行者としてオイディプスの罪を暴き出したのが、オイディプス自身だったことが明らかになる。

オイディプース　ああ、すべてがあやまたず成就したではないか。
生まれてはならぬ人から生まれ、交わってはならぬ人と

交わり、殺してはならぬ人を殺したと知れたこの男には、
日の光よ、おまえを見るのも、これが最後となるように！

（オイディプース退場）

第四スタシモンのコロスの短い歌ののち、第二の知らせの者が登場し、イオカステの嘆きのすえの縊死とその衣の留め金で突き刺してのオイディプスの失明を告げ、扉が開いて両眼盲いたオイディプスが登場する。つづく第二コンモス（合唱隊と俳優の歌のやりとり）で登場したクレオンにオイディプスは「わたしをこの地から追放してくれ。」と頼み、クレオンは聞き入れる。しかし、「娘の手をはなせ。」と言われ「この者たちをわたしから取りあげないでくれ。」と懇願するのに対しては「すべてに権勢をふるおうと思ってはならぬ。／あなたが誇った権勢も生涯を通じてあなたの伴《とも》とはならなかった。」とつめたく言い放つ。自らを告発し自らを罰したオイディプスは独りでさすらわなければならないのだ。

『オイディプス王』の上演年は不明。『コロノスのオイディプス』はソポクレスの死後五年目の前四〇一年に上演されたことが判明していて、没年直前の作と推定される。両作の間のソポクレスにどんな世界観・人間観の変化が生じたのか。『オイディプス王』の独りで追放されたはずの盲目のオィディプスは、『コロノスのオイディプス』のプロロゴスでは、母であり妻であるイオカステとの罪の褥《しとね》から生まれた娘アンティゴネに手を引かれて登場する。

そこに土地の男が登場してオイディプス、アンティゴネとの緊迫した三角関係を生じる。そこ

はアテナイ郊外、復讐の女神たちエリニュス改め慈みの女神たちエウメニデスを祀る聖所だから立ち去れ、と言うのだ。この三角関係はコロノスの老人たちから成るコロスを経て、新たに登場するアテナイ王テセウスに受け取られて和み、その後続いて登場、故国テバイに連れ帰ろうと緊張関係を生じる義弟クレオン、息子ポリュデイケスを拒絶、オイディプスはアテナイの守護霊となることを約束して静かに息を引きとる。

『コロノスのオイディプス』が書かれたのは三十年に及ぶペロポンネソス戦争におけるアテナイの敗色がいよいよ濃くなった時期。ソポクレスはかつての先輩にして競争者アイスキュロスの、復讐の女怪を慈しみの女神に転じた顰《ひそ》みに準《なら》い、敢えて父殺し・母奸《おか》しの罪のさすらい人オイディプスを守護霊に聖化することで、絶望的な母国を祝福しようとしたのではないか。罪の人オイディプス聖化の場となったコロノスは、作者ソポクレスの生地と伝えられる。

エウリピデス　悲劇3

三大悲劇詩人アイスキュロス、ソポクレス、エウリピデスそれぞれの、最も印象的な登場人物を挙げれば、不倫を働いたうえ夫を殺害し息子に殺されるクリュタイムネストラ、知らずに父を殺し母と交わり盲目のさすらい人となるオイディプス、義理の息子に恋慕して拒まれ逆に誘惑されたと夫に讒言して自決するパイドラだろうか。つまり、母性なるもの、息子なるもの、女性なるものが、三者の中心主題ということになろうか。もちろん、それは現存作品の範囲に限ってのことではあるが。

そのことは古代ギリシア民族、そしてギリシア神話の成り立ちとも関わろう。現在のギリシア本土、エーゲ海の島島には大地母神信仰を基盤にかなりの文明を持つ先住民があった。そこにバルカン半島から父神信仰を持つ原ギリシア人が何波にもわたって侵入し、先住民と葛藤と融合を繰り返した。その過程でいま私たちがギリシア神話と呼んでいるものの骨格が生まれた。

たとえばヘラは先住民の大地母神で、その対偶の植物精霊がヘラクレスだった。そこに原ギリシア人の父神ゼウスが入ってきて、ヘラを妻とした。その段階でヘラクレスは弾き出され、ゼウスがアルクメネに産ませた息子とされ、ヘラに憎まれつづける存在となった。この種の葛藤からアガメムノン―クリュタイムネストラ―オレステス神話も、ライオス―イオカステ―オイディプス神話も、テセウス―パイドラ―ヒッポリュトス神話も、生まれたのではないか。

……と、これはあくまでもひとりのグレコ・マニアの独断的仮説にすぎない。しかし、わが国平安末期の中央公家政権と地方武家勢力の歴史的対立葛藤から『平家物語』という叙事詩が生まれ、平家ものを核とした能楽というドラマが発展したように、古代ギリシア世界においても先住民と侵入者とのあいだの何百年にもわたる葛藤・融合の繰り返しが、そこから生まれた神話・叙事詩・悲劇の性格を形成した可能性はじゅうぶんに考えられると思うのだが、如何？

侵入者の父神が先住民の大地母神を妻としたように、侵入者の支配のもとに形成された社会はあくまでも男性支配の社会。その発展したかたちのいわゆる民主制なるものも、あくまでも男性のみの民主制。一つ一つの家においても表部屋は男性専用の公的な空間、女性は暗い裏部屋に追い込まれて家事と育児に専念を余儀なくされた。女性をそういう状態に追いこみつつ、男性は女性に対する後ろめたさと潜在的恐怖とをひそかに感じつづけていたのではないか。

その後ろめたさと恐怖とが産み出したのがアイスキュロス作の、トロイア戦争の勝利者であるアカイア勢の総帥アガメムノン王の横暴に復讐して不倫に奔り夫を殺す王妃クリュタイムネストラだろう。この恐怖にうち克つべく、二人のあいだの息子オレステスは母を殺すが、母の亡霊と血の復讐の女神たちに脅えつづけるそのありようは、アテナ女神の取りなしにより復讐の女神たちが慈しみの女神たちに変身した後も、変わらず小さい。

アイスキュロスが創り出した最も大きな人物像が母性クリュタイムネストラだとしたら、ソポクレスのそれは子性オイディプス。しかし、そのオイディプスの存在感を支えているのは、母であり妻であるイオカステ、言い換えれば裏部屋の女性の世界で育てられ、表部屋の男性の世界に出ていった息子の、それまで胎内ともいうべき裏部屋で一身同体のように親しんだ母を見捨てたことへの後ろめたさであり恐れではないだろうか。

エウリピデスのパイドラもまた継母という名の母、彼女の邪恋を主題にした『ヒッポリュトス』も、アイスキュロスのオレステイア三部作、ソポクレスの『オイディプス王』と同様、父性、母性、子性の葛藤のドラマである。ギリシア悲劇三大悲劇詩人の現存作中の重要な作品を見る限りにおいて総括すれば、ギリシア悲劇の中心主題は父性、母性、子性の対立葛藤のドラマであり、アイスキュロスは母性に、ソポクレスは子性に、そしてエウリピデスはふたたび母性に、それぞれ焦点を当てた、ということもできよう。

ただ、同じく母性に焦点を当てたといっても、アイスキュロスとエウリピデスではおのずから当てようが異なる。前者が神話的なら後者は世俗的、クリュタイムネストラが大地母神的とすれば、パイドラは生身の女性。そこには作者二人の四十五歳という年齢差、二人が生きた都市国家アテナイの充実期と凋落期という時代差もあろう。だが、まずはエウリピデスの代表作の誉れ高い『ヒッポリュトス』を見る前に、エウリピデスその人の生涯を辿ることにしよう。

エウリピデスは先に見てきたように、アイスキュロスの四十五年後、ソポクレスの十五年後の前四八〇年、アテナイのサラミス島で生まれた、とされる。前四八〇年はアテナイを中心とするギリシア軍がペルシア侵入軍を破ったサラミス海戦勝利の年で、その記念すべき年に生まれたというのは伝記記者のこじつけかともいわれるが、その年前後に生まれたのは間違いあるまい。また生地がサラミスというのも、後年そこの洞窟で悲劇の構想を練っていたと伝えられることからも、疑う理由はなさそうだ。

ただ、父のムネサルキスはしがない商人、母は野菜売り女だったというのは、どんなものか。もし家柄が低く貧しかったら、当時の観客の理解を超えるほど思弁的な作品を書くに足る教育は受けられなかったろう。あるいはアイスキュロスやソポクレスのような名家の出ではないことが誇張されて伝えられたのかもしれない。アテナイ市民としてはほどほどに裕福で教養ある家庭に生まれ育ったというのが、真相ではあるまいか。アナクサゴラス、プロディコス、プロタゴラス、ソクラテスなどの強い影響のもとに人格形成をしたというのも、個人的関係はいざ知らず、当時の進歩的知識人と通じる知的環境にあったということだろう。

はじめて悲劇の競演に参加したのは前四五五年、二十五歳の時。七十四歳でマケドニアのペラで客死するまで、九十二篇の作品を残したが、優勝したのは生前わずかに四回。つねに時代の先を行き、神話伝説の自由な改変をおこなったため、保守的な審査員たちに嫌われた結果ともいわれる。しかし、前四二八年上演の『ヒッポリュトス』は優勝し、めずらしく評判もよかった、と伝えられる。ただ、この作品は数年前に上演され不評だった同作者同名の作品の改作で、そのほかにソポクレスの同主題による『パイドラ』が知られ、その上演はエウリピデスの二作上演の中間だろう、と推定されている。

三大悲劇詩人を通して言えることだが、悲劇が神話伝説に取材したものである以上、三者において題材が重なることはしばしばあった。いきおい作者は、骨子となる話に新しい解釈を施し、細部を改変するなどして、独自性を出すことに努めた。三大詩人の中でもいちばん年若なエウリピデスは特にその傾きが強かったようだ。まずエウリピデスは先行作者が手をつけなかった新奇な題材を見つけることが他の作者より多かったといわれる。

ペロポンネソス半島東端アルゴリス地方の小都市国家トロイゼンのヒッポリュトス伝説に目を付けたのも、エウリピデスが最初のようだ。トスという語尾が先住民の言語の一特徴であることが知られるとおり、ヒッポリュトスはほんらい先住民の大地母神アルテミスの若き対偶神だったらしい。またヒッポという語幹からもと馬の神だったポセイドンとの深い関わりも考えられる。これがトロイゼン出身でアテナイ王となるテセウス伝説に結びつけられ、テセウスがアマゾン女王ヒッポリュテに生ませた子とされた。

ヒッポリュトスは庶子としてテセウスの許で美しく逞しい青年に成長、もっぱら処女神アルテミスを崇拝し、女色を忌み嫌う。性愛の女神アプロディテは自分に見向きもしないヒッポリュトスを憎み、テセウスの後添いで嫡子までなしたパイドラにヒッポリュトスへの道ならぬ恋ごころを吹きこむ。パイドラはヒッポリュトスに打ち明けて拒まれ、逆にヒッポリュトスに誘惑された、とテセウスに讒言する。怒ったテセウスは父神ポセイドンに息子の死を願い、ポセイドンの送った怪物によってヒッポリュトスは破滅。後悔したパイドラは自らの罪を告白して縊死する。

以上の話の骨子を踏まえたエウリピデスの最初の『ヒッポリュトス』はどんなものだったか。わずかに残っている断片の中の「どんな道なきところにもたやすく道を見出す神／神々の中でも最も抗《あらが》い難い神エロースが／わたしのこの大胆な行動の教師なのです」（ナウク断片四三〇、岩波書店刊『ギリシア悲劇全集5』川島重成訳「ヒッポリュトス」解説、以下、本文も）から推定するに、恋の思いの成就のためなら手段を選ばないパイドラが核で、その分ヒッポリュトスにも引かれ、悲劇競技審査員たちにも引かれる結果を齎したのだろう。

現存の改訂版『ヒッポリュトス』のパイドラは、打って変わって自制心の強いパイドラだ。その自制心の強いパイドラがなぜ道ならぬ恋ごころを義理の息子に抱いてしまったかを説明するために、エウリピデスはプロロゴスに、いきなり愛欲の神アプロディテ自身を登場させる。

アプロディーテー　わたしこそ死すべき者どもの中にあっても、天上にあっても
偉大な、隠れもなきキュプリスの名で呼ばれる女神。
黒海《ポントス》と西海《アトラース》の涯《はて》の間に住む、
日の光を仰ぐ者のうち、誰でも、

わたしの神威を畏《おそ》れ尊ぶ者は引き立て、
わたしに向かい傲慢な思いを抱く者はことごとく打ち倒す。
人から敬われて喜ぶ――
これは神々にあっても変りはない。
この言葉に嘘のないことをすぐに示そう。
というのも、テーセウスのかの息子、アマゾーンを母に持つ
ヒッポリュトスが、敬神の念深いピッテウスに養育された者でありながら、
このトロイゼーンの市民の中でただ一人、
このわたしをば神々の中の最も卑しい神と称しているからである。
かの者は女の肌に触れることを軽蔑して結婚を避け、
ポイボスの妹、ゼウスの娘アルテミスを
神々の中の最高の神とみなして、崇《あが》めている。

この後、女神は「父王の高貴な妃パイドラーが、／かれを見染めて恐ろしい恋《エロース》に／心を奪われるにいたったのである。これこそわたしの謀《はか》らいによるのである。（中略）わたしはこの女の不幸を気遣うよりも／わたしの敵を心ゆくまで／罰することを重んじるであろう。」と言い放つ。パイドラは愛欲の女神アプロディテのヒッポリュトスへの怒りの犠牲、言い換えればヒッポリュ

トスの純潔の女神アルテミスへの崇拝の犠牲なのだ。

アプロディテ女神の退場と入れ替わるように登場するヒッポリュトスは、従者たちとアルテミス讃歌をうたい、花冠《はなかんむり》を献げる。そこに老僕が登場し、ヒッポリュトスにアプロディテへの礼拝を勧めるが、ヒッポリュトスは「夜に崇《あが》められる神などわたしは好まない」とにべもない。つづくパロドスでトロイゼンの女たちから成るコロス、乳母につづいて登場するパイドラはヒッポリュトスへの思いのため甚《いた》く窶《やつ》れてはいるが、自制心強く窶れの原因なぞ決して明かさない。それが乳母の執拗な問いについに心ならずも明かしてしまい、乳母はわが姫可愛さからヒッポリュトスに告げ、峻拒に遭う。

それを知ってパイドラの取った行為は誇り高い自死だが、ここに一つ不可解なのは自分の道ならぬ思いとは逆に、ヒッポリュトスが自分を犯そうとしたので死ぬとの偽りの書き板を手から垂らして死んだことだ。結果はテセウスの裡《うち》の男性を父性よりも勝たしめ、息子ヒッポリュトスを瀕死に追いやる。彼の死の寸前のエクソドスにおけるアルテミス女神の顕現によってテセウスは真相を知り、父子は和解を遂げるが、パイドラは邪恋と讒言の二重の汚名を永遠に残す結果となる。

ヒッポリュトス伝説の定番では、パイドラは自分の讒言の結果のヒッポリュトスの死を知り、後悔して死ぬのだから、まだしも僅かながら救いはある。しかし、エウリピデスの改訂版『ヒッポリュトス』ではパイドラに救いはまったくない。改訂した作者の、そしてそれをよしとした審査員や観衆の意図は、どこにあったのか。女性の情念の度しがたさの糾弾か。それとも反対に、青年の行き過ぎた純潔志向の残酷さの告発か。

深い謎を孕みつつ、プロロゴスのヒッポリュトスと従者たちによるアルテミス讃歌に対応するアプロディテ讃歌が、トロイゼンの女たちのコロスによってうたわれ、プロロゴスのアプロディテ女神に対応してのエクソドスのアルテミス女神の顕現となる。これによって、瀕死の息子ヒッポリュトスと死に到らしめた父テセウスのあいだに和解が成立したこと、前に見てきたとおりだが、ここでこの悲劇一曲がアプロディテとアルテミス、二人の女神の愛憎の、敢えていえば代理戦争であったことが判明する。

では、『ヒッポリュトス』は古くさい神話劇か。じつはこの神話的なプロロゴスとエクソドスは、進歩的知識人エウリピデスによって周到に計算され用意された堅固な枠であって、この枠があることによって中に登場する人物たち、ヒッポリュトス、パイドラ、テセウスたちは、人間くささを十二分に発揮することができるのではないか。ときにエウリピデスの悪癖と非難されるデウス・エクス・マキナ（=機械仕掛の神）も、この見地から肯定されて然るべきではなかろうか。

退場に先立ってアルテミス女神は言う。

おお、あわれな者、おまえにはこのたびの不幸の償《つぐな》いに、
このトロイゼーンの街で最高の誉れを与えよう。未婚の娘たちは婚礼に先立ち

髪を切っておまえに捧げ、おまえの死を悼《いた》んで流す
深い悲嘆の涙は、幾久しくおまえの慰めとなろう。
乙女たちがおまえを偲《しの》んで口ずさむ歌は
いつまでも歌い継がれ、おまえを慕ったパイドラーの恋も
知る人もなく沈黙の淵《ふち》に忘れ去られることは決してないであろう。

それでは、この悲劇が演ぜられ、また読まれつづけることそのことが、パイドラの贖罪となり
救いとなるということか。女神はつづけて言う。

おお、年老いたアイゲウスの子、しっかりと
おまえの倅《せがれ》を腕に抱き締めるがよい。
おまえがかれのいのちを奪う結果となったのも、やむをえないことだったのだから。
神々がそう定めた以上、過誤《あやまち》を犯すのは人の身には無理もないこと。
ヒッポリュトス、おまえに勧める、父を怨まないように。
このように最期を迎えるのも、おまえの運命であったのだから。

ギリシア悲劇の要諦は、生の闘いの果ての運命の受容ということか。この運命の受容によって、

悲しみのうちにテセウス、ヒッポリュトス、パイドラは和解する、ということかもしれない。

サテュロス劇

古典期アテナイ大ディオニュシア祭の悲劇競演が、悲劇三番とサテュロス劇一番を一組としておこなわれたことは知られるとおり。なぜ悲劇三番だけでなくサテュロス劇一番がかならず付いたのかについては、決定的な回答はまだないようだ。一つには完全に近いサテュロス劇が、僥倖に援けられて残ったエウリピデス作『キュクロプス』一篇しか現存していないという理由による。とりあえずは『キュクロプス』(岩波書店刊『ギリシア悲劇全集9』所収、中務哲郎訳)を読んでみよう。登場人物と場所は次のとおり。

登場人物

シーレーノス　酒神ディオニューソス(バッコス、ブロミオスともいう)の従者、今はポリュペーモスの召使となっている

コロス(合唱隊)　シーレーノスの息子であるサテュロスたちより成る

オデュッセウス　トロイアーから帰国途上にあるギリシアの英雄

キュクロープス　海神ポセイドーンの子、一つ目の巨人、名はポリュペーモス

場所

シシリー（シケリアー）島のエトナ（アイトナー）山の麓、ポリュペーモスの住む洞窟の前

まずプロロゴスでシレノスが登場して、自分と息子たち（サテュロスたち）が、なぜこんな場違いな場所にいるのかを、説明する。

シーレーノス　やれやれ、プロミオス様、若くてピンピンしていた頃も今も、あなたのおかげで苦労のしづめだ。
まず初めは、ヘーラー女神に狂わされ、
乳母様の山のニュンフらを捨てて行きなさった時。
次に、大地に生まれた巨人族との合戦では、
戦友として、あなたの右手に踏んばって、
楯の真中を槍で一突き、エンケラドスを
やっつけた、——待てよ、これは夢かな、寝言かな？
いやいや、鎧《よろい》を剝ぎとって、ちゃんと見せたじゃないですか。
今はまた、ありしにまさる塗炭の苦しみ。

それというのも、ヘーラーがエトルリアーの海賊どもを唆《けしか》けて、
あなたを遠い国へ売り飛ばさせたから。
事件を知ったわたしは、息子たちを率き連れて、
船で、あなたを捜《さが》しに出た。自ら
船尾に陣どって、左右両漕ぎの早船を操《あやつ》り、
息子たちは櫂に取りついて、青い海に
白い波しぶきをあげながら、ご主人、捜しましたよ。
ところが、もう少しでマレアー岬というのに、
東の風が船いっぱいに吹きつけて、
このエトナの岩山に打ち付けたというわけだ。
ここは、海神ポセイドーンの一つ目の息子、人食いの
キュクロープスどもが、鳥も通わぬ洞穴に住んでいる。
その一人に取っつかまって、家の奴隷にされてしまった。
主人となった奴の名は、ポリュペーモスとか。
エウホイの掛け声でバッコスの祭を務める代りに、
罰あたりなキュクロープスの羊の世話をしている。
息子たちはまだ若いので、若い羊に

山の斜面の尽きる辺りで草を食わせる仕事。
わたしはここに残って、桶に水を張ったり、
座敷の掃除をしたり、神を怖れぬキュクロープスの
罰あたりな食事をこしらえる、そんな係をさせられているわけです。

そこにシレノスの息子のサテュロスたちから成るコロスが帰ってきて、パロドスの合唱となる。合唱の内容は羊を窟《いわや》に追いこみ、かつての主人バッコスをなつかしみ、いまの主人キュクロプスに奴隷奉公する身の因果を嘆くもの。パロドスの合唱が終わり、第一エペイソディオン。

シーレーノス　倅《せがれ》ども、静かにしろ。召使に言いつけて、
岩天井の洞穴に、羊の群を入れさせろ。
コロスの長　連れて行け。でも親父《おやじ》さん、何をそんなに慌てているの。
シーレーノス　ギリシアの船が海辺に見える。
櫂を操《あやつ》る男らが、誰だか首領を先頭に、
こんな岩屋に向かって来るぞ。肩にはてんでに、
空《から》の容れ物、水瓶なんぞを担いでいるから、
きっと食い物が欲しいのだ。可哀そうな客人だ。

いったい何者かな。……

その「何者」がオデュッセウスと部下。オデュッセウスはシレノスたちに「渇きを癒《い》やすべき「川の流れ」の在りかを問い、「食物《たべもの》を売ってやろうという人」がないか訊ねかけ、「やや、これは何としたこと。プロミオスの国に入りこんだみたいだ。／洞穴の前に、サテュロスの群がいるぞ」と驚いてみせる。ここで笑いがどっと湧くという筋書なのだろう。「何はさておき、最長老にご挨拶だ。」

シーレーノス　ようこそ、お客人、どこのどなたでいらっしゃる。
オデュッセウス　イタケーのオデュッセウス、ケパレーニアー人の王だ。
シーレーノス　それなら知っている。けたたましいお喋り野郎、シーシュポスの子だ。
オデュッセウス　わたしがそれだ。悪口はやめてくれ。

また、ここで笑いか。ここまでで充分サテュロス劇の目的が笑いにあることが判明する。さて、サテュロス劇のサテュロスとは何で、サテュロス劇はどのようにして生まれ、悲劇と結びついたのか。その後、どういう変遷を辿ったのか。

私たちの知る現行のギリシア神話の神神の系譜では、サテュロスはシレノスの息子、そして両者ともディオニュソスの扈従《こしょう》ということになっているが、ほんらいは「民間信仰に生きる山野の精霊、棺や仮面や楯に描かれ魔除けの護符ともされたこの存在を、アッティカやイオーニアー地方ではシーレーノスと、ペロポンネーソス半島ではサテュロスと呼んだと考えられている」(『ギリシア悲劇全集別巻』中務哲郎「サテュロス劇とは何か」。以下の引用も)。

「サテュロスとシーレーノスは同じものの地方的な異称であったが、恐らくペロポンネーソスの地に発祥したサテュロス劇がアッティカ地方にもたらされた頃から(前六世紀末)、両呼称が並び行なわれるようになり、やがて、老人をシーレーノス、若者をサテュロスと呼び分け、さらにはエウリーピデースに見られるように、シーレーノスをサテュロスたちの父親とすることが起こったと想定されている。この経過とは別に、本来は独立した精霊であったサテュロス、シーレーノスが酒神ディオニューソスの従者とされるに至ったが、この変化も前六世紀中に起こっていたと考えられる」。

「文学史上最初のサテュロス劇作家と認められているのはプリーウース出身のプラーティナースである」。「テスピスが初めて国家的行事としての悲劇競演をディオニューシア祭で行なったのは前五三四/三年と伝えられるが、六世紀の尽きる頃には競演の仕組みが改められた。この時にあたり、プラーティナースは故郷のサテュロス劇を携えてアテーナイにやって来て(あるいは招かれて来て)、アッティカ悲劇の作劇法や語法をも採り入れて原始的なサテュロス劇を文学的に高めることによって、悲劇三篇とサテュロス劇一篇でコンテストを行なうという制度を確立するのに貢献した——「初めてサテュロス劇を書いた」というのはこのような意味であろうと考えられている」。

「数百年のサテュロス劇の歴史を通じて第一人者の栄を担うのはアイスキュロスである」。しかし、アイスキュロスのそれをはじめ、ほとんどのサテュロス劇が断片を残すのみの現状では、唯一完全に近いかたちで残るエウリピデスの『キュクロプス』から、サテュロス劇のありようを想像してみるほかはない。

たぶん言えそうなことは、サテュロス劇という呼称のゆえんは合唱隊がサテュロスたちから成り、しばしばその父親としてのシレノスも登場、テーマ的には囚われの主人公（たち）が解放されることが基本だったようだ。だからといってワン・パターンになっては競技に勝ち抜けないから、観客にお馴染みの場所に意外な登場人物という組み合わせが必要になる。そこで、海賊どもに売りとばされた主人ディオニュソスを捜す船旅の途中、東風に吹きつけられてエトナの岩山に漂着して、一つ目巨人ポリュペモスの奴隷にされたシレノスとサテュロスたち父子が、トロイア戦争勝利後、帰国の旅の途次これまた漂着したオデュッセウス一行を迎える仕儀となる。

オデュッセウスとシレノスのあいだには、ポリュペモスのチーズや山羊とオデュッセウスの葡萄酒との交換という交渉が成立する。ところが、そこにポリュペモスが帰ってきて、そこから先はシレノスとサテュロスたちが搦《から》むのを別にすれば、オデュッセウスが葡萄酒を飲ませてポリュペモスを眠らせ、焼け杭を目に突っこんで盲目にし、逃げ出すところまで、『オデュッセイア』

そのまま。

要するに「サテュロス劇」の主眼はプロットにあるのではなく、笑いを取る対話の軽妙さにあるのだろう。それはつまるところ、悲劇三番でかなり深刻な状態に陥った観客の心を笑いで解放して劇場を後にしてもらうためで、プロットの上でも主人公が『キュクロプス』のオデュッセウスのように、そしてついでにシレノスとサテュロスたちのように、虜因の状態から解放されることは、サテュロス劇の本意に叶っている、と思われる。

それにしても、悲劇の後に自由な喜劇ではなく制約の多いサテュロス劇が行われたのは、なぜか。これは悲劇が起源的にディオニュソス神に献げられるものだったことに深く関わろう。ディオニュソス神に献げられる深刻な悲劇の後に、ディオニュソス神の扈従《こじゅう》のサテュロスらによるサテュロス劇で解放されることは、当を得た順序というべきだろう。

悲劇の側からこの辺の事情を照らしてくれるのが、同じくエウリピデス作の『バッカイ』（岩波書店刊『ギリシア悲劇全集9』所収。逸身喜一郎訳）ではあるまいか。

『バッカイ』の主人公は二人。ディオニュソス＝バコス神とテバイの若き王ペンテウス。まずプロロゴスでディオニュソスが登場する。

ディオニューソス　ここ、テーバイ人の国を訪れた私こそ、ゼウスの息子のディオニューソスである。この地でかつてカドモスの娘セメレーが、私を生みおとしたのだがその折に、産婆をつとめたのは稲妻の運ぶ炎であった。
今、私は神の姿を隠し、人間に変装して、
ディルケーの流れとイスメーノスの水のほとりに立つ。

「人間に変装」というが、ディオニュソス信仰の布教者はそのままディオニュソスだろう。彼は彼を信奉する信女たち、すなわちバッカイたちを従えて、小アジア、アラビアを経て、ギリシアのテバイにやって来た。そこを治める若き王ペンテウスは国の擾乱の元凶とばかり、この信仰の群れを弾圧する。弾圧、すくなくとも排斥したのはペンテウスだけではなかったろう。祖父カドモスもその盟友テイレシアスも、そして母アガウエやその姉妹たちも、当初は排斥の側だったのだろう。

それが、バッカイたちによるパロドスの合唱の後、第一エペイソディオンで登場するテイレシアスとカドモスはディオニュソス信奉の群れに身を投じようとしている。アガウエとその姉妹などはすでにバッカイの群れに入っている。このことはペンテウスをいよいよ硬化させ、ディオニュソスとバッカイとをいよいよ強硬に弾圧する。しかし、弾圧は功を奏せず、縛ったはずのディオニュソスはそのつど縛《いまし》めから自由になる。

ついにペンテウスはバッカイの乱行の現場を、バッカイに見つけられずに押さえるべく、ディオニュソスの勧めに従って女装し、しかも全貌を見届けるため樅の高木に登り、バッカイの群れの中の母アガウエに見つけられ、「母さん、私です。あなたの子供、／ペンテウスです。あなたがエキーオーンの家で生んだ息子です。／ああ、母さん、あわれんで下さい。私の失策のせいで、／自分の息子を殺さないで下さい。」と必死に懇願するが、狂燥状態の母の耳には入らず、ついには八つ裂きにされてしまう。

ここにペンテウスは弾圧者から受難者に転身する。これは、それまでディオニュソスを受難者たらしめていた者が、いわばディオニュソスへの謝罪の捧げものとして受難者ディオニュソスと同じ立場に立つということ。そして、ここにこそ、アテナイの大ディオニュシア祭において公的に悲劇を、そしてそれに添えてサテュロス劇を上演することの意味が、匿《かく》されているのではないか。

ディオニュソスはほんらい、古代ギリシア世界の北方異域から入ってきた異神であり、これがギリシア世界に受け容れられるまでには、多くの反撥、排斥、弾圧があったろう。その際の受難者は直接には信徒たちだったろうが、それはそのままディオニュソス神そのものが受難したことを意味した。その記憶は信仰受容ののちには、反省としてのディオニュソス受難神話を産み、受難神話は語られ演じられた。ギリシア悲劇の起こりはおそらくそのディオニュソス受難劇にあったと思われる（この事情ははるか後年、東方からの異神として入ってきたイエス・キリストとその信徒が弾圧され、その反省からキリスト受難劇が生まれた先蹤でもあるが、それはのちの話）。

しかし、ディオニュソス受難への反省はそこまででは収まらず、謝罪としての弾圧者の受難を要求するところにまで至る。弾圧者は誰かといえばギリシア民族全体。その代表としてのヘロス（＝半神、英雄）たち、アガメムノン一族やオイディプス一族たちの受難劇が悲劇として上演された理由はそこにあるのではあるまいか。そこにはディオニュソス受難のみでは変化に乏しく、劇的内容のタネが尽きるという、作劇上の実際的要求もあったろう。

しかし、結局ディオニュソスなる異神の弾圧者として指弾されているのはギリシア民族それ自体、具体的には悲劇の観客自身なのだから、観劇の結果はアリストテレスのいわゆる吐瀉効果というような生やさしいものではない。そこで緩和策として、ディオニュソスの扈従とされたサテュロスたちの合唱による笑劇が加えられたのではないか。

そのことに鋭く気づいたのが悲劇詩人の最後段階に出たエウリピデスで、ディオニュソスのあからさまな弾圧者を受難者に転ずる『バッカイ』を書いた。ギリシア悲劇の最も革新的な作者が、かえって悲劇の最古層というか淵源を剔《えぐ》り出したということになろうか。それによってサテュロス劇の存在理由もより明らかになったとすれば、それもまたエウリピデスの功績。その功績への偶然の褒美としてサテュロス劇『キュクロプス』が残ったというのは、いささか辻褄の合わせすぎか。

アリストパネス　喜劇1

古代アテナイ春の大ディオニュシア祭の催しもののうち、悲劇と並ぶもう一つの柱である喜劇は、悲劇よりほぼ半世紀遅れて登場したようだ。同祭での最初の悲劇競演でテスピスが優勝したという前五三四年をかりに悲劇元年とすれば、はじめて喜劇競演がおこなわれてキオニデスが優勝したという前四八七／六が喜劇元年となろう。その間に四十七、八年の差がある。

しかし、このことはかならずしも喜劇的なるものの起源が悲劇的なるもののそれよりも新しいことを意味するものではあるまい。これをわが国の演劇に当て嵌めれば、さしずめ悲劇的なるものが能、喜劇的なるものが狂言ということになろうか。能の古称である猿楽はその名のとおり滑稽な物真似芸のこと、起源的にはむしろ狂言の原型のようなものだったはず。一般庶民を迎えるにはそれで足りたかもしれないが、貴顕に合わせるにはそれでは足りず優美なものが求められ、能の原型のようなものが立ちあがった、と考えられる。

ただし、能の詞章が定着し成文化したのが室町初期だったのに対して、狂言の詞章の成文化ははるかに遅く江戸期に入ってから。これは能に早くから様式性が求められてきたのに対して、狂言にはかなりのちまで即興性が悦ばれたことによるものだろう。同じことは古代アテナイの悲劇と喜劇にもいえるのではないか。三大悲劇詩人のどの作品の主人公にもひとりひとり一貫性があるのに対して、悲劇詩人のうち最も遅く生まれたエウリピデスより、さらに四十年前後のちに生まれた喜劇詩人アリストパネスの作品の主人公は、同じ作品の前半と後半でしばしば性格を異にする。要するにその場その場で観客の笑いを取るための出たとこ勝負。喜劇ほんらいの即興性が台本成立後も残った、と考えればよかろうか。

アテナイの喜劇の正式名称はコモディア（cōmōdia）。現在の英語の comedy やフランス語の comédie の語源であることはいうまでもない。コモディアはコモス（cōmos）の歌の意、そしてコモスとはディオニュソス神の祭礼での巨大な男根像、パッロス（pharros）を運ぶ一団のこと。悲劇＝トラゴディア同様、喜劇＝コモディアもディオニュソス神と深く関わっている。という以前に、古典期のアテナイとディオニュソス神の関わりは後世の私たちの想像を超えて深い。現行の太陽暦に当て嵌めれば十二月から三月にかけて、毎月ディオニュソス神の祭礼が催された。年頭から一年のじつに三分の一がディオニュソスの祭礼で占められたわけだ。

十二月が田舎の（小）ディオニュシア祭、一月がレナイア祭、二月がアンテステリア祭、三月が町の（大）ディオニュシア祭。仕上げの大ディオニュシア祭は小ディオニュシア祭を発展させて都市国家アテナイの公的祭礼としたもので、その第一日目はディオニュソス像を運ぶ行列、少年たちの行列、コモスの行列が続いた。コモスが男根像を運んだのは日中からか夜になってからか。いずれにしても夜になってからは無礼講の趣が濃くなり、卑辞猥語・誹謗嘲弄のかけ合いが行列と見物との間に飛び交ったろう。ここから喜劇の原初形態が生まれたろうこと、橋本隆夫「ギリシア喜劇のはじまり」(『ギリシア喜劇全集』別巻、岩波書店刊)に述べるとおりだろう。

ただし、これが喜劇競演のかたちで大ディオニュシア祭の舞台に登るまでには、さまざまな曲折が考えられる。最初にはおそらくディオニュソス神の受難劇、やがて転じて神を迫害した人間の代表としてのヘロス(=半神・英雄)の受難劇三本にサテュロス劇が加わった。なぜ悲劇三本にサテュロス劇が加わったかについては、悲劇におけるヘロスの受難が、結局のところ観客の受難にほかならないため、観客が観劇の重圧から解放されて帰途につけるべく、喜劇的なサテュロス劇が加わったのではないかとの愚見は、前章に述べたとおり。

それをいまここで訂正しようというわけではないが、ディオニュソス信仰搦《から》みを離れても、もともと人間一般の中にある悲劇志向と対応する喜劇志向が、悲劇を三本も続けて観ることに耐えられず、喜劇的なサテュロスを加えさせた、と考えてみることも有効だろう。しかしなお、悲劇三本とサテュロス劇一本が一セットで同一作者であることで、サテュロス劇を加えるだけでは喜劇志向が満たされず、悲劇作者とは独立した作者による純然たる喜劇が要求されることになった、と考えるのだ。

コモスがコモディアに変容する契機は何か。コモスを構成する人間や動物の行列が、サテュロス劇のサテュロスによるコロス(合唱隊)に準《なら》ってコロスに変身することだろう。この時、コロスが人間であれば、サテュロス劇のサテュロスが着けた馬の尻っぽに代わって巨大なパッロスを着けた。男性ならば誰もが具有している性的表象を誇張着用することで、そこに悲劇やサテュロス劇の神話的世界とは異なる人間世界、それも世俗的慣習に縛られない祝祭的場が現出した。その非日常空間では日常的規範に囚われず、諧謔をもって現実社会の矛盾を問い糺す特権が許されたのだろう。

大ディオニュシア祭最初の喜劇公演で優勝したというキオニデスの作品がどんなものだったかは、その後に登場した喜劇優勝者マグネス、エウプロニオス、クラティノス、カッリアス、アリストメネス、ペレクラテス、ヘルミッポス……らの作品同様、想像するほかない。結局、私たちが全体を知ることのできる最初の喜劇作品は、大ディオニュシア祭に遅れること四十数年、前四四一／〇から喜劇競演の始まったレナイア祭で、前四二七／六に優勝したアリストパネスの作品『アカルナイの人々』。大ディオニュシア祭最初の喜劇競演から、じつに六十年後のもの。

これは大ディオニュシア祭最初の悲劇競演からげんざい全体が読める最初の悲劇作品、前四七三／二悲劇優勝のアイスキュロス『ペルサイ』まで六十一年が経過しているのとほぼ等しい。もちろん作品の現存はさまざまの偶然に援けられての結果だが、同時にある表現様式が生まれてから後世に残るに足る作品が成されるまでには、それだけの長い歳月と傑出した才能の出現を待たなければならない、ということでもあろう。

悲劇におけるアイスキュロスに加えるにソポクレス、ひょっとしたらエウリピデスをさえ兼ねる位置を、喜劇において独りで占めるアリストパネスとは、どういう人物か。古代の「証言」断片によれば、父親はピリッポス、アテナイ人市民で、デモス（区）はキュダテナイオン、ピュレ（部族）はパンディオン。没年は不明だが傍系資料からの類推で、前三八六／五頃か、とされる。また、生年も類推で前四五〇頃かとされ、享年は六十五前後。当時としては短かいとはいえないが、三大悲劇詩人の誰よりも若く死んでいることになる。

生涯に書いた作品は四十四または五十四作。三大悲劇詩人の誰よりも少ないが、これは悲劇の場合サテュロス劇を加えて一人四作で三人競演、これに対して喜劇は一人一作で五人競演という事情によるところが大きかろう。かりに二十五歳から六十五歳までの四十年間、大ディオニュシア祭かレナイア祭に参加したとしても四十作。両祭に併行して参加するだけの筆力はあったろうが、同時代の競合する喜劇作者もかなりあり、開催側としてもある程度、作者たちの機会均等を考慮せざるをえなかったろうから、その中での四十四〜五十四作というのは、妥当なところだろう。

うち完全に近いかたちで現存する作品が十一作というのは四分の一または五分の一。三大悲劇詩人よりかなりぶがよいといえよう。現存作品は上演順に『アカルナイの人々』（前四二五）、『騎士』（四二四）、『雲』第一（四二三）、『蜂』（四二二）、『平和』（四二一）、『鳥』（四一四）、『リュシストラテ』（四一一）、『テスモポリア祭を営む女たち』（四一一）、『蛙』（四〇五）、『女の議会』（三九三—三九〇）、『プルトス』第二（三八八）。

読者カード

みすず書房の本をご愛読いただき，まことにありがとうございます．

お求めいただいた書籍タイトル

ご購入書店は

・新刊をご案内する「パブリッシャーズ・レビュー　みすず書房の本棚」（年 4
3 月・6 月・9 月・12 月刊，無料）をご希望の方にお送りいたします．

（希望する／希望しない

★ご希望の方は下の「ご住所」欄も必ず記入してくださ

・「みすず書房図書目録」最新版をご希望の方にお送りいたします．

（希望する／希望しない

★ご希望の方は下の「ご住所」欄も必ず記入してくださ

・新刊・イベントなどをご案内する「みすず書房ニュースレター」（E メール配
月 2 回）をご希望の方にお送りいたします．

（配信を希望する／希望しない

★ご希望の方は下の「E メール」欄も必ず記入してくださ

・よろしければご関心のジャンルをお知らせください．
（哲学・思想／宗教／心理／社会科学／社会ノンフィクション／
教育／歴史／文学／芸術／自然科学／医学）

（ふりがな） お名前　　　　様	〒
ご住所　　都・道・府・県　　市・区・	
電話　（　　　）	
E メール	

ご記入いただいた個人情報は正当な目的のためにのみ使用いたしま

ありがとうございました．みすず書房ウェブサイト http://www.msz.co.jp でに
刊行書の詳細な書誌とともに，新刊，近刊，復刊，イベントなどさまざまな
ご案内を掲載しています．ご注文・問い合わせにもぜひご利用ください．

郵便はがき

料金受取人払郵便

本郷局承認

1258

差出有効期間
平成30年11月
1日まで

113-8790

東京都文京区
本郷5丁目32番21号

みすず書房営業部
行

505

通信欄

（ご意見・ご感想などお寄せください．小社ウェブサイトでご紹介させていただく場合がございます．あらかじめご了承ください．）

この期間を古代ギリシア史に当て嵌めれば、『アカルナイの人々』上演の六年前、前四三一年にペロポンネソス戦争が勃発、『平和』上演の前四二一年にはアテナイとスパルタとの間に「ニキアスの和約」が成立、しかし『鳥』上演の前年前四一五年には和約が破られ戦争再開、『リュシストラテ』『テスモポリア祭を営む女たち』上演の前四一一年にはアテナイの寡頭派革命が起こり、四百人評議会、つづいて五千人会が政権を握った。『蛙』上演一年後の前四〇四年にはアテナイの無条件降伏でペロポンネソス戦争終結、スパルタ軍の後援で三十人僭主がアテナイの実権を握った。『女の議会』上演の前三九三―三九〇はペロポンネソス戦争勝利後小アジア諸ポリスの反ペルシア闘争に介入したスパルタと、ペルシアに支援されたアテナイはじめ反スパルタ諸ポリスとのコリントス戦争の時期にまるまる重なる。

つまり、喜劇作者アリストパネスの活躍した三十数年間はペロポンネソス戦争とコリントス戦争に明け暮れた時期。この非常時に平時に変わらず祭礼が挙行され、悲劇・喜劇の競演が催されたのが驚きなら、下ネタ・糞尿譚まじりの政道批判を止めなかったアリストパネスの喜劇だましいの健全さも驚きだ。だからといって、アリストパネスに反戦主義の教師を見るのも行き過ぎというものだろう。

喜劇作者の使命はひとえに観客を笑わせること、笑わせるための新手《あらて》の趣向をつぎつぎに考え出すこと。しかし、新手の趣向といっても単に新奇なだけでは、趣向倒れになりそのうち飽きられてしまう。三十数年にもわたり喜劇競演の第一線に立ちつづけたのは、観客に深い共感を抱かせる何かがあったのだろう。その何かの中核はいつ終わるとも知れない戦時体制の中での平和への希求ではあるまいか。

自らの売名と利益のために戦意を煽る主戦論者への反発は、そこから出た自然な感情であって、政治的・党派的なものではなかろうし、営利的な観客迎合でもなかろう。アリストパネスについて私はここまで喜劇作者という呼称を用いてきたが、むしろ三大悲劇詩人に準って喜劇詩人と呼ぶべきだろう。彼の作品のコロスがうたう詞章の詩性は三大悲劇詩人のどれにも劣らぬもので、この詩性こそが彼を長年にわたって喜劇作者の第一線に立たしめた理由ではないだろうか。

彼の詩性は詞章にだけでなく、構想そのものにも発揮される。それも作品を経るごとに、現実を踏まえつつ奇想天外になり、幻想性を増していく。コロスについていえば、『アカルナイの人々』ではアカルナイの老人たち、『騎士』ではアテナイの騎士たち……と現実的だが、『雲』では登場人物の瞑想塾の塾頭ソクラテスにふさわしく雲の女神たちとなる。『蜂』では登場人物の訴訟好きの老人の仲間の老人団として雀蜂の扮装をしているにすぎないし、『平和』ではありふれた農夫たちだが、そのかわりにお助け神ヘルメスや戦さの神ポレモス、轟音の神キュドイモス、平和の女神エイレネなどが登場する。

なかんずく平和への希求という作者デビュー以来の初志を貫きながら、喜劇の常識を突き抜けた幻想性高い傑作は『鳥』であり、そのコロスの鳥たちだろう。この作品の競演参加の前四一四年は、前年に梟雄《きょうゆう》アルキビアデスに唆《そその》かされたアテナイ軍が無謀なシケリア遠征に出発。直後の民会で罪をわれて召還された将軍アルキビアデスは敵国スパルタに亡命。前四一四年に入り、残った将マコスが戦死、寝返ったアルキビアデスの建策でスパルタがシケリア救援、翌年前四一三年のテナイ軍大敗と翌々年前四一二年の同盟国連続離反に繋がる、アテナイにとっての大変な一年った。

しかし、アナイに蔓延《はびこ》る訴訟常習者たちは訴訟をやめず、これに嫌気がさした初老の市民二人、エウエルデスとペイセタイロスが、故国を捨て住むべき土地を尋ねるべく、それぞれ道案内のコクルガラスとズキンガラスを手に、アテナイを遠く離れた森の中に、鳥の王ヤツガシラに変身たというトラキア王テレウスの巣を探す。なんとかヤツガシラに出会った二人は然るを尋ねるが、答えのどの土地ももう一つ気に染まず、逆にヤツガシラに鳥たちのポリス設を提案する。

ペイセタイロスは言う。「往来の中心で、すべてのものが／そこを通過するので、今は飛翔軌道《ポロス》と呼ばれている。／あなた方がそこに建物を建て、ひとたび囲いを作れば、／その飛翔軌道《ポロス》という名称からかわってポリスと呼ばれるようになるでしょう。／その結果、あなた方は人間たちをバッタのように支配することになり、／神々の方はメーロス島の飢えによって滅ぼせるのです。」「大気は間違いなく大地と天との真ん中にある。」「人々が神々に犠牲を捧げているときに、／神々があなた方に貢税を持ってこようとしないならば、／腿の骨の香りが通過するのをあなた方は許さない。」（岩波書店刊『ギリシア喜劇全集2』「鳥」久保田忠利訳。以下も）

ヤツガシラは「これほど独創的な考えをわたしはかつて聞いたことがない。／だからお前と一緒にそのポリスを建設することができるだろう、／他の鳥たちにもその考えがよいと思えるならば。」と歓び、藪の中に入ってまず妻のナイチンゲールを起こし、さまざまの種類の鳥たちを呼ぶ。

ヤツガシラ　エポポポイ　ポポポポイ　ポポイ、
イオー　イオー　イトー　イトー　イトー　イトー、
来い、同じ翼を持つわたしの仲間たちのなかから誰かここへ。

田舎に暮らす人々がていねいに種を蒔いた地面を
ついばむお前たち、大麦を食べる無数の仲間、
種子をつつき食べる種族、
素早く飛翔し、柔らかな声を発する種族。
お前たちは、畝《うね》の土くれの周りで
しばしば心地よい声で可愛らしく
こんな風にさえずる。
ティオ　ティオ　ティオ　ティオ　ティオ　ティオ　ティオ　ティオ。

お前たちの中で、果樹園にあるキヅタの
枝にとまり餌を見つける種族よ、山の中で
野生のオリーヴを食べる種族よ、アルブトゥスの実を食べる種族よ、
みなわたしの声のする方へ急いで飛んでこい。
トリオト　トリオト　トトブリクス。

山間《やまあい》の湿地で、鋭い口の
蚊どもを飲み込む者たちよ、大地の中でも十分な水に潤《うるお》う場所や
マラトーンの麗《うるわ》しい牧場を餌場にするものたちよ、
そして斑《まだら》の羽根を持つ鳥
ムナグロシャコよ、ムナグロシャコよ。

海の盛り上がる波の上を
カワセミとともに飛び交う種族よ、
これまで聞いたことのない知らせを聞きにここへおいで。

首の細長い鳥たちの
すべての種族をここへわれわれは呼び集めているのだから。

このまことに魅惑的な歌の呼びかけに集まる二十四種の鳥たちから成るコロスは、それ自体が見たこともない珍奇新鮮な詩で、観客たちの熱狂的な拍手喝采を浴びたにちがいない。

メナンドロスへ　喜劇2

ギリシア喜劇は時代的に古喜劇・中喜劇・新喜劇に分けられることが多い。古喜劇を代表する詩人はアリストパネス。中喜劇を代表するのも同じくアリストパネス。そして、新喜劇を代表するのはメナンドロス。もちろん各時代に彼らと競合する喜劇詩人たちは多数いたが、完全に近いかたちで作品が残っているのはアリストパネスとメナンドロスのみだから、この二人が代表とされるのはしかたがなかろう。

それにしても、アリストパネスというひとりの喜劇詩人の作品が、なぜ古喜劇と中喜劇に分かれるのか。理由の一つは彼の活躍期間が前五世紀から前四世紀に亘り、二つの世紀の端境期が彼の活躍の場であるアテナイの政治的端境期でもあったことだろう。すなわち前五世紀末期の前四〇四年に長く続いたペロポンネソス戦争がアテナイのスパルタへの全面降伏に終わり、アテナイが政治的・社会的新時代に入った。

その後にはアテナイの守りだった長城が破壊され、スパルタ軍の後援による三十人僭主の恐怖政治が布かれるが、長くは続かず民主政治が復活。前四世紀に入ると、スパルタの強大化を怖れるペルシアの支援のもと、前三九五年にコリントス、アテナイ、テバイなどの連合軍対スパルタのいわゆるコリントス戦争が勃り、アテナイは復活の兆を見せるが、長い戦時態勢と戦後の混乱に倦んだ市民の政治離れは覆うべくもなかった。

この時期に書かれ上演されたアリストパネスの現存作品『女の議会』および『プルトス』は、それ以前の作品と較べて形式的にも内容的にも明らかに変化が見られる。まず形式的には劇構造におけるコロス（合唱隊）の役割の希薄化とアゴン（論争・議論）の場面の短縮化、さらに主役のいったんの退場後のパラバシス（コロスの長の観客への語りかけ）の消滅がそれ。これは作者の作劇術の変化という以前に、観客であるアテナイ市民の意識の変化によるものではないだろうか。

コロスはある意味では都市国家における市民の投影。市民自らが都市国家を動かしている実感が希薄になったとき、コロスの存在理由も希薄化せざるをえまい。アゴンの縮少もコロスの長が直接観客に語りかけるパラバシスの消滅もこれに準じよう。また内容的な変化としてのあからさまな個人攻撃の衰退も、観客に訴えなくなったことが最大の原因ではなかろうか。では、その結果はアリストパネスの喜劇精神の衰退を齎したか。むしろ深化させた、と捉えるべきではないか。

まず『女の議会』。民主政発祥の地を謳われるアテナイだが、当時のアテナイの民主政は、事実は極端な男性社会が生んだ男性市民専有の民主政。女性は家の裏側の女部屋に閉じこもって家事に専念、表側の男部屋に出入りすることも適わなかった。その女性たちが夫や息子たちの眠りこける未明、夫の脱ぎ捨てた衣類で男装して家をぬけ出し議会を占拠、国家と市民の福祉安寧のため、人間共通の根本欲である富と性の共有を宣言する。かりに一場の笑いを取るための架空舞台上のものであるにしても、この発想は当時の共通意識《コンセンサス》の二千数百年も先を行っている。

つづく『プルトス』ではやはり富の公平性が問題とされ、付随的に性の不公平の問題が出てくるという意味では、『女の議会』の続篇ともいえる。アテナイの市民で農業に従事する主人公が息子の将来についてデルポイのアポロン神に神託を求めたところ、帰途最初に出会った人を家に伴えとの答を得る。主人公とお供の奴隷が出会ったのは盲目のみすぼらしい老人。二人は老人を問いつめて、その老人が富の神プルトスで、正直者にばかり味方したため、ゼウス大神に盲目にされたことを知る。そこで主人公は老人を目明きにして正直者が倖せになれる世の中にしようと決心。医神アスクレピオスの神殿に参籠しての治療を企てる。そこに汚らしい女の姿の貧乏神が現われて貧乏必要論を説き、主人公が反論。結局、貧乏神は退散して、主人公らはプルトスを神殿に連れて行く。

参籠治療の効あってプルトスが開眼し、富の分配の変革がおこなわれた結果、さまざまの混乱が生じる。告訴を繰り返すことで収入を得ていた告訴常習者は貧窮し、貧しい若者を情人にしていた金持の老婆は捨てられ、あげくには富を願って供物をする者がなくなったため、ゼウス大神以下の神神が困窮する。ゼウスの怒りと報復を告げに来たお使い神ヘルメスも空腹に耐えかねて主人公の召使となり、ゼウスの神官もゼウスを捨てて主人公の許にとどまる。

とど主人公はプルトスをアクロポリスのアテナ神殿の奥の間に鎮座させるべく、行列を仕立てる。プルトスの後に主人公、供物を入れた壺を頭で運ぶ老婆、コロスがつづいて退場し、劇は終わる。退場のト書きおよび科白は次のとおり（『ギリシア喜劇全集4』「プルートス」安村典子訳、岩波書店）。

〔エクソドス〕
（コロス、ゼウスの神官、プルートス、クレミュロス、カリオーン、老女）
コロス　それでは私たちもぐずぐずしていてはなりません。後ろの方へ下がりましょう。歌いながら、これらの方々の後について、行進して参らねばなりませんから。
〔神官を先頭に行列をつくり、全員退場〕

コロスの科白の後に何らかの歌がうたわれたのかは不明。うたわれなかったのだとしたら、このコロスは喜劇としての体裁上の形骸をとどめているだけということになる。他のコロス登場の場面では、主人公のお伴の奴隷とのオデュッセウスとキュクロプスとを演じ分けての掛け合い歌のほかは、〔コロスの歌舞〕と指定があるのみで、どんな歌がうたわれたのかはわからない。ここでもコロスの役割の衰退は明らかだろう。

しかし、コロスの役割の衰退がすなわちアリストパネスの喜劇精神の衰退を意味するわけではあるまい。『プルトス』の終わりかたは一見唐突のようだが、それは富の正当な分配のむつかしさ、性の公平性の成立しにくさを観客に問いかけるためのアリストパネスの深い用意かもしれないのだ。『女の議会』の富と性との共有でいったん割り切れたかに見えた問題は、『プルトス』で元の混沌に戻ったとも思える。それは喜劇なるものの深化ともいえるのではないか。

ギリシア古喜劇・中喜劇を代表するアリストパネスの没年は前三八五年頃。新喜劇のメナンドロスが生まれたのはそれから四十三、四年後の前三四二／一年。ギリシアの諸都市国家が抗争を繰り返しているうちに、ピリッポス二世のマケドニアが力をつけて北方からの脅威となってきた時期で、哲学者アリストテレスがのちに大王となるアレクサンドロス王子の師傅《しふ》になった年とメナンドロス誕生の年がほぼ重なるようだ。生地はアテナイ市ケピシア区で、父親ディオペイテスは富裕な市民だった、といわれる。アリストテレスの高弟テオプラストスに師事し、同年輩の哲学者エピクロスや著述家で政治家としても知られるパレロンのデメトリオスとも親交があった、という。

二十歳前後で『怒り』をもってレナイア祭喜劇競演に優勝した前三二二／一年は、アレクサンドロス大王急逝の直後。アテナイをはじめギリシア諸都市国家は反マケドニアのラミア戦争を起こしたが、たちまち鎮圧。蜂起の中心だったデモステネスは民会で死刑の判決を受け自殺。ギリシア世界はアレクサンドロス大王の有力武将の分割統治によるヘレニズム時代に入る。しかし、メナンドロスは政治向きにはいっさい関わらない位置に身を置いて、五十歳を過ぎて遊泳中に溺死するまで、百篇を超える喜劇を執筆した、とされる。

生前の人気はライヴァルのピレモンに敵わなかったが、死後の評価はしだいに高く「ホメロスに次ぐ詩人」とさえ言われ、ローマ時代のプラウトゥスやテレンティウスにも翻案された。しかし、地中海世界のキリスト教化以後はほとんど忘れられ、一九世紀末から二〇世紀にかけて『人間嫌い』のほとんどと『サモスの女』『髪を切られた女』『辻裁判』などの主要部分が発見され、新喜劇の代表詩人とされるに至った。

ギリシア喜劇を古喜劇・中喜劇・新喜劇に分けること、前に見たとおりだが、古喜劇と中喜劇の差異よりも、中喜劇と新喜劇の差異のほうがはるかに大きい。これは古喜劇と中喜劇の作者がアリストパネスという同一詩人だったという例が示すとおり、連続しているのに対して、中喜劇と新喜劇の作者がまったく別の詩人、しかも、アリストパネスとメナンドロスで言えば、二人の活躍期に六十年以上の開きがあることにも関わろう。

古喜劇・中喜劇を通して、アリストパネスは構造的にも内容的にも一作ごとにつねに新趣向で観客を驚かしたが、新喜劇のメナンドロスは構造上は五段構成（近・現代劇では五幕物というべきところながら、ギリシア劇場には幕がないので）と一定し、内容は一作ごとに細かい筋立ての工夫はあるものの、ある不幸な人間関係の状況が最後には幸福な解決を見る人情劇ということでこれも一定している。アリストパネスの観客とは違って、メナンドロスの観客は安心して泣き笑ったのだろう。完全に近いテクストを残す『人間嫌い』を見ることにしよう。第一場（『ギリシア喜劇全集5』「人間嫌い」西村太良訳、岩波書店）。

〔アテーナイ市の北西のパルネース山系の山麓にあるピュレー。中央にニュンペーの社、向かって左手にクネーモーンの家、右手にゴルギアースの家がある。ニュンペーの社の中からパーンが現れる〕

ここで「パーン」とは前五世紀のマラトンの戦いの折、アテナイに味方したと信じられて以来、アッティカ地方に信仰が拡がった牧畜神パンのことで、劇の冒頭に神が登場してプロロゴスを述べるのは、喜劇の先輩アリストパネスよりも悲劇のエウリピデスを思わせる。エウリピデスの『アルケスティス』ではアポロン神、『イオン』ではヘルメス神、また『ヒッポリュトス』ではアプロディテ女神が登場するし、メナンドロスでも『人間嫌い』のほか、『髪を切られた女』では誤解の女神が登場、『辻裁判』の欠落した冒頭でも何らかの神が登場したと推定されている。

この類似は喜劇詩人メナンドロスが悲劇詩人エウリピデスに多くを学んでいること、さらには新喜劇の時代には喜劇と悲劇との境界が曖昧になっていることを示すものではないだろうか。かりに喜劇と悲劇との相違をハッピー・エンドのあるなしで判別するとすれば、すでにエウリピデスの悲劇『タウリケのイピゲネイア』や『ヘレネ』の結末は喜劇的ともいえる。メナンドロスの時代にはもはや悲劇は勢いを失い、喜劇が悲劇的要素を採り込み、すくなくとも喜劇的結末を持つ悲劇に無限に近くなっている、とはいえまいか。

まずはパン神のプロロゴスを聞こう。

パーン アッティケーなるここはピュレーの里、
いましも出で来るニュンペーの社こそ
この石だらけの不毛の地を耕す
ピュレーの村人たちが尊崇する名高い聖所。
してわが右手なる農地は、ここを住まいとする
クネーモーンのもの、人間嫌いのひとでなし、
誰に対しても気難しく、人付き合いを何より憎みおる。
人付き合いと言うもおろか、この者、もうはるか昔から
誰とも口をきこうとせず、誰にも進んで挨拶しない。
避けるすべもないからか、隣人たるこの私、
パーンは別として。しかし、わがよく承知するところでは
直《じき》に思い知らされることとなろう。

この人間嫌いのクネモン、ふとしたことから後家の女を娶って娘まで生《な》した。しかし、持ち前の性格から喧嘩が絶えず、妻は娘を残して先夫との間の息子のところに戻った。そんな環境にも

かかわらず娘は気立てよく美しく成長した。ある日、この地に広大な地所を持っている都会暮らしの資産家の息子ソストラトスが娘を見染めてしまった。ソストラトスは求婚のため召使の奴隷をクネモンの許に遣るが、けんもほろろに追い出されてしまう。

娘の乳母が井戸に壺を落とし、娘が動顚しているところをソストラトスが壺を拾ってやる、さらにソストラトスは娘の胤違いの兄ゴルギアスに求婚の助力を頼むなどのことがあったのち、クネモンが井戸に落ちる。ソストラトスはこれもすばやく助けあげ、クネモンは別れた妻と和解、ソストラトスの両親も出て来てソストラトスは娘と結ばれ、ついでにゴルギアスはソストラトスの妹と結ばれることになる。クネモンも嫌々ながら引っぱり出され、パンとニュンペの社の宴に加わる、ということでまずはめでたしめでたし。

もし『人間嫌い』に悲劇的要素が希薄というなら、『辻裁判』はどうか。こちらのほうが欠落が甚だしいが、吉武純夫「『辻裁判』解説」を参考にまとめると、おおよその筋は次のとおり。何らかの神または女神のプロロゴスののちアテナイの裕福な若者カリシオスはパンピレと幸福な結婚生活を送っていたが、結婚の数カ月後にパンピレがひそかに子を産んで捨てたと知り、腹いせに友人カイレストラトスの家で遊女ハプロトノンと料理人を呼んで放蕩する。これを聞いたパンピレの父スミクリネスは娘と持参金を取り戻しにやって来る。と、ここまではわが国の人形浄瑠璃にでもありそうな悲劇的場面で、これが第一段。

この悲劇が喜劇に転換するのが第二段の辻裁判の場で、捨て子を拾った羊飼いとその子を譲り受けた炭焼きが、捨て子に添えられていた小物類の帰属をめぐって路上で争い、通りがかりのスミクリネスに仲裁を乞い、小物類は炭焼きのものとなる。そこに登場したカリシオスの奴隷オネシモスが炭焼きの手にしている指環を主人のものだと主張して、いったん預かる。ここまでが第二段。

オネシモスは遊女ハブロトノンに、主人が指環を失くしたのはタウロポリアの祭の時だったと打ち明ける。ハブロトノンはその折そこにいたと言い、事の真相を明らかにするため、祭の時に犯された娘を装って、カリシオスに指環と赤子を見せに家の中に入る。ここが第三段。

スミクリネスは再び娘を連れ戻しにくるが、パンピレはいったん嫁に来た以上は帰るつもりはないと追い返す。ハブロトノンは彼女の顔を見てカリシオスに犯された娘と確信、彼女にすべてを明かす。妻の愁嘆を立ち聞きしていたカリシオスは、赤子をハブロトノンに産ませた子と信じたまま、妻の立派さに対しての自分の不品行を呪う。そこにハブロトノンが現われ、赤子をパンピレの子と明かし、カリシオスは有頂天になって喜ぶ。

以上第四段で大団円のはずだが、さらに第五段で、ハブロトノンに岡惚れのカイレストラトスが失恋したと信じて登場して、ハブロトノンと結ばれ、三たび娘と持参金を取り戻しに来たスミクリネスも、娘と婿に戻った幸福を喜ばざるをえないと、さらに大きな大団円を加えた次第。これこそが悲劇を経過して喜劇に至るという意味で、メナンドロス新喜劇の真骨頂とすべきではなかろうか。

ソクラテス登場　哲学1

神話も、叙事詩も、抒情詩も、悲劇・喜劇も、ギリシア民族の発明とは言えない。しかし、哲学だけは他のどんな先行民族でもなく、ギリシア民族こそが、自分たちの発明と誇る権利を有しよう。じつはギリシア神話、ギリシア叙事詩、ギリシア抒情詩、そしてギリシア劇などを、他の先行民族のそれぞれのジャンルから擢《ぬき》んでて輝かせているものも、哲学の特質である思弁性ではあるまいか。

哲学という日本語が明治の知的指導者、西周《にしあまね》による英語philosophyの訳語であることは知られるとおり。そしてphilosophyが古代ギリシア語のphilosophia＝愛知〈philosophien＝知を愛する〉に由来することもまた、周知だろう。ここでいうphilosophia＝愛知は、語源的には現在の哲学よりさらに広く学問一般への愛といったところだろう。

古代ギリシアにとって先進国であるエジプトやメソポタミア諸国にも学がなかったわけではないが、それは現実の必要に迫られた技術としての学術、純粋にものごとの理を問う学問は無かった、といってよかろう。それが前六世紀ギリシアのイオニア植民都市国家、ミレトスに興った。

その最初の人は前五八〇年頃活躍したらしいタレス。彼はエジプトに学んで測地術、土木術、天文観測に通じていただけでなく、万有の構成素が何であるかを、史上初めて考察した。その意味では学術と学問の端境に立つ人。神話によってではなく理性によって、存在原理を説明しようとしたという意味で、哲学の創始者とされる。

万有の構成素、生命原理をタレスは水とした。その弟子アナクシマンドロス（前六一〇頃―前五四六頃）はト・アペイロン（限定されないもの）とし、さらにその弟子アナクシメネス（前五八六／五八四頃―前五二八／五二四頃）は師のト・アペイロンを空気と解釈。そのまた弟子のアナクサゴラス（前五〇〇頃―前四二八頃）は混沌と混りあっていた無数の種子《スペルマタ》が精神《ヌース》の動きで運動を生じ秩序づけられて世界を造った、と説いた。

アナクサゴラスは前四六三年頃、イオニアからペルシア戦争に勝利してデロス同盟の盟主となったアテナイに移住、政治家ペリクレスや悲劇詩人エウリピデスの師友として敬愛され、その弟子でイオニア生まれともアテナイ生まれともいうアルケラオスは前五世紀中頃に活躍。彼に愛され学んだのがソクラテス（前四六九―前三九九）とされる。その意味ではソクラテスはイオニア哲学の流れを汲むわけだが、ソクラテスにおいて哲学は大転換を遂げる。すなわち、思弁の対象が自然から人間に変わるのだ。

ソクラテスの生まれた前四六九年はアテナイのキモン率いるデロス同盟艦隊がエーゲ海域からペルシア軍を一掃した直後。しかし、彼の七十年の生涯はアテナイが繁栄の絶頂から凋落の一途を辿る時期に当たる。生地はアテナイ市アロペケ区、父ソフロニスコスは石彫家、母パイナレテは産婆。若い頃には家業に従い石彫の見習いもしたらしい。母の仕事の産婆については、のちの対話によって相手の内なる知を産み出す自らの方法を産婆術と名づけたほどの影響を受けている。

生家の財産は中程度。戦時には当時の兵制の決まりにより、家産に応じた重装歩兵として従軍。ペロポンネソス戦争（前四三一―前四〇四）では、ポテイダイアの戦い（前四三一―前四二九）、デリオンの戦い（前四二四）、アンピポリスの戦い（前四二二）での勇猛沈着ぶりが知られている。それを支えたのは身心の強健で、知育・体育共に重視された当時としても異例に肉体の鍛練に励んだ成果。のちに対話に打ち込み、赤貧の中で薄着靴無し、冬も跣足で氷の上を平気で歩き、晩年まで病気に罹ることもなかった、という。

ソクラテスが対話に打ちこんだきっかけは、ソクラテスがその人生の最終段階で国家宗教に対する反逆者として訴えられた法廷において試みた弁明のプラトンによる記録（プラトン著『ソクラテスの弁明・クリトン』久保勉訳、岩波文庫より。以下も）に詳しい。

ソクラテスの友人で熱烈な信奉者のカイレポン（久保訳ではカイレフォン）が、デルポイ（同じくデルフォイ）に赴き巫女に神託を伺い、世界にソクラテス以上の賢者が存在するかと問うた。巫女の答は一人もないというものだった。ソクラテスは言う。

その神託をきいたとき、私は自問したのであった。神は一体、何を意味し、また何事を暗示するのであろうか、と。私が大事においても小事においても賢明でないということは、よく自覚しているところであるから。して見ると、一体どういう意味なのであろうか、神が私を至賢であるというのは。(中略) かくて私は久しい間神の意味するところについて思い迷ったが、ついに苦心惨憺の末ようやく次のような神託探究法に想到したのだった。私は賢者の世評ある人々の一人をたずねた。そこにおいてこそ――もしどこかで出来ることなら――神託に対して反証をあげ、そうしてこれに向い、「見よ、この人こそ私よりも賢明である、しかるに汝は私を至賢であるといった」と主張することが出来るであろう、と考えながら。

ソクラテスは自他共に賢者と信じている政治家を訪ね、対話する。ところが相手が何も知らないことがわかり、その事実を自覚させようとするが、結果は相手と取り巻きの憎悪を買ったのみ。そこで、彼は独り以下のように考えた。

とりあえず自分はあの男よりは賢明といえるかもしれない。なぜなら自分もあの男も等しく何も知らないが、あの男は知っていると信じているのに対して、自分は知っているとは思っていないから。とすれば、自分は少なくとも自ら知らないと知っている点で、あの男より多少は優っているらしく思われる、と。

以後もソクラテスは世に賢者とされているさまざまな人を歴訪する。結果は同じで、彼らと取り巻きの憎悪を我が身に招いたことを認め、悲しみかつ憂うことになる。それでもなお神託の意味を明らかにするために賢者とされる人びとを訪ねることをやめなかった。

この穿鑿の結果私に対して多くの敵が出来た、しかもそれは最も悪辣な最も危険な種類の者である、すなわちその結果、彼らから多くの誹謗が起り、また私が賢者であるという評判もひろまるに至ったのである。（中略）しかしながら、諸君、真に賢明なのは独り神のみでありまた彼がこの神託においていわんとするところは、人智の価値は僅少もしくは空無であるということに過ぎないように思われる。そうして神はこのソクラテスについて語りまた私の名を用いてはいるが、それは私を一例として引いたに過ぎぬように見える。それはあたかも、「人間達よ、汝らのうち最大の賢者は、例えばソクラテスの如く、自分の智慧は、実際何の価値もないものと悟った者である」とでもいったかのようなものである。

ここにソクラテス自らが語るソクラテスの半生は、国家宗教への反逆者どころか、真の意味で宗教に殉じた者の、ほとんど苦行ともいうべき半生と見える。事実、彼は対話によって無知を晒す結果になった当事者や取り巻きの暴力を浴びることもしばしばあったらしい。なお、彼の識者歴訪には副産物が生じた。

きわめて富裕な市民の息子で最も多くの閑暇を有する青年達は、自ら進んで私の跡を追い、私が人々を試問するとき、興がりつつこれを傍聴するのみならず、またしばしば私に倣って自ら他の人々を試問するに至るのである。思うに、その結果彼らは、自分ではいかにも何か知っているらしく自惚れているが、その実、ほとんどもしくは全然、何事をも知らぬ人達がきわめて夥しいことを発見する。かくて、彼らの試問に逢った人達は、自ら責める代りに、私に対して憤り、「ソクラテスとかいう不都合きわまる男がある、彼は青年を腐敗させる者である」というのである。

かくしてソクラテスの罪状には、不敬神という名の国家宗教への反逆に、青少年たちへの悪しき教育が加わる。いや、順序はむしろ逆で、「ソクラテスの仲間」と呼ばれる取り巻きの青少年たちの前でソクラテスに自らの無知を暴かれ、ときには青少年たちにさえ形なしにへこまされた腹いせの口実が、ソクラテスの悪しき教育の結果ということになった。そこには当時のアテナイで一般的だった少年愛の習慣も考慮に入れる必要があろう。いわゆる識者たちはひそかに恋着する青少年の前で恥をかかされることに我慢がならなかったのだ。

しかし、青少年への悪しき教育というだけでは罪状として弱すぎる。そこで、悪しき教育の拠って来たる因としての不敬神が表向き第一の罪状とされたのだろう。事実は不敬神どころではない。ソクラテスは尋常でない敬神の念から出発して、いわゆる識者たちの自らの無知を知と思いこむ不敬神を暴いたのだ。もし彼を正しく告発するなら、人間の知の否定という罪状で告発すべきだったかもしれない。迷信と分かちがたい蒼古以来の神神から成る神話的世界観を超えて、世界と人間とを正しく認識する学問を生み、国家社会を富ませ発展させるのは、しばしば過信や過誤を含むにしても人間の知。それを不敬神を理由に否定するなら、国家社会の富強や発展はなくなる。

赤貧をものともせず寒中も跣足で対話を行《ぎょう》としたソクラテスの敬神は、イオニアに興りアテナイに受け継がれた学問志向、その結果として国家社会の発展を否定する危険性を孕んでいたはずだ。その危険性を理由にソクラテスを告発することは、国家社会の功利性の上からはとりあえず有効なはずだ。しかし、当時のアテナイの、少なくとも民衆次元には国家宗教は生きていた。その民衆を相手にソクラテスを告発するのに、告発者自らが敬神を否定しかねない国家社会の功利性に立つわけにはいかなかった。そこで敬神者ソクラテスを不敬神の罪状で告発するという倒立した現象が起きたのだ。

ソクラテスは『弁明』においてそこの矛盾を衝いた。しかし、同時に矛盾を衝いて自らの明敏さを示すことが必ずしも判決に有利とはいえないこともわかっていた。ソクラテスが『弁明』冒頭において「アテナイ人諸君」と呼びかけ、敢えて「裁判官（正確には陪審員？ 以下も）諸君」と呼ばなかった当時の裁判官たちの多くが、恣意に選ばれてなんら専門的法律知識も判断力も有せず、道徳的資質にも欠けていて、彼らに対して自らの明敏を示すことはかえって反発を食うことも承知の上だったろう。

告発者たちの、そしてそれに同調する裁判官たちのひそかに、あるいは無意識に立つ国家社会の、ひいてはその構成員としての自らが立つ国家社会の功利性は、生きのびることを前提に立っている。ソクラテスにとって重要なことは生きのびることではなかった。判決で有罪と決まった後、無罪の票を投じた少数派の裁判官たちにむかって、ソクラテスははじめて「裁判官諸君」と呼びかける。

裁判官諸君——けだし諸君を裁判官と呼ぶのは正当なことだろうと思う——私の身の上に、実に不思議なことが起ったのである。すなわち私の聴き慣れた〔神霊の声の〕予言的警告は、私の生涯を通じて今に至るまで常に幾度も幾度もきこえて来て、特に私が何か曲ったことをしようとする時には、それがきわめて瑣細な事柄であっても、いつも私を諫止するのだった。しかるに今度、諸君自身も御覧の通り、人が最大の禍と考えそうなことでまた実際一般にそう見做されていることが私の身に降りかかって来た。それだのに私が今朝家から出て来る時にも、この法廷に来る途中にも、また弁論にあたって何かを言おうとしている際にも、私は神からの警告の徴《しるし》に接したことがなかったのである。(中略)裁判官諸君よ、諸君もまた楽しき希望をもって死に面し、そうしてこの一事をこそ真理と認めることが必要である——それは、善人に対しては生前にも死後にもいかなる禍害も起り得ないこと、また神々も決して彼の事を忘れることがないということである。今私に降りかかって来たことなども決して偶然の仕業ではない。私はむしろ今死んで人生の困苦を遁れる方が明らかに自分のためによかったのであると思う。それだからこそ例の徴もどこでも私に警告を与えなかったのである。そういうわけで私としては、私に有罪を宣告した人々に対しても、また私の告発者に対しても少しも憤りを抱いてはいない。(中略)しかしもう去るべき時が来た——私は死ぬために、諸君は生きながらえるために。もっとも我ら両者のうちのいずれがいっそう良き運命に出逢うか、それは神より外に誰も知る者がない。

判決当時はアポロン神の聖地デロス島のデリア祭の期間中で、神に供物を献げる船がアテナイに帰着するまで刑の執行は延期された。その日がいよいよ二日後に迫った朝、ソクラテスの旧友で弟子でもある富裕で廉直なクリトンが亡命の準備を整えて脱獄を勧めるが、ソクラテスは旧友の好意を多としつつ固辞する。その顚末を描いたのが対話篇『クリトン』。その末尾、ソクラテスはアテナイの国法が自分に向けて次のように言っている気がすると言う。

お前がこの世を去るなら、今ならお前は不正を——われわれ国法からというよりも、人間から——加えられた者としてこの世を去るのだ。しかるにもしお前が脱獄して、無恥千万にも、不正に不正を、禍害に禍害を報い、かくてわれわれに対するお前の合意と契約とを蹂躙して、また最も禍害を加えてはならない者——すなわちお前自身と友達と祖国とわれわれと

――にこれを加えるなら、その時、われわれはお前の存命中を通じてお前に怒りを抱くだろうし、またあの世ではわれわれの兄弟なる冥府《ハデス》の国法も、親切にお前を迎えてはくれまい、なぜといえば、力の及ぶかぎりお前がわれわれを滅ぼそうとしたことを、彼らは知っているから。だからお前はその説を実行せしめんとするクリトンに説得されぬようにして、むしろわれわれに従うがいい。

これを聞いて「僕はもう何もいうことはない」と答えるクリトンにソクラテスは言う。「では、僕達は僕がいったように行動しよう、神がそちらに導いて下さるのだから」。『弁明』のソクラテスも、『クリトン』のソクラテスも徹頭徹尾敬神の人。彼はひたすら敬神のため人間を指弾し、不敬神の言いがかりで人間に殺されるのだ。

プラトンになる　哲学2

ソクラテスは釈尊・孔子・イエスらと同じく、自らは著書を残していない。彼の言行が伝えられたのは、もっぱら弟子のひとりプラトンの著作による。その事実をソクラテスはプラトンに感謝すべきだろうか。おそらくソクラテスは自称知者たちの無知を暴き、有為の青年たちを知への愛求に導くことがすべてで、自分についての記憶を後世に残したいなどとは思わなかったろう。感謝すべきははるか後世に生まれ、プラトンの著作を通じてソクラテスの言行にいきいきと触れることができる私たちだろう。

それにしても私たちは、ソクラテスをいまここに生きているかのように感じるために、なんとふさわしい仲介者を得たことか。プラトンとは肩幅が広く逞しいところから付いた仇名で、本名はアリストクレス。しがない石彫師と産婆とのあいだに生まれたソクラテスとは対蹠《たいせき》的に、父アリストンの家系も母ペリクティオネの家系も、最後のアテナイ王コドロスの流れを汲み、母方からは賢者ソロンを出している名家の出身で、名家の子弟にふさわしく最初はおぼろげに政治を目指していた。同時に生得の文才から早く抒情詩を書き、悲劇にも志があった。

それがソクラテスの取り巻きだった従兄弟たちの驥尾に付してソクラテスに近づくうち、たちまちその稀有な人格に惹かれて、真の知を愛求する人生に舵を切り換えた、といわれる。彼の求知人生は真の求知の人ソクラテスの祖述から始まった。詩作が情の行為、求知が理の行為とすれば、詩を志していた者が求知の人の言行を再現することは不向きにも思われる。しかし、彼が志していたのは悲劇という対話の詩、ソクラテスの求知は対話という形をとるから、彼はソクラテスの祖述者としてこの上ない適任者ということになろう。そして、彼はソクラテスの祖述という行為を重ねて自己実現していく。別の言いかたをすれば、アリストクレスからプラトンになっていく。

誕生は前四二八年か七年、いずれにしてもアテナイとスパルタのあいだにペロポンネソス戦争が勃発した前四三一年の、その結果アテナイ城外の市民が城内に移住して人口稠密となり疫病が蔓延し、指導者ペリクレスが病死した前四二九年の直後。彼の成長期から青年時代はまるまる戦時と重なっている。ソクラテスと出会ったのが二十歳頃だとすれば前四〇八年か七年。前四〇六年アルギヌサイの海戦でアテナイ軍がスパルタ艦隊に勝利するものの、さらに翌五年アイゴスポタモイの海戦で今度はアテナイ艦隊がスパルタ軍に大敗し、つづく四年にはアテナイの無条件降伏で二十七年続いたペロポンネソス戦争が終結している。つまりデロス同盟の盟主としてギリシア人世界に君臨した都市国家アテナイが敗戦国となる直前の最も大変な時。

大変は終戦後も続いて、スパルタ将軍リュサンドロスの後援の下、三十人僭主と呼ばれる寡頭政権が実権を握り、僅かの期間に一五〇〇人を処刑、五〇〇〇人以上が外港ペイライエウスに逃亡。しかし、その年のうちに内紛を生じ、亡命していたトラシュブロスの軍隊に撃破され、民主制が復活した。ソクラテスに関していえば、三十人僭主制の有力者クリティアスがかつての取り巻きのひとりだったこともあり、かえって安泰。むしろ民主制が回復したのち、形の上では民主的な手続きによって不当に告発され、判決により毒盃を仰いで死ぬ。

ソクラテスの死の時、アリストクレスは二十歳代の後半、それから十年余り彼の遍歴時代が続く。この間、彼は一時メガラに赴き、さらに北アフリカのギリシア人植民都市キュレネやエジプトにも旅した。と同時に自らの転生の契機となった師ソクラテス生前の言行の真意を知るべく、ソクラテスを主人公とする対話篇の執筆を始める。この時役立ったのが、かつて悲劇習作時代に身についた対話の技法だったろう。さらに彼の旅は南イタリア、シケリアと続き、ピュタゴラス派哲学との出会いもあった。彼は旅を続け、執筆を重ねる中で、しだいにアリストクレスからプラトンになっていく。

アリストクレスが明確にプラトンとなったのは、どの段階でか。彼の二十歳代終わりからほぼ八十歳の死の直前まで半世紀に及ぶ彼の著作は、平凡社『世界大百科事典』「プラトン」（藤沢令夫）によれば、文体統計学的研究により、前期・中期・後期に分けられる、という。前期著作は『ラケス』『リュシス』『カルミデス』『エウテュフロン』『ソクラテスの弁明』『クリトン』『エウテュデモス』『プロタゴラス』『ゴルギアス』『メノン』など。この中でとりわけ重要なものとして、私たちは先に『ソクラテスの弁明』と『クリトン』とを見てきた。その段階での彼はまだアリストクレスの要素を多分に残している、といえよう。

中期著作としては『饗宴』『パイドン』（藤沢訳の表記はファイドン）『国家』全一〇巻『パイドロス』『パルメニデス』『テアイテトス』など。このうち『パイドン』は初期著作のうち『クリトン』と場を同じくし時を異にしている。どちらも場はソクラテスの収監されている獄舎。時は『クリトン』がソクラテスの死の三日前。『パイドン』は死の当日、もっともそれがのちに語られる構成。いずれにせよ両者ともにソクラテスの死が主題で、同じ主題の変化のほどが見える。

まず『クリトン』の登場人物はソクラテスとその老友クリトンの二人のみ。これに対して『パイドン』の中の、のちにプレイウスの人エケクラテスにパイドンが語った回想中の登場人物は、ソクラテス、妻クサンティッペと嬰児、クリトン、ケベス、シミアス、アポロドロスその他の面会者たち、ソクラテスの息子たちと家の者たち、刑務委員の下役その他、そしてそれらの人びととソクラテスのやりとりの一部始終を見聞きしたパイドン……と多数である。

『クリトン』は、その到着の翌日にはソクラテスが死ななければならないというデロスからの船が、その日にも着くだろうという報らせをもって、老友クリトンが夜明け前、ソクラテスの獄舎を訪ねたところから始まる。クリトンはソクラテスに脱獄と亡命を勧め、そのための資金はテバイの知人、ケベスとシミアスが用意してきていることを言う。ソクラテスはクリトンの好意に感謝しつつも対話によって、たとい判決が不当だろうと市民としては国法に従うべきだという結論にクリトンを導き、獄舎を去らしめるというもの。これに対し『パイドン』(岩田靖夫訳、岩波文庫)の主内容は『クリトン』でアテナイ滞在が示唆されていたケベスとシミアスとソクラテスの対話。ソクラテス救出のためにやってきた二人に対して、ソクラテスは辛抱づよい対話によって、二人を霊魂の不滅という結論に導き、死後の裁きとあの世の物語を神話的に語る。それから沐浴ののち息子たちと家の女たちを別れの挨拶をして帰し、友人たちに取り囲まれて下役の用意した毒杯を仰ぎ、歩きまわったあと横になり、「クリトン、アスクレピオスに雄鶏一羽の借りがある。忘れずに、きっと返してくれるように」と、医神への献げものの依頼の言葉を最後に息を引き取る。

対話篇『クリトン』の意図は、ほぼクリトンからの伝聞に基づきつつ、不当な告発と判決にかかわらず、脱獄・亡命の勧めには従うことなく、市民として国法には従わなければならないとする、ソクラテスの高潔な人格を顕彰するにあったろう。では『パイドン』はどうか。嘆き悲しむ妻子を帰させ、一日を友人たちと過ごし、友人たちに囲まれて従容と死んでいった流れはほぼ事実のままだろうが、遠来の客であるケベスとシミアスとの対話に日中のほとんどを費したとは考えにくいし、対話の内容もソクラテスがしゃべったままとは思われない。とりわけ対話の後の死後の裁きとあの世の物語は創作と言って差し支えあるまい。

これを要するに、『クリトン』が弟子アリストクレスによる師ソクラテスの顕彰だとすれば、『パイドン』は求知者プラトンによる原求知者ソクラテスの昇華とはいえまいか。そしてこの昇華にはアリストクレスがソクラテスから学んだことだけでなく、アリストクレスがプラトンとなる過程のさまざまな出会いで学んだことが付加されているのではないか。ただし、プラトン自身にソクラテスの言葉を歪曲したつもりはなく、ソクラテスの語った事実を真実にまで高めれば当然そうなると考えたのではあるまいか。

ところで悲劇作者を志した若きアリストクレスには、悲劇の対蹠点にある喜劇についても当然、関心があったろう。では『パイドン』は悲劇・喜劇のどちらに当たるかといえば、ソクラテスの死に終わる結末からして悲劇ということになろう。ただし、パイドンがエケクラテスに「あの方は間もなく亡くなられるということを私は考えていたのですが、その私を襲ったのは、喜びと苦しみの入り混じった、今までに経験したことのない感情でした」と告白しているとおり、単純な悲劇ではない。そもそもソクラテスはサテュロスともシビレエイとも形容される面貌が象徴するように、世にいう不幸をも浄福に、悲劇をも喜劇に転位する稀有な人格の人だった。

その稀有な人格の昇華のためにプラトンは、語り手を自分ではなく、ソクラテスがその美貌と才気を見て取って奴隷の身分から救ってやったパイドンに設定する。プラトン自身については、エケクラテスの「ところで、パイドン、そこにはどんな人々が居あわせたのですか」という質問に対して、パイドンに「アテナイ人では、このアポロドロスのほか、クリトブロス、その父親〔のクリトン〕、さらにヘルモゲネス、エピゲネス、アイスキネス、アンティステネスなどがいました。それから、パイアニア区のクテシッポスとメネクセノス、そのほかにも何人かのアテナイ人がいました」と言わせた後にさりげなく「プラトンは病気だったと思います」と付け加えさせている。もちろん、さらに「テーバイからはシミアスとケベスとパイドンデスが、メガラからはエウクレイデスとテルプシオンが来ていました」と言わせるのを忘れていないが。

こうしてプラトンは浄福なる悲劇ともいうべき対話篇『パイドン』を書きあげるが、それだけでは足りぬとばかりに、こんどはまさに純然たる喜劇として対話篇『饗宴』を書く。あるいは執筆の順序は逆で、『饗宴』が先で『パイドン』が後かもしれない。その場合は純然たる喜劇の後に浄福なる悲劇を書くことで、ソクラテスの言行の昇華を完璧にした、ということになろう。『パイドン』中のソクラテスは処刑の時を告げに来た刑務委員の下役が「私は、かつてここに来た人々のうちで、あなたがもっとも高貴でもっとも穏和なそしてもっとも優れた人であることを知りました」と言うとおりおよそ無欲清浄な人だが、一方ではパイドンが「ときおり私の髪の毛にたわむれられるのは、いつものことでした」と告白するように無害な逸楽まで拒む人ではなかった。というより、いつも天気晴朗で酒に強く闊達な社交家、美しく賢明な若者が大好きだがけっして溺れることのない少年愛者、自己顕示のためでなく神神への崇敬と真知の愛求のために対話を無償の天職とするソクラテスという魅力的な人格を、愛神エロス讃嘆という形で昇華したのが、『饗宴』（久保勉訳、岩波文庫）と言っていいのではないか。

『パイドン』がパイドンの見聞きしたソクラテス最後の一日、とりわけソクラテスとテバイの人ケベスおよびシミアスとの対話をプレイウスの人エケクラテスに語るという間接話法なら、『饗宴』もまた間接話法、それも悲劇詩人アガトンの邸宅で催された祝勝の饗宴の一部始終を、その饗宴の出席者のひとりキュダテナイオンのアリストデモスがアポロドロスに話して聞かせたのを、さらにアポロドロスが友人たちにするという二重の間接話法。時の設定はアポロドロスがアリストデモスから聞いた話を友人たちにするのが前四〇〇年頃で、ソクラテスの処刑のすこし前だが彼はまだ告発もされていない。そしてアガトン邸の饗宴のおこなわれたのがそれより十六年前の前四一六年頃だから、ペロポンネソス戦争の最中だが、ソクラテスは五十歳代前半で対話による求知活動の最も旺んな頃。対話篇全篇に漲る幸福感はそこに由来しよう。

饗宴の出席者は主人のアガトン、客人のパイドロス（久保訳表記はファイドロス。以下略）、パウサニアス、エリュクシマコス、アリストパネス、ソクラテス、ソクラテスが誘ったアリストデモス他、後れて闖入した形のアルキビアデス。さて、出席者の大半は昨夜からの酒宴続きで宿酔気《ふつかよい》味。そこでエリュクシマコスの提案で出席者一同、エロス神を頌える演説をする。そのうちアリストデモスの記憶に残り、アポロドロスに聞かせたのはパイドロス、パウサニアス、エリュクシマコス、アリストパネス、アガトン、ソクラテス、とくにアリストパネスの説は興味ぶかいが、ここは端折ってお目当てのソクラテスのマンティネイアの婦人ディオティマに聞いたというエロス説に直進しよう。

アフロディテが生れたとき、神々は祝宴を催したが、その中にはメティス（巧智の神）の子ポロス（術策の神）もいました。そこで食事が終った頃に、ペニヤ（窮乏）は御馳走を当てこんで乞食をしに来て、戸口に立っていたのでした。ところがポロスは神酒《ネクタール》（葡萄酒はまだなかった）にたべ酔ってゼウスの園に這入ってゆき、そこで酔い草臥《くたび》れて深い眠りに落ちました。するとペニヤは、困窮のあまり、ポロスによって子を得ようという一策を案出し、その傍に臥してエロスを孕んだのでした。（中略）さてエロスはポロスとペニヤの間の息子として次のような境遇に立っています。すなわちまず第一には、彼はいつも貧乏です。そうして多衆が信じているような、きゃしゃとか優美とかいうのとは大違いで、むしろごつごつしていて、汚らしく、跣足《はだし》で、また家無しなのです。（中略）それは彼が母親の性をうけているので、いつも窮乏と同居しているからです。ところが、他の一方ではまた父親にも似て、いつも美しい者と善い者とを待伏しており、勇敢で、猪突的で、豪強で、非凡な狩人であり、常に何かの奸策をめぐらし、しかもまた智見《フロネーシス》の追求に熱するとともに、けっして術策に窮することなく、全生涯を通じて愛智者《フィロソフォス》であると同時にまた比類なき魔術師、毒薬調合者かつソフィストなのです。

ここにディオティマが述べたというエロス像、誰かに似ていないだろうか。そう、ソクラテスに。これはディオティマという架空の巫女的人格を借りて述べたソクラテスの自画像ではないか。もちろんここのソクラテスはプラトンの創出したソクラテス、したがって若きアリストクレスの身近に見たソクラテスを核に、プラトンの中で成長していったソクラテス像であることは、いうまでもないが。

対話篇『饗宴』に立ち戻れば、ソクラテスが演説を終え一同が賞讃、ただしアリストパネスのみが何か言おうとしたところに騒がしい声がして、したたか酔っぱらったアルキビアデスが闖《ちん》入《にゅう》する。一同の喝采に迎えられた彼は、手に持った祝いのリボンをアガトンの頭に巻きつけた後、ソクラテスを見つけその頭にも巻きつける。それからエリュクシマコスに促されて演説に加わり、結果的にエロス讃嘆の締めを果たす。そのエロス讃嘆は、若さの盛りにあった自分が分別盛りのソクラテスを誘惑したが、ソクラテスは乗らなかったという、いささか楽屋落ちながら、サテュロスの面貌が包む高貴な本質を示すソクラテス讃嘆。

かくして出席者たちが捜し求めていたエロスの本質とは美を愛求してやまないソクラテスの本質にほかならないという結論に達して、この幸福な対話篇は巻を閉じるのだ。

肉声のプラトン　哲学3

アテナイ屈指の名家の子アリストクレスが、刑死した師ソクラテス在りし日の言行の祖述を重ね、プラトンと成っていく過程を、私たちは見てきた。しかし、対話篇という性質上、彼の著作にはアリストクレスもプラトンも登場しない。わずかに名のみ出るのは『パイドン』冒頭部分、話者パイドンの「プラトンは病気だったと思います」という箇所のみ。つまり、プラトンの対話篇において祖述者は不在、その肉声は聞こえない。

すると私たちには、祖述者プラトンのなま身の情動や実際の行動を感じ取ることは、ついに不可能なのか。幸いなことに対話篇のほかにプラトンの書簡なるものが十三通伝えられていて、そのうちの幾通かは偽書の疑いが濃いが、「ディオンの一門ならびに同志の諸君に乞う、ご精励のほどを。プラトン」と始まる、シュラクサイの改革者ディオン横死後の一門ならびに同志を称する人びとに宛てた『第七書簡』（長坂公一訳。筑摩書房刊、世界古典文学全集15『プラトンII』より。以下も）は、プラトン真筆と見てまず間違いなかろう、とされる。たしかにその長文を読み進むと、その行間から老プラトンの息づかいのみか、若きアリストクレス像までが立ちあがってくる。

書簡を正しく読解するためには、まずその背景を押さえておくことが必須だろう。ここに出てくるディオンとは誰で、プラトンとはどんな関係なのか。プラトンは前三八八から七年、ソクラテスの刑死（前三九九）直後から始まる遍歴時代の最後にイタリア、シケリア（シチリア）に旅をした。まず南イタリアのタラスでピュタゴラス派の指導者アルキュタスに会ってピュタゴラス思想の影響を受け、そののちシケリアに渡りディオニュシオス一世が僭主制を敷くシケリアのシュラクサイで、僭主の義弟のディオンに遇っている。

ディオンは当時二十二歳。絶世の美青年でしかも聡明だったから、たちまちプラトンの寵愛の対象となった、という。ディオンもまたプラトンの愛によく応え、プラトンの説くところをよく理解し、当時のイタリア風またはシケリア風の放恣懶惰な生活を棄てて求知の人生を選び、これが以後のいわゆるシュラクサイ事件の発端になった。プラトン自身の言うところに聞こう。

では、そもそもどういう意味で、あのときのわたしのシケリア訪問が、すべての事件への口火になっていると、わたしは言うのか。わたしは、当時青年だったディオンと交際するようになると、人類のために最善とわたしに思われる事柄を、言葉をつくして、かれに説き聞かせ、それらを実行せよと勧めたのである。が、どうやらそのことが、ある意味で、やがて迎える僭主体制崩壊の、下工作をするものであったことに、わたしは、不見識にも、自分では気づかないでいたようだ。

実は、この間の経緯はこうだった。まず、ディオンは、何事につけても至極物分りのよいひとで、特にあのころわたしの行なった論議に対しては、そうであり、わたしがかつて出会った青年のうちだれひとりとして及びえないほどの鋭敏さ、旺盛さをもって、かれはそれを聞き取るのだった。そうしてかれは、残る生涯を、大方のイタリア人やシケリア人らの性向とは袂《たもと》を分かち、快楽その他の放埒よりは、美徳のほうを格段に尊重することに心をきめて送りたいと、願うようになったのだ。その結果、かれの生活態度は、僭主制下の習俗にひたって暮らすひとびとの目には、だんだん重苦しいものに映るようになってゆき、やがてデュオニュシオス一世に死の訪れる時期に至るのである。

ところでディオンは、その後、そのような考え方がはぐくまれるのは、けっして自分ひとりの胸中だけではあるまい、自分自身にしても、それは、正しい仕方の論議に導かれてはじめて、得たものなのだからと、そう考えるようになった。しかもかれは、あたりを見まわして、そういう考え方がほかのひとたちの大勢ではなくとも、一部の者たちの胸のうちには、たしかに芽生えつつあることに、気づいたのだ。それとともにかれは、もし神々のお力添えがあれば、ディオニュシオス二世も、たぶん、そういう者たちの、ひとりに、なれるかもしれない、のみならず、もしそういうことにでもなれば、この僭主の生活はもとより、一般シュラクサイ市民の生活もまた、計り知れぬほど仕合せなものになるであろうと、そう考えた。

そこでディオンは後見人の立場で若き僭主ディオニュシオス二世に説いて、プラトンを迎える使者を立てさせ、自分でも来遊を懇望する。プラトンとディオンの出会いから二十年の時が経過し、プラトンは帰国直後に開いた学苑アカデメイアの経営も軌道に乗って六十歳の老齢、ディオンは分別盛りの四十二歳になっていた。しかし、四十二歳のディオンは理想に燃えすぎて分別なく、六十歳のプラトンにはようやく分別がつき、ディオンの目論見に悲観的だった。

ディオンの目論見はプラトンの『国家』の説く理想国家の統治者としての哲人王の実現だろう。『国家』はプラトン中期の作品とされるが、他の中期作品と異なり、中期のどの時点かで書かれたというものではなく、かなり長い期間を通して書かれ、完成はプラトン五十歳代の終わり近かったか、と思われる。じっさいに執筆を開始したのは五十歳代に入る前後かもしれないが、執筆以前に長い下準備の時期があり、その最初の構想の如きものは最初のシケリア訪問直前、タラスのアルキュタスを通してピュタゴラス思想に触れた折に閃いたのではないか。

その直後のシュラクサイでの出会いの砌《みぎり》、その構想は熱熱《あつあつ》の状態で四十歳のプラトンから二十二歳のディオンに語られた可能性は、じゅうぶんありえよう。その後、高圧的な態度で交際を求める僭主ディオニュシオス一世とのあいだに軋轢を生じたプラトンが、シュラクサイを去りアテナイに戻って学苑アカデメイアを開設してからも、ディオンとの関係は何らかのかたちで続いていたもの、と思われる。書簡のやりとりはむろんのこと、ディオンが何回かアカデメイアを訪れて、プラトンの講筵に連なる、などのことがあったかもしれない。

いずれにしても、『国家』は完成後いちはやくディオンの許に届けられ、ディオンがそれを異様な熱心さで通読した時期と、ディオニュシオス二世の後見役になった時期とは重なるか、さほど離れていなかった、と思われる。『国家』を読むことでディオンにはプラトンと出会った二十二歳の日日が蘇り、その頃のプラトンの齢《よわい》になって年齢だけはその頃の自分と等しいディオニュシオス二世に対し、シケリアと南イタリアに亘るディオニュシオス王国を安泰にし、二世自身が歴史に残る名王となるために、プラトンを招《よ》び学ぶべきことを熱心に説いた。この申し出は若い未熟な自尊心をくすぐり、僭主は後見人の勧めに従った。

しかし、学苑を開設し二十年間その経営の経験を積んだ六十歳のプラトンは、当然のことに遍歴時代の続きにあった四十歳のプラトンのままではなかった。その二十年間の経験の中で書き継がれていったのが、彼のライフワークともいうべき大作対話篇『国家』であり、その中で執筆者プラトンも微妙に変化していった、と考えるべきではなかろうか。ひょっとして六十歳のプラトンにおいては、自分の変化ははるかに早く、ソクラテスの刑死以前から始まっていた、と考えられていたのではないか。それが同じ『第七書簡』の冒頭近く、若き日の自分の心境の最初の変化をソクラテスの刑死と関連づけて告白している理由ではないか。

わたしも、かつて若き日には、いかにも多くのひとたちと同じような気持であった。自分のことを左右できるようになりしだい、すぐに国家の公共活動へ向おうと、そう考えたわけだ。そこへたまたまわたしには、政界の出来事から、次のような、ちょっとした偶然が降ってわいたのであった。

その偶然とは前四〇四年、アテナイの無条件降伏によりペロポンネソス戦争が終結、追放者たちが帰国した時点に始まる。彼らは新憲法制定のため三十人政権を成立させるが、戦勝国スパルタの支援のもと寡頭独裁制に転じ、戦時中の非行者を罰するという口実で、反対派およびその疑いのある者を、短期間で千五百人以上処刑。とくにプラトンにとって耐えられなかったのは、政権が可能な限り多くの市民を自分たちの犯行に連座させるため、高齢のソクラテスまで呼び出し、サラミスのレオンなる人物を死刑にするための連行を命じたこと。ソクラテスはこの不正な命令を無視して帰宅したが、その直後に政権が崩壊したので命令無視の罰としての死を免れた。三十人政権には近い血縁のクリティアスやカルミデスも加わっていたため、プラトンは大きな衝撃を受け、政治参加への志は一頓坐した。

代わって成立した民主政権はかなり穏健なものだったため、プラトンのいったん頓坐した志は徐徐に回復していった。ところが、その中の一部の権力者がソクラテスに不当きわまる罪状を押しつけて法廷に引っぱり出して、死刑に至らしめた。アテナイの現状に絶望し、かつはソクラテスの仲間としての自身への危険から逃れるための、プラトンの遍歴時代が始まる。しかし、その遍歴の過程で知ったのは、あらゆる国家が悪政下にあるという現状で、次のような認識に達する。

正しい意味において、真に哲学しているような部類のひとたちが、政治上の元首の地位につくか、あるいは現に国々において専断権をふるっているような部類のひとたちが、神与の配分ともいうべき条件を得て、真に哲学するようになるかの、いずれかが実現されないかぎり、人間のもろもろの種族が、禍いから免れることはあるまい。

そういう意見に達したプラトンが、南イタリアを経てシュラクサイを訪れ、理想的な愛弟子を得て熱く説いた哲人王観だったから、ディオンの中には二十年のあいだ生きつづけた。あるいは純粋培養され膨らんでいった。プラトンのほうはどうかといえば、アテナイに戻っての学苑経営とそこを拠点に見るギリシア世界の転変によって、世界観・人間観・それを繋ぐ政治観が変化していく。書き継がれていった『国家』にその過程が見えるのではないか。

まず第一巻において正義とは何かの吟味がなされ、続く第二巻から第五巻にわたって正義に基づく理想国家の構築、ことに国家の防衛と統治の担当者の機構と教育のありようが考察され、争いの原因となる私有財産制や家族制度の撤廃が提案され、理想国家実現の方途として哲人王構想が表明される。第六巻・第七巻においては哲人王構想の裏付けとしてのイデア論の構造とその認識のための学問過程が論じられる。

問題は続く第八巻・第九巻において理想国家の不完全国家への転落の過程が、人間ひとりひとりの内部の悪徳の規定とともに述べられていることだ。ここには理想国家とそれを実現する哲人王の出現を待望しつつ、それを疑わざるをえない生活者プラトンの、現実世界への深い絶望が覗いているのではなかろうか。もちろん、その後にはふたたび正義が取り挙げられ、正義のみが人間を幸福にすることが宣言されるわけだが、そこでめでたしめでたしというわけにはいかない。最終巻の第十巻では、ここで駄目押しに、真の知を愛し求めることと相容れない詩、人間の悪徳の源泉である快楽と苦悩の温床となる詩が改めて排斥され、その上で正義の保証としての魂の不死性の論証が試みられる。

しめくくりに「パンピュリア族の血筋をうけるアルメニオスの子、エルの物語」（藤沢令夫訳。筑摩書房刊、世界古典文学全集15『プラトン2』「国家」第十巻終り）だ。「そのむかし、エルは戦争で最期《さいご》をとげた。十日ののち、数々の屍体が埋葬のために収容されたとき、他の屍体はすでに腐敗していたが、エルの屍体だけは腐らずにあった。そこでかれは家まで運んで連れ帰られ、死んでから十二日目に、まさにこれから葬られようとして、野辺送りの火の薪の上に横たえられていたとき、エルは生きかえった。そして生きかえってから、かれはあの世で見てきたさまざまのことがらを語ったのである」。

対話篇『国家』の中でこれを語るのはソクラテス、もちろん対話篇中のソクラテスを通してプラトンが語っているのだ。ところで、この物語、対話篇中で排斥されたホメロスやヘシオドスの叙事詩、それらの影響のもとに書かれた悲劇や喜劇、また抒情詩とどう違うのか。絵空ごとといえばまったく同次元の絵空ごと、はるかに拙劣な絵空ごとではないか。そんな拙劣な絵空ごとを通して、死後も魂は不死で、生前の行為に応じた賞罰を受けると言われても、誰が信じよう。ひょっとしてそれは、読む者を絶望に終わらせないための、プラトンの慈悲のようなものだったのかもしれないが。

さて、『第七書簡』に戻ろう。プラトンは「事が青年たちにかかわっている問題であるだけに、はたしていかなる方向へ進展するだろうかと恐ろしくも感じ、判断もつきかねていた」が、将来自分自身が「口先だけの人間でしかなく、実際活動には一度も進んで手出しできなかったとしか、見えないようなことになっては、と、何にもまして自分自身を恥じる気持があったからなのだが、また、もうひとつには、ディオンが現に小さからぬ危険に曝《さら》されているのに、まずそのディオンとの懇意な仲を、同志の絆《きずな》を、裏切ることになりかねないという気持もあっ」て、シュラクサイに向かう。

結果はプラトンの危惧したとおり、若いディオニュシオス二世の素質にも人格にも可能性はなく、ディオンは反対派の中傷によって僭主への陰謀を企てたとして、プラトンの到着の四カ月後に国外追放。プラトンは出国を差し止められ、一年滞在後に帰国した。さらに六年後、ディオニュシオス二世は再度プラトンの訪問を懇望。プラトンはいったん拒否するが、ディオンのためを思って招きに応じる。しかし、結果は僭主には学ぶ気もなく、追放中のディオンの財産をめぐって話がこじれ、プラトン自身の生命さえ危うくなる。結局タラスのアルキュタスの仲介で救出され帰国した。前三六〇年のことだ。

三年後の前三五七年、ディオンは同志とともにシュラクサイを急襲、ディオニュシオス二世国外退去の後、民主制を敷くが、ディオンの厳格すぎる性格と貴族的な政治理念は、他の政治家たちや一般民衆と合わず、同志だったはずの野心家、アテナイ人カリッポスなる者に暗殺される。その直後、ディオン派の残党から出された協力要請に対してのプラトンの回答が『第七書簡』というわけだ。ディオン派は、カリッポスを殺してシュラクサイを占領、ディオンの甥のヒッパリノス二世が僭主位に就くが、前三四七年ディオニュシオス二世が返り咲き、同じ年プラトンは八十歳で逝去。ついでにいえば、ディオニュシオス二世の僭主復活も長くは続かず追われてコリントスに亡命、貧窮して高齢で死んだ、という。プラトンとディオンの理想、いや夢想国家思想は、シュラクサイに混乱を齎したただけ。

結局のところ、プラトンの理想国家は実現しなかった。もし実現していたら、二十世紀のソヴィエト・ロシア以上に息苦しいものになったのではないか。プラトンは対話篇中の理想国家から詩人を追放したにもかかわらず、自身きわめて詩人的な夢想の人。夢想が実現しない限りにおいて、その肉声は魅力的だ。

アリストテレスと詩の復権　哲学4

今日にいたるまで思想史に影響を与えつづけている先人たちのうち、プラトンとアリストテレスほど対蹠《たいせき》的な二人も稀だろう。この二人が師弟として二十年間、アカデメイア学苑で哲学を教え学んだ間柄だったことを考えれば、これはいささか奇妙に思えないでもない。

しかし、哲学という日本語をギリシア語philosophia（＝愛知、求知）にまで戻してみれば、いくぶんわかりやすいのではないか。自分たち人間を取り巻く世界の本質とは何かを問いつづけたイオニアの求知者たちの求知の対象が、アテナイのソクラテス、プラトンにおいて人間のよき生きかたとは何かに純化されたのが、アリストテレスによってふたたび世界とは何かに戻った、と考えれば。ただし、そのことは単純にかつてのイオニアの求知に戻ったことを意味しない。いったんソクラテス・プラトンの精緻な対話法を通して、求知の対象が人間から改めて人間を取り巻く世界の種種相に向かったということではないか。そこにはまた、アリストテレスの生まれた時代や出自も関わろう。

アリストテレスの生まれたのは前三八四年、ソクラテスの刑死から十五年目、前三九五年から続いたコリントス戦争が九年目にしてペルシアの介入で終結した年の二年後。もともとこの戦争じたい、ペロポンネソス戦争に勝利したスパルタが勝利の勢いを借りて、小アジア諸ポリスの反ペルシア闘争を支援しペルシア勢力圏に介入したため、ペルシアがギリシア本土の諸ポリスに働きかけ反スパルタ運動を起こさせたもの。その結果、一進一退ののち反スパルタ連合のアテナイが昔日の勢いを取り戻すと、ペルシアはこんどはアテナイに脅威を覚え、方針を転換してふたたび介入、自国に有利なように戦争を終結させた。この時代になるとギリシア諸ポリスはポリス間の問題を自分たちだけで解決できず、周辺の大国の介入を要するようになっていた。つまりポリスのギリシアの終焉が見えてきた時代に、アリストテレスは生まれたのだ。

生まれた土地の与えた影響も大きかったろう。エーゲ海北岸カルキディケ半島東部のイオニア系植民都市のスタギロスまたの名スタギラ。カルキディケはマケドニアに接し、父ニコマコスはマケドニア王室の侍医だったから、アリストテレス自身、幼い時からポリスのギリシアを辺境から見る客観的な目を持っていた、といえるのではないか。前三六七年、十七歳でアテナイに上り、プラトンのアカデメイアに入学している。

当時プラトンは六十歳、経営・教授に当たる学苑アカデメイアも開苑して二十年、ようやく軌道に乗った頃で、名声は地中海大に拡がるギリシア世界に轟いていたろう。ただし、その年はプラトンが愛する旧弟ディオンの懇望に負け、シュラクサイの若き僭主ディオニュシオス二世の教育のためシケリア入りし、結果的にはディオンの追放とプラトン自身の軟禁が続き、約一年間の滞在を余儀なくされた年で、アリストテレスは入門早々に師の授業を受けられなくなったか、また師の不在中に入門したかのどちらかだろう。

もっとも、不在中といえどもプラトンの学理のよくわかった代理講師はいたろうし、帰苑後のプラトンはさっそく授業を再開したにちがいない。しかし、入門早々の十七歳の向学心に燃える少年にとって、お目当ての師のいきなりの不在は拍子抜け以上のものだったろうし、さっそく伝わってきたに違いない渡航目的失敗の情報は、師の中心学理への最初の疑いの芽となったのではないだろうか。

だからといって、アリストテレスは愛想を尽かしてアカデメイアを去ったわけではない。それどころか、それから二十年、プラトンが八十歳で逝去するまで停《とど》まり、勉学にいそしんだ。それは二十世紀英国の夭折したプラトン学者R・S・ブラックの要約を借りるなら、「初等教育を終えたところで、二年ないし三年間身体の訓練と軍事訓練を受けたあと」「二〇歳から三〇歳までの間、上級課程として数学を学ぶ」「三〇歳から三五歳までは、哲学的問答法（ディアレクティケー）に専念する」（岩波文庫『プラトン入門』内山勝利訳）という、プラトン著『国家』に述べる国家の有為人物となるための理想的教育課程を、アリストテレス自身に当て嵌めたものかもしれない。

あるいはまた、師プラトンが二十歳の頃ソクラテスに出会い、その刑死後諸地を遍歴ののちアテナイに戻り、アカデメイアを開苑するまでの二十年間をわが身に当てたものか。彼は寝る間も惜しんで学業に励み、「学校の精神」という綽名さえ奉られて講義も担当していたというから、ひょっとしてひそかに師の死後は自分が後継者にと目論んでいたかもしれず、スペウシッポスが第二代学頭になるとともに、クセノクラテスらと小アジアのイオニア植民都市アッソスの僭主ヘルメイアスの招きに応じたのかもしれない。いずれにしても、師プラトンが遍歴を止めて学苑を開いた四十歳に近い年齢で、弟子アリストテレスが遍歴を始めたというのも、求知史上の興味ぶかい二人の相違点だ。

プラトンは青少年を愛して生涯娶らなかったが、アリストテレスはかつてアカデメイアでの男契関係の誼みで招ばれたともいうアッソスの僭主ヘルメイアスの姪を妻に得て、一子ニコマコスを挙げている。彼の遍歴はアッソスの三年間ののち、レスボス島ミュティレネに移って二年間、高弟テオプラストスとともに自然学、ことに海洋生物の研究に従い、さらにマケドニア王ピリッポス二世（アリストテレスの父ニコマコスが仕えたアミュンタス三世の子）に招かれて王都ゲラに赴き、王子アレクサンドロス（三世、のちの大王）の師傅《しふ》の七年間を過ごした。この間、ピリッポス王が暗殺されてアレクサンドロスが王位継承、マケドニア王国とコリントス同盟の支配を固め、東方遠征に出発する前年、マケドニア支配下となったアテナイに帰り、北東郊外リュケイオンに学苑を開いた。

アレクサンドロスの積極的な援助もあって、リュケイオン学苑には諸方から多数の書物が蒐集され、後世のアレクサンドレイアやペルガモンの大図書館のモデルになった、という。リュケイオン学苑の学頭を務めた十二年間は、アリストテレスの研究・教育の円熟・充実した時期だったが、前三二三年アレクサンドロスがバビュロンで急死すると、事態は急変。たちまち巻きおこったアテナイの反マケドニア機運の中で、アリストテレスはマケドニア側、アレクサンドロス側の巨魁と目されて不敬神の廉で訴えられ、リュケイオン学頭の座をテオプラストスに譲って、母の故郷カルキスに逃れ、翌三二二年、その地で病没した。

享年六十二、師プラトンより二十年近く短かい生涯だが、残る著作ははるかに多岐にわたっている。げんざいアリストテレスの著作集として伝わるものは、前一世紀、ロドス島出身の学者アンドロニコスが、埋れていたアリストテレスのリュケイオン学苑での講義録または講義用控え帳を、アリストテレス自身の学的区別に基づいて主題別に分けたもので、次のとおり（平凡社『世界大百科事典1』アリストテレスの項、藤沢令夫解説による）。

①〈オルガノン〉（〈道具〉の意）と総称される論理学的著作：《カテゴリアイ（範疇論）》《命題論》《分析論前書》《分析論後書》《トピカ（論拠集）》《ソフィストの論駁法》

②自然学：《自然学講義》《天体論》《生成消滅論》《気象学》《デ・アニマ（心魂論）》《自然学小論集》《動物誌》《動物部分論》《動物運動論》《動物進行論》《動物発生論》

③第一哲学：《形而上学》

④実践学・製作学：《ニコマコス倫理学》《エウデモス倫理学》《政治学》《弁論術》《詩学（創作論）》

まさに「万学の祖」と呼ばれるにふさわしく、こんにちいう狭義の哲学にはとても収まりきれない。むしろ愛知・求知の原点に戻って、人間にとって知とは何かを突きつめた上で、人間を取り巻くあらゆる事物を知ろうとしつづけた人と考えればよかろうか。その人の多岐にわたる著作の中で何を取り挙げるか、悩ましいところだが、ここではこの連載の中心主題としての詩に焦点を絞って、只今の分類の最後の最後にある『詩学（創作論）』を見ることにしよう。

『詩学』（原題 PERI POIĒTIKĒS、ラテン語訳では DE ARS POETICA。正確に訳せば、詩作の技術について、または創作論、となろうか）は、現存のアリストテレスの著作の中では比較的短かく二十六章から成るが、主として「悲劇及び叙事詩を論じた現在の二十六章に及ぶ第一巻と、その後に喜劇を論ずる第二巻とがあり、恐らくその第二巻の最後に於いて、詩全体に就いての比較優劣などに関する構想が秘められていたにちがいない。プラトーンもこころみ、アリストテレースの時代にも愛誦されていたさまざまの抒情詩に就いての記述も、そのなかに当然含まれていなければならなかったのではなかろうか」（岩波書店『アリストテレス全集17』今道友信訳「詩学」訳者解説より）。

「本書の第十五章 1454b18 前後に、次のような文章がある。「以上述べたことどもを、詩作に関しては慎重に守ってゆかなければならない。尚、これらに加えて、感覚に訴える上演効果に属することでも、詩作の技法に必然的に従属するものであれば、やはり尊重しなければならない。確かにこれらの点に関しても、詩人は往々にして当をえないことがある。しかしこれらのことに就いては、…すでに公刊された書物のなかで、充分に論ぜられている。」この文章で言われている

「すでに公刊された書物」とは何であろうか。それが今日では失われた'PERIPOIĒTES'すなわち『詩人について』という彼の若い時代の対話篇ではなかろうか。（中略）ここに残されている僅か二十六章に過ぎない『詩学』一巻は、アリストテレースの美学に関する講義の一部分であったとみるほかはないであろう」（同前）。

若き日のアリストテレスはなぜ『詩人について』を書いたのか。プラトンの『国家』の中の理想国家からの詩人追放への違和感がアリストテレスをして敢えて書かせたのが、いまは失われた対話篇『詩人について』ではなかったろうか。その内容は想像するほかないが、『国家』の中の詩人追放ならわかる。たとえば第二巻の次のような箇所、

> ヘラが息子に縛られたこととか、ヘパイストスが母のいじめられるのをとめようとして父親に天から投げ落とされたこととか、またホメロスが創作した神々の争いとかは、単なる一つのたとえ話であるにせよないにせよ、この国家のなかに受け入れてはいけない。（中略）ホメロスでも他の詩人でも、神々について無分別にも間違ってこう言っているが、そんな誤りを受けいれてはいけない。（筑摩書房、世界古典文学全集15『プラトンII』『国家』この箇所は尼ヶ崎徳一訳）

さらに第十巻ではこうも言っている。

模倣者はかれが模倣しているものについて語るに足るほどのことはなに一つ知っていない、むしろ模倣とは一種の遊びごとであり、まじめな仕事ではないのである。そして、イアンボスやエポスの詩形によって悲劇の詩作にたずさわるものは、すべて模倣者のなかでも最も模倣者たるものである。（同書、この箇所は津村寛二訳）

つまりプラトンは、詩人を創作者ではなく模倣者であることを理由に、理想国家から追放すべきだ、としている。ところが、アリストテレスは模倣者、再現者であるというまさにその点において、詩人を賞揚する。

さて、一般に詩の技法が生れるに至った原因として二つ程大きなものがあると思われるが、その二つとも自然的本能であると思われる。すなわち、先ず模倣して再現する《ミメイスタイ》ことであるが、これは人間には子供の頃から自然に備わった本能であって、人間が他の動物と異る所以も、模倣再現に最も長じていて、最初にものを学ぶのもまねびとしての模倣再現《ミメーシス》によって行なうという点にある。次にまた、模倣して再現した成果をすべての人が喜ぶということ、これが第二の原因であるが、これも自然に備わった本能である。そのことの証拠になるのは、色々の再現の仕事に伴って生ずる事柄ではなかろうか。というのは、実物を見れば苦痛を覚えるようなものでも、例えば、甚だ忌まわしい動物であるとか屍体であるとかの形態のようなものでも、それをこの上なく精確に模写した絵などであれば、我々はみな喜んで眺めるからである。どうして、こういうことが生ずるのか、その原因を更に求めれば、次のように言うほかはない、すなわち、ものを学ぶということは、ひとり知を愛し求める哲学者にとって最大の楽しみであるばかりではなく、それにあずかる程度が限られているにしても、他の一般の人々にとっても、同様に楽しみであることには変りがない、と。（岩波書店『アリストテレス全集17』今道友信訳。以下も）

つまり、プラトンが「一種の遊びごとであり、まじめな仕事ではない」とした模倣を、アリストテレスは「ものを学ぶ」ことの基本であり、人間の「他の動物と異る」「自然的本能」であるとし、「詩作というものを生むに至った」という。「かくて、古代の詩人たちは、英雄詩《ヘーロイコス》の作者か、諷刺歌《イアムボス》の作者かの、いずれかになって行った」。

「しかし、悲劇と喜劇とが現実に現われるに及ぶや、詩人たちは各自に固有の本性に従って、前述の二つの詩作の方向のいずれかを意図しながらも、昔なら諷刺歌《イアムボス》を作ったような人は、その代りに喜劇作家となり、昔なら叙事詩を作ったような人は、その代りに悲劇詩人となった。その理由は、これら二つの演劇による詩の型は、古い二つの詩の型よりも、更に壮大であり尊重せられていたからである」。

もちろん、これらは若書きの対話篇『詩人について』からではなく、後年リュケイオンを開いてのちの講義録または講義用控え帳『詩学』からの引用だが、ここに見られる詩観ないし詩人観の芽は、すでに『詩人について』に見られたものだろう。

プラトンはなぜその理想国家から詩人を追放し、アリストテレスは『詩学』において彼の領土に詩人を召喚したのか。ほんらい詩人的気質の人であるプラトンは、ギリシア世界の末期的な状況の中でせめて架空の理想国家を構築するに当たって、敢えて身を切る思いで放肆懶惰《ほうしらんだ》に流れる恐れのある詩および詩人を追放した。これに対して生得散文家体質のアリストテレスは、放肆懶惰の可能性を締め出すことで人間社会がどんなに息苦しくなるかを見て取って、むしろ放肆懶惰を含む人間の弱点を善用すべく詩と詩人とを復権した。そう考えてはどうだろうか。

好むと好まないとにかかわらず、時代は都市国家的ギリシア世界から世界国家的ヘレニズム世界へと踏み出していた。新時代の幕明けに立つ卓れて散文的資質の人アリストテレスの曇りのない眼には、絶対的な善でも悪でもない人間というものが見えていた。『詩学』の中の悲劇についての最もよく知られた言葉「あわれみとおそれを通じて」「感情の浄化（カタルシス）を達成するもの」（岩波文庫『詩学』松本仁助・岡道男訳）も、そういう詩的独断のない人間認識こそが生みえた詩と詩人の復権のしるしと読むことができよう。

クセノポンとは誰か　哲学5

ソクラテスの弟子でプラトンと並んで歴史に名を残したひとりは、クセノポンだろう。クセノポンとはどんな人物か。

後三世紀初頭に活躍した哲学史家ディオゲネス・ラエルティオス『ギリシア哲学者列伝』(加来彰俊訳。岩波文庫。以下も)によれば、「クセノポンはグリュロスの子で、アテナイ人であり、エルキア区に属していた。彼は慎み深い人であり、またたいへん恵まれた容姿の持主であった」。ただし、父親の身分や職業、また母親の名はわからない。プラトンのような名門の出身ではなかったろうが、戦時は自前で馬を調達する騎兵になっているから、騎士階級のそれなりに富裕な家に生まれ、一廉の人となるべき教育を受けた、と思われる。

クセノポンのソクラテスとの出会いについて、列伝は言う。「ソクラテスがある狭い路地で彼に出会ったとき、杖をのばして彼の通るのを邪魔しながら、それぞれの食料品はどこで売っているかを彼に訊ねた。そしてその答えをえると、今度はまた、人びとはどこへ行ったら立派なすぐれた者になれるかと訊ねた。クセノポンが返答に窮していると、「それなら、ぼくについて来て、勉強しなさい」とソクラテスは言った。そこでその時から以後、彼はソクラテスの弟子になったというのである」。

　生まれた年は前四三〇年から前四二五年のあいだ、前四二七年生まれのプラトンとほぼ同世代と推定される。偉大な師の同世代の弟子どうしの常として、プラトンとクセノポンとは互いを意識し、仲が良かったとはいえないようだ。とくにプラトンの著作にはクセノポンの名はまったく見えないといわれ、意図的な無視といえそうだ。その点クセノポンのほうは卒直で、プラトンの『ソクラテスの弁明』に対抗して自分の『ソクラテスの弁明』を、『饗宴』に対抗して自分の『饗宴』を書いている、と思われる。

　プラトンがクセノポンの影響を受けた可能性、または両者がそれぞれ互いの影響を受けることなく独立して書いた可能性もないわけではない。しかし、ソクラテスが刑死したとき、プラトンはアテナイに在り、クセノポンはアテナイに不在だったことを考えれば、プラトンの『弁明』のほうが先と考えるほうが自然だろう。クセノポンがソクラテスの死を知ったのは、ペルシア王弟キュロスの遠征に参加、キュロス敗死後の退却最中のことで、直後の執筆の余裕などなかったはずだからだ。『饗宴』もこれに準ずる。

　キュロスの遠征への参加については、クセノポン自身がその遠征・退却の記録『アナバシス』（松平千秋訳。岩波文庫。以下も）第三巻第一章で、第三人称をもって客観的に記している。

さて、部隊の中にアテナイ出身のクセノポンなる者がいた。この男が従軍したのは指揮官としてでも、隊長としてでも、また兵士としてでもなく、彼と古い友人であったプロクセノスがアテナイから呼び寄せたもので、彼が来るならばキュロスに紹介しようと約束したのであった。キュロスは自分にとっては祖国より大切な人だというのがプロクセノスの言葉であった。

クセノポンはしかし、プロクセノスからの手紙を読むと、アテナイ人ソクラテスに旅立ちのことを打ち明けて相談した。ソクラテスは、キュロスが当時スパルタ側に肩入れして、その対アテナイ戦には積極的に協力していると考えられていた人物であったので、クセノポンがキュロスに近付くことは、彼がアテナイの国から何か咎を蒙ることになりはせぬかと気遣い、デルポイへ赴いて旅立ちについて神意を伺うがよかろうとクセノポンに忠告した。

そこでクセノポンはデルポイへ出向き、どの神に供犠し祈願すれば、最も都合よく自分の志す旅に出立でき、上首尾で無事帰国できるかをアポロンに訊ねた。アポロンは供犠すべき神々の名を答えてくれたので、クセノポンは帰国してその託宣をソクラテスに話した。

それを聞いたソクラテスは、クセノポンが自分にとって旅立つ方が善いのか、国許に留まるのが善いのかをまず訊ねずに、旅に出ねばならぬと自分で勝手に判断した上で、どうすれば最も都合よく旅に出られるかを訊ねたのは怪しからぬと彼を責めた。しかしすでにそのような訊ね方をしてしまった以上、神の命ぜられた通りにせねばならぬ、と言ったのである。

つまり、クセノポンは、神託を問う手続きのまやかしは非難しても、出てしまった神託の主旨には従うべきだとするソクラテスの性格を知りつくした上で、確信犯的に欺いた。また、欺いてもソクラテスは結局のところ自分を破門することはなかろうという自信が、クセノポンにはあったのだろう。そこには美少年好みのソクラテスに愛されているという自恃、また自分の生き場所は当面アテナイにはないという秘かな思いを、ソクラテスなら最終的にわかってくれるという甘えもあった、と思われる。

時は前四〇一年。二十七年間続いたペロポンネソス戦争がアテナイの無条件降伏で終結して三年後、終戦後スパルタの力を背景に成立し猛威を奮った三十人寡頭独裁政権が民主派との市街戦に敗れ、民主制が回復して二年目。しかし相変わらずアテナイの政情不安は続き、祖国を裏切ったかたちで亡命先で暗殺されたアルキビアデス、三十人政権の中枢にいて戦死したクリティアスやカルミデスらが、かつてソクラテスに学んだことから、プラトンやクセノポンらソクラテスの周囲にある若者たちの祖国での政治参加は困難な状況にあった。

そういうクセノポンの自己確立はペルシア王弟キュロスの遠征参加とキュロス死後の退却行を通じてなされた。その経緯はクセノポン自身によるその遠征・退却行のドキュメンタリー的記録『アナバシス』全七巻に詳しい。ここで題名のアナバシスとは上りの意、これに当て嵌まるのはキュロス軍とこれに加わったギリシア人傭兵隊がペルシアの王都バビュロンを目指して上る第一巻のみで、キュロス戦死後の退却行には下りを意味するカタバシス、内陸を踏破して黒海に出てからは黒海に沿って海路・陸路を行くのだから、沿行を意味するパラバシスがふさわしいという後世の意見もある。しかし『アナバシス』自体、後世の命名だし、敵地脱出実現、さらにその困難を通してのクセノポンの自己実現の過程こそアナバシス＝上りと考えることもできる。

『アナバシス』の前提のペルシア情勢は次のとおり。アカイネメス朝ペルシア王ダレイオス二世には王妃パリュサティスとのあいだの子のうち、長男アルタクセルクセスはともすれば優柔不断、次男キュロスは対蹠《たいせき》的に才気煥発。気の強い王妃は次男を偏愛、小アジア地方の大守ティッサペルネスが兄弟の謀叛に連座しカリアに追われた折を捉え、夫王を説いて十六歳の次男を後に据えた。

前四〇四年のダレイオス二世の臨終に際しても、王妃パリュサティスはキュロスの登極を画策するも成らず、アルタクセルクセスが新王とされる。キュロスは即位式の最中に新王の暗殺を企てるが、かねて大守の地位を取って代わられていたことに恨みを抱いていたティッサペルネスの通報によって発覚。二人の母パリュサティスの必死の嘆願によってあやうく死刑を免れ、任地に戻った。

しかし、キュロスの王位簒奪の野望は終わらず、任地周辺の異族を制圧するという名目のもと、秘かに傭兵を蓄えた。とくにペロポンネソス戦争に干渉した経験からキュロスはギリシア人将兵の戦闘能力を高く評価しており、卓れたギリシア人を客分として遇すること厚かった。クセノポンの友人プロクセノスも、彼を通してクセノポンも、客遇ギリシア人としてキュロスに招ばれたのだ。

クセノポンが招ばれた時点でキュロスが集めていたギリシア人将兵は一万数千人。ただし、その時点でバビュロンの兄王を攻める本心を明かしていたのは、おそらく最も信頼していたクレアルコスただ一人、他のギリシア人将兵は周辺の異族鎮圧という名目のもとに参戦していた。彼らが遠征の本当の意図を明かされたのは、キュロスの本拠地リュディアのサルディスを出発して大プリュギア、キリキアを通過、メソポタミアとシリアとの境をなすエウプラテス河畔の町タプサコスに滞在中のことだった。

当然ギリシア人兵士たちは怒り出し、これまでの給料を支払ってくれない限り、これ以上の進軍は拒否する、と言い出した。キュロスはギリシア人隊長たちを通じて、バビュロンに達した暁には給料の一部、イオニア帰着の時には全額の支払いを約束した。これに応えてギリシア人傭兵軍のうちのメノン隊がエウプラテスを渡河、キュロス自身も渡河、残りの部隊もこれに従った。

それから平坦な野や赤裸の土地や泥土の隘路など困難な進軍を続け、同士討ちを解決したり身内の裏切りを処断したりしてバビュロニアに入り、バビュロンも間近というクナクサの地で兄王の軍と会戦。ここで大王を取り巻く密集群を認めたキュロスは、自らを制しきれず大王に突進して切りつけたが、大王側の兵士が投げた手槍に撃たれて倒れた。キュロスの死によって彼に従ったギリシア傭兵隊のアナバシスの遠征は、カタバシスの退却に変わらざるをえなくなったのだ。

退却軍の指揮を執ったのは、キュロスの特に信任篤かったクレアルコス。この生粋の武将はしかし大王方の狡猾なティッサペルネスの敵ではなく、休戦協定を結んだ彼の言葉を信じて五人の指揮官、二十人の隊長、二百人の兵士を連れてティッサペルネスの陣屋に赴き、指揮官は逮捕され、隊長・兵士は殺される。以上が第二巻の主要内容で、続く第三巻でクセノポンが筆者の第一人称ではなく、第三人称の登場人物として初登場するのは、先に見たとおり。

キュロスが討死にして遠征は挫折、退却の途についたばかりで総指揮者格のクレアルコス、直接の指揮者で自分を呼び出した張本人のプロクセノスを失ったクセノポンは、どうしたか。窮地に陥って眠れず、やっとうとうとして生家に落雷して家全体が明るく照り輝く夢を見て、これを一種の吉兆と判断し、起き上がってプロクセノス麾下の隊長を召集し、思うところを述べる。かいつまんでいえば当面の困難な状況、しかしながら希望がないわけではないということだ。

休戦協定が有効な間は敵の承諾なしに食料その他の調達もできなかったが、敵の方から協定を破った今となってはこの国の物資は勝利した方のもの。しかも、敵は神神に誓った協定を破ったのだから、神神は自分たちに味方してくださるはず。さらに自分たちは寒暑や労苦に耐える点で敵に勝る強健な肉体を持っている。そこで諸君の誰が指揮官になっても私は従うつもりだが、もし諸君が私に指揮をと言われれば、若年を理由に断わるつもりはない、という。隊長たちは彼に旧プロクセノス隊の指揮を委ねる。

他の指揮官を欠いた隊の指揮官もそれぞれ決まり、クセノポンは旧プロクセノス隊だけでなく、全体の隊の総指揮も委される。クセノポンは年長のスパルタ出身のケイリソポスを立て、協力して総指揮に当たる。こうして退却ギリシア軍は数々の難関を経て、なんとか大王軍の追跡から逃れおおせる。だが、その先には越えなければならない異族の領域が次々に控えている。しかも、一万を超える兵士たちの安全のみか、食料を調達しなければならないのだから、厄介だ。

市場があって金銭で購入できる場合はまだいい。ほとんどの場合は略奪だから、先方も悦んで応じるはずはなく、多くの場合戦闘となる。豪雪などの気象上の敵も待ち構えている。ギリシア軍は何千という将兵を失いつつ、カルドゥコイ人、アルメニア人、タオコイ人、カリュベス人、スキュテノイ人、マクロネス人、コルキス人らの国を経て、黒海沿岸のギリシア人植民都市トラペズスに到着する。内陸の何カ月にも及ぶ苦しい旅を経て、彼らが海を認めたときの「海《タラッサ》！」という叫びあいは感動的だが、割愛せざるをえない。ギリシア人植民都市に到着したからといって、旅が終わったわけではないからだ。

それにしても敵中で指揮官を失った緊急時とはいえ、三十歳に満たないクセノポンがなぜ突然、退却ギリシア軍の総指揮官に選ばれ、幾度となない危機を乗り越え、とにもかくにもイオニアのペルガモンまで引率することができたのか。この謎を解く鍵は、たとえば彼の最後の危機において、クセノポンらギリシア軍の援けで広大な土地と住民たちの首長となれたにもかかわらず、ヘラクレイデスなるギリシア人部下の不実もあって、かつて約束したギリシア人兵士への報酬を支払わないトラキア人オドリュサイ族セウテスに試みた説得の中に見られよう。

私は、すべてをみそなわしている神々とともに、あなたを証人として断言するが、私は兵士にかこつけてあなたから物を貰ったこともないし、兵士たちの貰う分を自分にくれと頼んだ覚えも嘗《かつ》てなく、あなたが約束してくれたものを自分から要求したこともなかった。あなたに誓って言うが、あなたがくれようとしても、兵士たちが私と一緒に彼らの貰うべきものを貰わぬ限り、受け取らなかったであろう。自分のことだけはうまく片付け、うまくいっていない他人のことは知らぬふりをするなどというのは恥ずべきことであったろうし、ことに彼らに重んぜられていた私にはとてもできることではなかった。ところがヘラクレイデスは、手段を選ばず金儲けをすることに比べれば、万事が無意味なことだと考えている男だ。しかしセウテスよ、私は男子、ことに人の指導に当る者にとっては、すぐれた能力と強い正義心、それに高邁な精神よりも結構で輝かしい財産はないと思っている。このような美徳を具えた者は、多くの友人を持つことで富んでいるのであり、ほかにも友人になることを望む者がいることで豊かだと言えるのだ。順境にあれば楽しみをともにしてくれる者があり、蹉跌《さてつ》した場合にも援助してくれる者には事欠かぬからだ。

結局セウテスは翌日、一タラントンの金と六百頭の牛、四千頭の羊、百二十人の捕虜（奴隷?）を、家畜を追う人間まで付けてクセノポンに引き渡し、クセノポンはこれをこの地方を管轄するスパルタ人を通して兵士たちにそっくり引き渡し、兵士たちの信用を回復する。

とまれ、この説得の言説の中に平明十分に述べられている人間としての美徳こそ、クセノポンをギリシア軍の総指揮官として立たせ、困難な退却行をとにもかくにも完うさせることが出来た理由だった。そして、それこそが彼がソクラテスから受けた最大のものだったのだろう。

さらに『アナバシス』を読み通した私たちは、その文体がこの説得の文体と基本的に変わらないことに気付く。そして、彼の『ソクラテスの弁明』や『饗宴』の文体とも。思うにクセノポンはプラトンの『弁明』や『饗宴』を読んで、見事に書けてはいるが自分の知るソクラテスはこんなに修辞的ではなかったと感じ、自分の『弁明』と『饗宴』を書いたのではないか。後世の目から見て哲学書としてはいささかもの足りないにしても、『弁明』には、ソクラテスが自分の告発裁判でわざわざ不利な大言壮語をした理由の一つに、醜い老年を曝すことをよしとしなかった……などプラトンにない彼のソクラテス観が述べられているし、『饗宴』にはプラトン的潤色のないソクラテス像、そして、アトラクションの少年少女の演技に挑発されて、既婚者は妻の許に戻り、未婚者は近い結婚を誓った……など、当時の饗宴なるもののリアリティーが確かに感取される。

要するに実人生において善き人として生きるという意味では、クセノポンはプラトン以上に敬神の人ソクラテスの忠実な弟子だった、といえるのではないか。

新叙事詩人ヘロドトス　歴史1

古代ギリシアの遺産の中には二つの浩瀚な史書がある。ヘロドトス（前四八四頃—前四二五頃）の『歴史』とトゥキュディデス（前四五五頃—前四〇一／三九五頃）の『戦史』。しかし、この題名の相違はあくまでも訳語の問題で、原題はどちらもhistoriai。しかもギリシア語のhistoria, historiaiの原義は、そこから出ているはずの英語のhistory, historiesの意味する歴史、経歴などとは異なり、調査、探求の意だ、という。

その意味ではむしろphilosophia＝愛知、求知に近いかもしれない。愛知、求知の一方策として調査、探求があり、その結果として歴史（書）が生まれた、ということになろうか。じじつ、後世に歴史の父と謳われるヘロドトスの生まれ育ったエーゲ海東側のイオニア植民都市地帯は、愛知、求知の学、哲学の発祥の地で、タレス、アナクシマンドロス、アナクシメネス、アナクサゴラス……らを出している。それだけではない、抒情詩も、叙事詩も、同じくエーゲ海東側から生まれている。

ヘロドトスは北からスミュルナ、クラゾメナイ、コロポン、エペソス、マグネシア、プリエネ……とつづくギリシア人イオニア植民都市地帯の南端近いハリカルナッソスの生まれ。ただし、父は純粋なギリシア人系ではなく、ギリシア人植民都市が建設される前からその地に住みついていた原住民カリア人系だったようだ。叔父または従兄弟に、のちのヘレニズム時代まで叙事詩人としてホメロスやヘシオドスと並び称されたパニュアシスがあった。『歴史』に見られる叙事詩性には肉親パニュアシスの影響もあろう。ヘロドトス自身、叙事詩人を目指していたふしもある。

ヘロドトスの生年に擬せられる前四八四年は、第一次ギリシア遠征をおこなったペルシア軍をギリシア軍が撃退した前四九〇年の六年後。さらに四年後の前四八〇年には第二次ギリシア遠征のペルシア軍がテルモピュライのスパルタ王レオニダスを敗死させ、アテナイを焼き打ちしたものの、サラミスの海戦で壊滅的な敗北を喫し、これを目前にしたクセルクセス大王は陸軍を残して本国に敗走。残された陸軍も翌る前四七九年、プラタイアイとミュカレで敗北、ペルシアの二次にわたるギリシア遠征は完全な失敗に終わった。

面目を失った大王は王弟の妃に恋慕し、これを叶えるためにその娘を息子の妃に入れたのに、こんどは恋慕の対象をその娘に移して無理矢理これと通じ、王妃の知るところとなって王弟妃が殺されるなど、宮廷は乱れに乱れ、ついには前四六五年、就寝中を寵臣と官房長に、一説には寵愛する少年に暗殺された、ともいう。

ヘロドトスの生年が四八四年なら、大王暗殺の年には十九歳。生地も含まれるイオニア植民都市の反乱がペルシアのギリシア遠征の発端であってみれば、自分が生まれる前からの戦争の顚末は切実に身近なものだったろうから、大王暗殺の報を耳にしたとき、叔父あるいは従兄弟の影響のもと、叙事詩人を目指していた若きヘロドトスが、この戦争の発端から終末までを記述することで、新しいホメロスたらんと志したとしても、唐突ではない。

ただし、新しい叙事詩はホメロス叙事詩と同じであってはならない。ホメロス叙事詩の内容は纏められた時点より数百年も過去のなかば神話的な出来事だが、新しい叙事詩の内容は発端も終末もとりあえず過去のこととはいえ、志された時点まで続いているという意味では現在進行形の事件である。とすれば、用いる言葉は韻文より散文のほうがふさわしかろう。ホメロス二大叙事詩の成立（前八〇〇―前七五〇？　中を取って前七七五）から三百年余、肉親に叙事詩人を持つとはいえ、韻文としての叙事詩の時代が過ぎたことは、ヘロドトスには朧ろげにもせよ見えていたのではないか。

その志の実現の着手はいつか。僭主リュグダミスの圧政への反乱に参加してパニュアシスは処刑、ヘロドトス自身は亡命を余儀なくされた前四六〇年以降、リュグダミスが失脚して国外追放され、一時帰国した前四四七年頃の間の十数年間のことではないか。この間ヘロドトスはまずサモスに逃がれ、以後執筆のための調査もかねて、北は黒海北岸、南はエジプトのナイル河を遡ってエレファンティネ（現アスワン）、東はバビュロンからペルシアの首都スサ、西はアフリカ北岸キュレナイカ、のちには南イタリア、シケリアまで広く歩いている。

リュグダミス失脚後の一時帰国も、市民の嫉妬に遇って長くは続かず、ふたたび出国。前四四五年頃にはペリクレス全盛時のアテナイを訪れて、市民の前でペルシア戦争でのアテナイ活躍の部分を抜き読み、一回に一〇タラントンという莫大な謝礼を受けたというから、その頃までにはかなりの部分が執筆済みだった、と推定される。その後、ペリクレスの勧めもあってか、アテナイが南イタリアに植民都市トゥリオイを建設する際に参加移住、前四三〇年すこし後に亡くなり、同地に墓が築かれた、と伝えられる。

その間も『歴史』は書き継がれ、既筆の部分も推敲されつづけて、おそらくは未完。のちヘレニズム時代のアレクサンドレイアの学者たちによって九巻に分けられ、九巻それぞれにクレイオ、エウテルペ、タレイア、メルポメネ、テレプシコレ、エラト、ポリュムニア、ウラニア、カリオペと、詩の女神ムーサイ九柱の名が付けられたのは、ホメロスの冒頭「怒りを歌え、女神よ」(『イリアス』)、「あの男の話をしてくれ、詩の女神《ムーサ》よ」(『オデュッセイア』)を、また ヘシオドスの同じく冒頭「ヘリコンの詩神たちから歌い始めよう」(『神統記』)を踏まえ、ヘロドトスの『歴史』がホメロス、ヘシオドスの伝統に繫がる、ただし散文による叙事詩だとする、アレクサンドレイアの学者たちの認識を示すものだろう。

ヘロドトス自身の認識はどうだったか。肉親に叙事詩人を持ち、自ら叙事詩人を目指したこともある身であってみれば、ホメロスやヘシオドス、ことにホメロスを意識しなかったといえば嘘になろう。そのことは巻一クレイオの巻、リュディアのヘレクレス家カンダウレスが妻を溺愛するあまりの愚行から近習ギュゲスに殺され、巻九カリオペの巻でペルシアのクセルクセス大王が身内の妃への邪恋から宮廷の乱れを招いた起と結に見て取れる。すなわちトロイア戦争がヘレネという女性への男性の愚志愚行から起こったように、リュディア王家からペルシア大王家まで人類の歴史を動かすのは女性への男性の愚志愚行だ、との認識である。

さらに大きなところでは、ホメロスがトロイア戦争の十年を終焉近い四十九日または五十一日に、戦後の一英雄の漂流の十年をさらに短い四十一日に集約したのとは逆に、ペルシアのギリシア遠征の顚末二十年余を神話伝説の時代にまで遡る東西抗争史にまで拡大させ、中に地誌的要素を加え、当時のギリシア人の共通認識における世界全体の時間・空間を一つの作品中に流し込む、という壮大な意図である。その意図の要約が巻一クレイオの序とされる一文だろう（岩波文庫ヘロドトス『歴史』松平千秋訳。以下も）。

序　本書はハリカルナッソス出身のヘロドトスが、人間界の出来事が時の移ろうとともに忘れ去られ、ギリシア人や異邦人《バルバロイ》の果した偉大な驚嘆すべき事蹟の数々——とりわけて両者がいかなる原因から戦いを交えるに至ったかの事情——も、やがて世の人に知られなくなるのを恐れて、自ら研究調査したところを書き述べたものである。

もっとも、『歴史』がここから書き始められたとは思えない。多くの序がそうであるように、序は本文が纏まってから書かれるもの。この序も『歴史』がある程度纏まった段階で書かれ、な

おそのの ち本文が加筆推敲されていったか、あるいは未完の『歴史』に一応の完成作の体裁を与えるために、後世アレクサンドレイアの学者たちが付したものかもしれない。「ハリカルナッソスのヘロドトスが」という主語は「ハリカルナッソスのヘロドトス私が」とも、「ハリカルナッソスのヘロドトス彼が」とも解釈できるからだ。

では、『歴史』はどこから書きはじめられたか。言い換えれば最初の発想はどのようなものだったか。現行の巻数でいえば、巻五テルプシコレの二三節「イオニアの反乱」から巻九カリオペの九九節——一二二節「ペルシア艦隊の全滅——イオニアの解放およびその後の事件」までだったのではないか。イオニア植民都市ハリカルナッソス出身のヘロドトスとしては考えそうなことだ。

その後、生活の資を得るためもあって、抜き読みというかたちで小出しに発表されながら、聴衆の評判を見て既筆分が推敲されるいっぽう、遡って前史や地誌的部分が加筆され、原型のペルシア戦争顛末記から現行の汎地中海世界史に成長していったのではないか。その時点で、イオニア植民都市出身ながら純粋なギリシア人系でなく先住カリア人系の、偏らない視点が生きてきたのではなかろうか。

その不偏の視点は仇敵である僭主リュグダミスの祖母とも母ともいわれる女王アルテミシアに対しても狂うことがない。巻七ポリュムニアから。

九九 その他の将領たちの名は、必要がないと思うのでここに挙げないが、ただ女の身でありながらギリシア遠征に参加し私の讃嘆おく能わざるアルテミシアには触れなければならない。この女性は夫の死後自ら独裁権を握り、すでに青年期に達した息子もあり、また万止むを得ぬ事情があったというのでもなかったのに、もって生れた豪気勇武の気象から遠征に加わったのであった。……全艦隊を通じ、シドンの船についてはアルテミシアの出した船が最も評判が高かったし、また同盟諸国の全将領の中で最もすぐれた意見を陳べたのも彼女であった。

ヘロドトスがギリシア方、ことにアテナイ贔屓《びいき》であることを考えれば、イオニア植民市の支配者でありながら、ペルシア方の将領として参戦した彼女への敵味方を超えた公平な評価は特筆に価しよう。同じ公平な評価は贔屓のはずのギリシア方、アテナイのテミストクレスにも向けられる。巻八ウラニアから。

一〇九　テミストクレスはこの多数の者たちを説得してヘレスポントスに向かわせることのできぬことを看て取ると、態度をかえてアテナイの将士に向って次のように説いた――アテナイ人はペルシア軍の逃亡をことのほか残念に思っており、他の部隊にその意志がなければ単独ででもヘレスポントスに進もうとはやっていたからである――。

「私自身これまでたびたびそのような場に居合せたことでもあり、さらに多くの事例を人伝てに聞いているところであるが、戦いに敗れて窮地に追いつめられた人間は、ふたたび戦いを試みて先の失敗をとりもどすことがあるものなのだ。……すでに異国軍を完全に駆逐したいま、各人は家を修理し畑仕事に精を出してもらいたい。春を待ってヘレスポントスとイオニアに向って船を進めようではないか。」

テミストクレスがこのようにいったのは、自分がアテナイ人からなにか苦難を蒙ることになった場合、逃避する場所が得られるように、ペルシア王に恩を売ろうという魂胆だったのであるが、奇しくもそれが現実に起ることになったのであった。

巻九カリオペに出るスパルタの王パウサニアスの挿話も興味ぶかい。

八二　クセルクセスはギリシアを脱出する際、自分の調度品を〔部下の将軍〕マルドニオスに残していったという。パウサニアスは金銀の器物や華麗なカーテンなどを具えたマルドニオスの調度品を見ると、パン焼き職人と料理番に命じて、彼らがいつもマルドニオスに作っていたと同じ料理を用意させた。このものたちが命ぜられたとおりにすると、パウサニアスは贅沢にしつらえられたソーファに金銀のテーブル、さらに食事用の豪華な調度を見、並べられた山海の珍味に驚きあきれ、戯れに自分の下僕に命じてラコニア風の食事を作らせた。料理が仕上ると二つの食事の差があまりにも激しいので、パウサニアスは笑い出し、ギリシ

ア軍の指揮官たちを呼びにやった。指揮官たちが参集すると、パウサニアスは両方の料理を示しながらいうには、

「ギリシア人諸君、そなたたちに集まってもらったのは外でもない。このような生活をしながらこれほど乏しい暮しをしているわれわれから物を奪おうとしてやってきた、あのペルシアの指揮官の愚かさを、そなたたちの目の前に示したかったのだ。……

水陸の戦闘場面の描写もさることながら、このような挿話の活写にこそヘロドトスの「研究調査」、それをもとにした論述の真面目があると思うのだが、どんなものだろう。

また、次のような地誌的部分も忘れがたい。巻四メルポメネの「リビア記」より。

一七三　ナサモネスに国境を接するのは、プシュロイ人である。この種族は次のようにして絶滅してしまった。この国に南風が吹き荒んで、貯水池が干上り、シュルティスの内側の地域一帯に水がなくなってしまった。そこで彼らは衆議一決して南風征伐に出かけた――私はここにリビア人の言葉どおりに記すのである――。そして彼らが砂漠地帯に入った時、南風が吹いて彼らを生埋めにしてしまったのである。この種族が絶滅した後は、ナサモネス族がこの土地を占拠している。

一八四　ガラマンテス族からさらに十日間進むと、また塩の丘と水とがあり、その周辺にはアタランテスという種族が住む。われわれの知る限り姓名をもたないのはこの人種だけである。アタランテスというのはこの種族の総称で、一人一人には名がないのである。この種族は陽があまり照りつけると、自分たち住民や国土を焼いて苦しめるといって、太陽を呪いさんざんに悪罵する。

これらは彼自身の見聞とともに、物語的歴史家《ロゴグラフォイ》としての彼の先輩、ミレトスのヘカタイオス（前六世紀後半―前五世紀前半）の失われた『世界周遊記』から引用された可能性も否定できないようだ。いずれにしてもホメロス叙事詩、ことに『オデュッセイア』の幻想的異国趣味の流れを汲むといえて、一七七節には「ギンダネスの国から海に突き出た岬には、ロートパゴイ人が住む」ともある。こんなところにも抜き読みという新しいかたちの吟遊叙事詩人ヘロドトスの聴衆を魅了した秘密が垣間見える。アテナイでの聴衆の中には若きトゥキュディデスもあり、その涙を流すさまに気づいたヘロドトスが、トゥキュディデスの父親に「あなたの子息は学問に飢えている」と言ったとも伝えられる。

トゥキュディデスとポリス悲劇　歴史2

ヘロドトス著『歴史』の原題は historiai、トゥキュディデス『戦史』の原題もまったく同じ historiai で、その原意は調査、探求。二つの調査、探求の著者の年齢差は、ヘロドトスが前四八四頃―前四二五頃、トゥキュディデスが前四六〇から前四五五頃―前四〇一／三九五頃としてほぼ二十五年。ヘロドトスがアテナイに滞在中（前四四五頃）におこなった『歴史』の朗読を、トゥキュディデスが聞いて感動の涙を流したという言い伝えが本当なら、十五歳前後の少年時代ということになる。

小アジアのイオニア植民市地帯ハリカルナッソス生まれのヘロドトスが同地帯先住民カリア人の血を引いていたように、アテナイ生まれのトゥキュディデスもギリシア北方トラキア人の血を引いていたらしい。両者ともに純粋なギリシア人系でないことが、彼らの調査、探求をギリシア人、あるいはアテナイ市民の立場に捉われない自由なものにしている、といえるかもしれない。とはいえ、『歴史』と『戦史』の内容は大きく異なる。前者が読物的なら、後者は実録的。少年トゥキュディデスがヘロドトスの朗読に涙を流したというのが本当なら、ヘロドトスに感動したにしても、自分が書くとなるとヘロドトスと同じ書きかたにしたくないということかもしれない。ヘロドトスにしても historiai の先輩であるヘカタイオスに大きな影響を受けながら、批判的。先輩を批判するところから自己を確立するのがギリシア人の流儀だった、ともいえそうだ。

もちろん起筆時期の相違、二人それぞれの立ち位置という要素もあろう。ヘロドトスが『歴史』を起筆したのはギリシア諸ポリス連合軍が大国ペルシア侵略軍を駆逐した後、これに対してトゥキュディデスが『戦史』執筆を思いたったのはペルシア戦争勝利から時も経ち、かつての諸ポリス連合軍が二つに割れてギリシア人どうしの、いわゆるペロポンネソス戦争が始まった時期。しかもトゥキュディデスは戦争の一方の中心アテナイの有力一族として、やがては将軍ともなる身である。読物的に書く余裕などなかったろう。

ペルシア戦争勝利からペロポンネソス戦争勃発まで、アテナイを中心とするギリシア世界はどう動いたのか。概略を辿ってみよう。ペルシア戦争勝利後の前四七八年、ギリシア連合軍の指揮官パウサニアスが敵国ペルシアと気脈を通じた廉《かど》で本国スパルタに呼び戻された後、エーゲ海の諸ポリスの主導権をアテナイが掌握。翌前四七七年にはアテナイを盟主にデロス同盟が結成され、同盟諸ポリスからの年賦金を徴収・貯蔵する財務局がデロス島に置かれる。アテナイによる同盟諸ポリスへの締め付けはしだいに強くなり、同盟を離脱したポリスはアテナイ軍の攻撃を受けた。

前四六五年から前四六四年にかけてスパルタに大地震が勃り、メッセニア人農奴が反乱。前四六二年にスパルタは諸ポリスに救援を求め、アテナイからもキモン率いる救援軍が来たが目立った成果もなく、アテナイ人の革新性を怖れたスパルタ人は撤兵を求めた。撤兵させられたアテナイはただちにスパルタの仇敵アルゴスやテッサリアと同盟を結んだ。決起十年にしてメッセニア人農奴が降伏、ペロポンネソスから追放されると、アテナイはロクリス人から奪ったばかりのポリス、ナウパクトスをメッセニア人に与えた。つまり、ペルシア侵略からの勝利という共通成果から年月が経つにつれ、ギリシア世界の中の二つの強国、アテナイとスパルタとはしだいに猜疑、憎悪、離反の度を深めていたことが、史実から見えてこよう。

この間、アテナイ内部ではデロス同盟とアテナイ海上帝国の立役者だった寡頭派の将軍キモン（前五一二頃—前四四九）に対して、民主派のエピアルテスが擡頭、キモンのスパルタへの出征中、ペリクレスと結んで、寡頭派の権力の基盤アレイオス・パゴス会議から行政・司法の特権を剝奪して民主制を確立。スパルタから撤退をしいられ帰国したキモンは些細な理由で陶片追放された。しかし、エピアルテスも暗殺され、一人勝ちしたかたちのペリクレスの時代となる。その後、アテナイとスパルタの関係がいよいよ険悪化すると、キモンは呼び返され両ポリス間の休戦を成立させるが、アテナイ市民は一度手に入れた民主制を手放さず、キモンが権力の座に戻ることはなく、前四四九年、キュプロスをペルシアから奪回すべく遠征、戦没した。

キモンの後にはキモンの娘を娶ったトゥキュディデス（『戦史』の著者とは別人）が寡頭派の領袖となってペリクレスと対立するが、アテナイの南イタリアにおける汎ギリシア的植民市トゥリオイの建設に反対して陶片追放され、スパルタまたはペルシアに亡命した、といわれる。キモンも、トゥキュディデスも、『戦史』の著者トゥキュディデスと縁つづき。ペリクレスが頭角を現わす頃生まれたと覚しいトゥキュディデス少年は自分の出自に捉われることなく、ひとりの傑出した政治家としてのペリクレスの勢力伸長の過程、また彼の指導するアテナイを取り巻くギリシア世界の状勢を淡々と見つめ、後世に実証的歴史学の祖と呼ばれることになる冷静な目を育てていったのだろう。

トゥキュディデス『戦史』巻一（久保正彰訳。岩波文庫。以下も）は次のように、始まる。

〔一〕アテーナイ人トゥーキュディデースは、ペロポネーソス人とアテーナイ人がたがいに争った戦の様相をつづった。筆者は開戦劈頭いらい、この戦乱が史上特筆に値する大事件に展開することを予測して、ただちに記述をはじめた。当初、両陣営ともに戦備万端満潮に達して戦闘状態に突入したこと、また残余のギリシア世界もあるいはただちに、あるいは参戦の時機をうかがいながら、敵味方の陣営に分れていくのを見たこと、この二つが筆者の予測をつよめたのである。じじつ、この争はギリシア世界にはかつてなき大動乱と化し、そして広範囲にわたる異民族諸国、極言すればほとんど全ての人間社会をその渦中に陥れることにさえなった。

しかしながら、開戦のそもそもの発端はアテナイにも、スパルタにもなかった。ペロポンネソス同盟の一国コリントスとその植民市ケルキュラ、さらにケルキュラの植民市エピダムノスの、それぞれのプライドと近親憎悪による三つ巴の内輪揉めにあった。結果、コリントスとケルキュラとのあいだに戦闘が勃り、いったんはケルキュラが勝ったものの、コリントスの大規模な報復を怖れたケルキュラは、アテナイに同盟を要請する使節を送る。

コリントスもアテナイにケルキュラと同盟しないように使節を送り、アテナイ人に対してそれぞれに演説をする。演説の内容は道義もさることながら、主意は同盟を結べばどんな得をするか、反対にどんな損をするか、の損得くらべ。アテナイ人は双方の主張を比較検討して、ケルキュラの海軍力を味方にするという得を取り、コリントスを敵にするという損に目をつぶる。その後、ポテイダイアがアテナイに離反したとき、コリントスは報復としてポテイダイアに援軍を送る。アテナイはポテイダイアを海陸共に封鎖する。

コリントスはペロポンネソス同盟に呼びかけてスパルタ会議を開き、アテナイに対して戦うよう、スパルタを唆《そそのか》す。その会議にはアテナイからの使節も来ていて、折角の和平を壊さないようスパルタに説く。会議は重ねて開かれ、スパルタはコリントスの要請を容れ、ここに疑心暗鬼の休戦期間も含めて二十七年に及び、当事国のアテナイ、スパルタのみか、ギリシアのポリス全体を消耗させ衰退に向かわせるペロポンネソス戦争の幕が切って落とされた。前四三一年のことだ。

トゥキュディデスが前四六一年生まれとすれば、この年二十九歳。目まぐるしく発展すると同時に油断すれば身の危険に晒されかねない国際都市アテナイに三十年近く生きて、人と世界と時代とを見る眼を自分のものにして、古今未曾有の大戦争となる可能性の高い事態を記録しておかなければ、と決意したのだろう。彼の記録態度は同じ巻一の〔二二〕の次の部分に要約されよう。

戦争をつうじて実際になされた事績については、たんなる行きすがりの目撃者から情報を得てこれを無批判に記述することをかたくつつしんだ。またこれに主観的な類推をまじえることも控えた。私自身が目撃者であった場合にも、また人からの情報に依った場合にも、個々の事件についての検証は、できうる限りの正確さを期しておこなった。しかしこの操作をきわめることは多大の苦心をともなった。事件の起るたびにその場にいあわせた者たちは、一つの事件についても、敵味方の感情に支配され、ことの半面しか記憶にとどめないことがおおく、そのためにかれらの供述はつねに食いちがいを生じたからである。

戦争勃発とともに始めたのはおそらく情報の蒐集。蒐集した膨大な情報を取捨選択してじっさいに記録執筆を始めたのは、いつか。前四二四年、将軍として植民市アンピポリスの救援にタソス、トラキア地方に赴いたが果たさず、煽動政治家クレオンの糺断で二十年間の追放にあい、トラキアで亡命生活を送ることになった時点だろう。トゥキュディデスはトラキアに金鉱を持つ資産家でもあり、その間、潤沢な資金を使って、亡命者の自由さでアテナイの敵国のスパルタやシケリアにも取材することができたようだ。長期の追放はアテナイ市民としては不名誉だろうが、歴史家としては恰好の調査・探求と執筆の期間を恵まれたことになろう。

　彼は巻一〔二二〕で先の執筆態度に続いて、こうも言っている。「私の記録からは伝説的な要素が除かれているために、これを読んで面白いと思う人はすくないかもしれない。しかしながら、やがて今後展開する歴史も、人間性のみちびくところふたたびかつての如き、つまりそれと相似た過程を辿るのではないか、と思う人々がふりかえって過去の真相を見凝めようとするとき、私の歴史に価値をみとめてくれればそれで充分であろう」。

　しかし、「政見についての記録はやや事情がことなっている」。「各〻の発言者がその場で直面した事態について、もっとも適切と判断して述べたにちがいない、と思われる論旨をもってその政見を綴った」。つまり、『戦史』の要所要所におかれて全体を魅力あるものにしている政見演説は、厳密な意味では同時代の悲劇詩人に通《かよ》う修辞家、トゥキュディデスの想像力の産物、創作なのである。その中でも、最も実際の演説に近いと思われるのは、戦争初年度の戦没者に対するペリクレスの葬送演説だ。

「かつてこの壇に立った弔辞者の多くは、この讃辞を霊前の仕来たりとして定めた古人を称えている。戦の野に生命を埋めた強者らには、讃辞こそふさわしい、と考えたためであろう。しかし思うに、行為によって勇者たりえた人々の栄誉は、また行為によって顕示されれば充分ではないか。なればこそ今、諸君の目前でおこなわれたように、この墓が国の手で仕つらえられたのである。それに反して、多くの勇士らの勇徳が、わずか一人の弁者の言葉の巧拙によって褒貶され、その言うなりに評価される危険は断じて排すべきだと私は思う」と始まる弔辞はそれ自体卓れた文学作品で、全体を示したいところだが、ここでは以後の論旨に繋げるために、以下の部分のみを引く。

われらの政体は他国の制度を追従するものではない。ひとの理想を追うのではなく、ひとをしてわが範を習わしめるものである。その名は、少数者の独占を排し多数者の公平を守ることを旨として、民主政治と呼ばれる。わが国においては、個人間に紛争が生ずれば、法律の定めによってすべての人に平等な発言が認められる。だが一個人が才能の秀でていることが世にわかれれば、無差別なる平等の理を排し世人の認めるその人の能力に応じて、公けの高い地位を授けられる。またたとえ貧窮に身を起そうとも、ポリスに益をなす力をもつ人ならば、貧しさゆえに道をとざされることはない。われらはあくまでも自由に公けにつくす道をもち、また日々互いに猜疑の眼を恐れることなく自由な生活を享受している。よし隣人が己れの楽しみを求めても、これを怒ったり、あるいは実害なしとはいえ不快を催すような冷視を浴せることはない。私の生活においてわれらは互いに掣肘を加えることはしない、だが事公けに関するときは、法を犯す振舞いを深く恥じおそれる。時の政治をあずかる者に従い、法を敬い、とくに、侵された者を救う掟と、万人に廉恥の心を呼びさます不文の掟とを、厚く尊ぶことを忘れない。

まさに民主政治万歳だが、これがアテナイの市民権を持つ成人男子のみの民主政治であることを忘れてはなるまい。女性や奴隷は適用外だし、アテナイというポリス以外にも適用されない。デロス同盟に属する諸ポリスとアテナイの関係も平等ではなく、アテナイは同盟諸ポリスに君臨して年賦金を強要、しかも金庫とそれを管理する財務局を、同盟外からの脅威から守るとの口実のもとに、デロスからアテナイに移し、その資金を使ってアクロポリスの美化に勤めた。その立役者がこの結構な葬送演説の演説者ペリクレスにほかならない。

もし同盟ポリスのいずれかが離脱しようとすると、アテナイは同盟維持の名のもとに容赦なく攻撃した。ペリクレス自身、統率者として諸所の攻撃に赴いている。ペリクレスのいう民主政治はアテナイ市内でしかおこなわれず、他のポリスに対しては本質的には往古の略奪経済時代と変わらぬ力の論理を罷り通させる。この強欲の結果が齎らしたペロポンネソス戦争ともいえるのだ。

これは開戦二年後、前四二九年冬のアテナイ市内の疫病蔓延のため、ペリクレスが死んださらに十三年後、四一六年のことだが、デロス同盟に加わらないメロスに侵攻し、「この世で通ずる理屈によれば正義か否かは彼我の勢力伯仲のとき定めがつくもの。強者と弱者の間では、強きがいかに大をなし得、弱きがいかに小なる譲歩をもって脱し得るか、その可能性しか問題となり得ない」という論理で同盟参加を迫る。

メロス側が「われらが友好国、中立国であることを認めるように要請するとともに（中略）われらの領土から撤退するよう、申し入れたい」と答えたのに対して攻撃を続行、ついにメロス側が降伏すると、アテナイ人はメロス人成人男子全員を死刑、婦女子供らを奴隷にした経緯は、トゥキュディデスの述べるとおり。また同年、シケリア遠征を企てたのも、シケリアの富を奪ってデロス同盟側、内実はアテナイの国力を挺入れするためで、国際正義などどこにもない。

これを要するにアテナイの民主政体も、スパルタの寡頭政体も自ポリス内部だけのことで、実質上は国際時代に入っていたにもかかわらず自ポリス至上主義から脱け出せないギリシア世界の自壊現象がペロポンネソス戦争だった、ともいえよう。その悲劇の冷静な記録『戦史』各箇所の演説が悲劇作品の英雄《ヘロス》たちの科白めくのは、けだし当然ということになろうか。

デモステネスは勝ったか　弁論

ギリシア・ラテン文学史には弁論家と呼ばれる人びとが登場する。弁論の伝統を持たない私たちにとっては、弁論家はむしろ政治家。これを文学者と呼ぶことにはいささか違和感があるが、ギリシア語で弁論家をレトル rhētōr といい、弁論術をレトリケ rhētorikē といったと聞くと、すこし納得する。よき詩文を成り立たせしめるのは、無技巧を含めての技巧だろうが、この技巧をいうレトリック rhetoric なる英語は、rhētorikē の英語形にほかならないからだ。

アテナイにおける弁論術隆昌の始まりは、ペロポンネソス戦争初期の前四二七年、シケリア島レオンティノイ市から外交使節として訪れ、同島シュラクサイ市と対抗するための援助を乞う演説のレトリケでアテナイ市民を魅了したゴルギアス（前四八七頃―前三七五頃）に帰せられる。しかし、ホメロスの二大叙事詩『イリアス』も『オデュッセイア』も、その名場面は登場人物たちの演説の応酬から成るし、悲劇・喜劇にはさまざまな時と場合とにおける演説が詰まっている。

古代ギリシア世界を構成していた一〇〇〇を超えるポリスどうしは、武器で対抗すると同時に言葉で対抗した。これはポリス内の派閥どうし、個人どうしも同じ。いきおい、ギリシア人はひとりひとりレトルでなければならず、レトリケを磨かなければならない。そこからギリシア世界、ことに当時第一の国際都市アテナイの詩も、散文も、学問も、発達していった、ということになろう。そんなアテナイに現われたゴルギアスの名演説だったから、市民を魅了したのだろう。

ゴルギアスの名演説の結果は覿面《てきめん》で、のちにアッティカ十大雄弁家というレトルを輩出した。なかんずく有名なのがデモステネス（前三八四―前三二二）。刀剣と家具の大工場を営む同名の父デモステネスとスキュタイ人の母クレオブレのあいだに生まれたが、幼くして父を喪った。父の指定した三人の後見人に遺産を横領され、これを取り返すべく弁論術を学び、成人ののち後見人たちを告訴。勝訴したものの、遺産はすでに蕩尽されていて、ほとんど戻ってこなかった。しかたなく、法廷訴訟演説の代作、弁論術の教授を続けるかたわら、自ら卓れた弁論家となるべく習練を重ねた。

もともとデモステネスは資質的に弁論家には不向きだったようだ。生得痩せてひよわだったため、当時のアテナイの少年教育に必須の体育練習に加わることを母親に禁じられて、その貧弱で暗い風貌は同輩少年たちの揶揄嘲笑の的だった、という。そういう逆境が彼をいよいよ孤独に非社交的にしたことは、おおいに考えられる。アテナイ人にはめずらしい機智や趣味の欠如、極度の厳格さも、ここに起因するものだろう。弁論家に必須の声量も少なかったらしい。

大弁論家となるべく彼の自らに課した内容として、専門俳優に身ぶりを学んでの地下室での演技練習だの、口中に小石を含んでの発音訓練だの、駈け足で坂を登りながら詩を一気に朗読しての気息の均整だの、怒濤を前に発声しての声量を豊かにする努力だの……が伝えられる。もちろん、演説例の宝庫ともいえるトゥキュディデスなどの徹底的研究にも怠り無かったろう。

その文字どおり血のにじむような努力の結果としての弁論は、のちにアッティカ十大弁論家の第一と称えられるほど完璧だったが、理詰めで自然さに欠けるきらいがあり、しばしば「彼の弁論には〔勉強机の〕ランプの灯芯の匂いがする」と揶揄《からか》われた、という。

少年時代そうだったように、弁論家となった彼にもつねに多くの敵があった。第一にギリシア世界の盟主を目論むマケドニアのピリッポス二世、第二にアテナイの論敵アイスキネス、第三に安逸を貪り警告を聞こうともしないアテナイ市民、第四にポリス至上主義が効力を喪いかけていた時代、第五にそれにもかかわらずポリスに拘《こだわ》らざるをえないデモステネス自身である。

第一のピリッポスはデモステネス出生の二年後、前三八二年の生まれ。マケドニア王アミュンタス三世の子で、十五歳から三年間、人質として当時の強国テバイに抑留され、その利発さを同国の実力者たちに愛され、名将エパメイノンダスの政治手法に学ぶところ多かった、という。兄ペルディッカス三世の戦死後、その子の幼主アミュンタス四世の摂政となり、王位を簒奪。競争相手の異母兄弟たちすべてを暗殺か追放。軍制改革や軍事植民市建設などでマケドニアを統一、領土を拡大した。

トラキア南西部のパンガイオン鉱山の支配権をアテナイから奪い、そこから獲れる黄金で年間一千タラントン以上の上質の金貨を鋳造、これを資金にギリシア世界のポリス関係、人間関係を攪乱した。北方沿岸の諸ポリスを奪取したのち南下、アポロンの神託で知られたデルポイの神聖戦争に乗じて、デルポイ隣保同盟の盟主となった。前三三八年には、デモステネス主唱のアテナイ・テバイ連合軍に勝って、ギリシア世界の覇権を握り、翌前三三七年コリントスにスパルタを除く有力ポリスを召集、ヘラス同盟を結び、自らの主導によるペルシア遠征を決議した。

しかし、行くところ可ならざるなき感のピリッポスに椿事が発生。翌前三三六年初夏、娘クレオパトラと義弟エペイロス王アレクサンドロス一世の結婚式の祝宴の最中、暗殺されたのだ。下手人はピリッポスの寵愛を受けた青年貴族パウサニアス。その背後にはピリッポスの重婚のため不仲となり、実家のエペイロス王家に退いていた王妃オリュンピアスがあった、とされる。後継者にはオリュンピアスの生んだ弱冠二十歳のアレクサンドロス三世（のちの大王）が就くが、父ピリッポスの死に彼自身が関わっていたかは不明だ。

およそ風采の上がらぬ、それゆえにまた並外れて気位の高いデモステネスが生涯の好敵手としたのは、このポリスの終焉という時代の趨勢を見て取り、ギリシア世界の統一と東方への進出に向けて着着と実績を重ねていた英雄。これに対して、ピリッポスがどの程度にデモステネスを意識していたか。おそらくは自分の行く手を阻もうと踠《もが》く時代の読めない有象無象のひとりぐらいにしか捉えられていなかったのではないか。

デモステネスがまったく時代が読めなかったと考えるのは、行き過ぎだろう。しかし、ギリシア世界をギリシア世界たらしめるポリス、なかんずくポリスの中のポリスをもって自ら任ずるアテナイを導こうとする弁論家にとっては、ポリスという形態に拘るほかなかったろう。もちろん、ピリッポスの実力を見て取り、ギリシア世界の将来を彼に託そうと考える弁論家もあった。ピリッポスへの書簡が残るイソクラテス（前四三六―前三三八）やその弟子で親マケドニアのアイスキネス（前三九〇／三八九―前三一四／三一二）だ。

アイスキネスはペロポンネソス戦争で没落した家庭に生まれ、若い時には悲劇役者となり美貌と美声で人気だった、という。やがて政界に乗り出し、前三四八／三四六年、外交使節としてデモステネスらとマケドニアに赴くが、そのさい突如親マケドニアに態度を変えたため、ピリッポスに買収されたとデモステネスらに罵られ、ここに終生の論敵関係が発生した。しかし、デモステネスの意識においては敵はあくまでもマケドニア王ピリッポス、アイスキネスはその手先でしかなかったのではないか。

デモステネスはその弁論家人生において、くりかえしピリッポス弾劾をおこなっている。しかし、彼の困難はピリッポスを弾劾するより先にアテナイ市民を弾劾、といって悪ければ強い調子で叱咤しなければならないことだった。

一〇　それなら、アテナイ人諸君、諸君が必要な行動をとるのは、いったい、いつのことだろうか。（中略）それとも諸君は――どうか言ってみてください――そこらを歩き回って、「何か変わったことはあるのかね」と、お互いから聞き出そうとしているのだろうか。一人のマケドニアの男が、アテナイ人を戦争で屈服させて、ギリシア人世界の問題を管理しようとしているという、このこと以上に変わったことが何かあるでしょうか。――「ピリッポスは死んだのか？」「いや、ゼウスにかけて、そんなことはないよ。彼は病気にかかっているのだ」などと、諸君は噂しているが、それがどう違うのだろう。その男が何らかの目にあったとしても、諸君はすぐにもう一人のピリッポスを作りあげることだろう、（西洋古典叢書『デモステネス　弁論集Ｉ』「ピリッポス弾劾　第一演説」加来彰俊訳、京都大学学術出版会）

これに先立つ「オリュントス情勢　第一演説」「同第二演説」「同第三演説」そしてこの「ピリッポス弾劾　第一演説」をもってしてもピリッポスの破竹の勢いを抑えることはできず、さらに「同第二演説」「ハロンネソスについて」「ケロネソス情勢について」「ピリッポス弾劾　第三演説」「同第四演説」がなされ、そしてデモステネスの秘策であるアテナイ・テバイの同盟が長年の敵対感情を乗り超えて成立。しかし前三三八年、カイロネイアの戦いにおいて同盟軍が敗れる。その直後ピリッポスが暗殺されること、前に述べたとおり。

ピリッポスの突然の死はデモステネスにどう受けとられたろうか。当然の天罰と思ったかもしれないが、それも当座のこと。彼が予測したとおりに「もう一人のピリッポス」すなわちピリッポスの長子がアレクサンドロス三世としてマケドニアの王位に即く。「もう一人のピリッポス」アレクサンドロスは、ピリッポスの路線を継いでピリッポスよりさらに手ごわく、さらに迅速である。ピリッポスの死に乗じて叛旗を翻したテバイを、愛読するピンダロスの生家を残して完膚なきまでに破壊・劫掠。神殿内に逃れた女性や病人を含めて六千人以上を虐殺し、三万人以上を奴隷に売る。

アレクサンドロスはアテナイに対しても反マケドニアの弁論家たちの引き渡しを要求するが、最終的にはエウボイア島出身のカリデモスの追放のみで譲歩、デモステネスは危ういところを助かる。アレクサンドロスはこれも父の路線の東方遠征に心が逸《はや》っていたのだろう。その後の小アジアからシリア、エジプト、バビロニア、インドにまで及ぶ征旅は知られるとおり。その間、前三三三年、スパルタ王アギス三世はペルシアの資金と艦隊の援助を得て反マケドニアの軍を組織し、デモステネスはこれの援助を提唱するも失敗、ついにアギスはアレクサンドロスの留守居役アンティパトロスとの戦闘に敗れて殺され、以後マケドニアに刃向かうポリスは絶える。

この間のデモステネスの得点というべきは、法廷弁論「冠について（クテシポン擁護）」によって長年にわたる執拗な論敵アイスキネスに勝ち、これをアテナイから退去せしめたこと。その経緯は、国家への長年の貢献に対してデモステネスに黄金の冠をと提案したクテシポンを告発するというかたちでデモステネスを攻撃するアイスキネスを、クテシポンを擁護することで排撃する、という複雑なもの。

この反対弁論においてデモステネスは、彼自身の言葉を借りれば「悪口や中傷は誰でも喜んで聞きたがるのに、自画自賛する者は嫌われるという」「人間共通の性」（西洋古典叢書『デモステネ

ス 弁論集2』木曾明子訳、京都大学学術出版会より。以下も）に抗ってアテナイ市民を説得する困難に勝たなければならない。そのため論述は長くなり、これを聞くだけで半日近くを要したのではないか、と思われる。

「冠について」は古代弁論の枠とされてきた。その枠たるゆえんを長大な全文のどの部分を取って示せばいいか。とりあえずは冒頭から。

一 まずはアテナイ人諸君、よろずの男神女神に祈ります、この国と諸君全員に私が寄せる不変の好意にまさるとも劣らぬ好意が、この裁判に当たって諸君から得られますように、と。そして次には——何よりも諸君のためになり、諸君が敬神の心と名望を失わないようにと願うからですが——、私の弁明をどのように聞くべきかについて、原告の勧めに従えという天啓を諸君が得ることなく（それは非情と言うべきでしょうから）、**二** 法と誓いに従うよう神々が導かれますように、と。その誓いには、ほかのすべての義務事項にあわせて、係争者双方に等しく耳を貸すことという文言が明記されています。その意味は、諸君がいかなる先入観も持たず公平に耳を傾けるだけでなく、原告被告おのおのが自分の望みどおりに演説内容の構成順序を決め、主張を展開するのを認めよ、ということであります。（三、四略）

五 アテナイ人諸君、諸君はみなこの裁判が私とクテシポンとに等しく関わっていて、私が彼に劣らず懸命になる理由があるということを認められるでしょう。そもそも人が何かを奪われるということは、とりわけ敵の手によるとき耐えがたく辛いものですが、なかでも諸君の好意も友愛も奪われるなら、それらを得ることが無上の幸せであるのと同じだけ辛い思いをしなければなりません。**六**　この裁判はこういう事情ですので、告発に対する弁明演説をする私に、法が命じるとおり正しく耳を傾けていただきたい、これがみなさん全員への私の要求でありお願いであります。そういう法律を最初に立てた、愛国者にして民衆の友なるソロンは、制定するだけでなく、裁判官が誓いを立てることによっても、それらの法律に効力を持たせるべきだと考えたのでした。**七**　それは諸君を信用しなかったからだとは思いません。そうではなくて、さきに弁じて優位に立つ原告の武器となる非難や罵倒に被告が勝てるとすれば、それはただただ判定を下す諸君一人一人が敬神の心をもって、後から話す者の弁明をも好意的に受け入れ、両者に等しく公平な耳を傾けて、そのうえで全体に審判を下すからだと、ソロンは、そう見抜いたのです。

八　今日はたぶん私の私生活のすべて、それに公《おおやけ》に尽くした政務について釈明しなければならないようなので、改めて神々に呼び掛けて諸君の前で祈りたいと思います。まずこの国と諸君全員に私が寄せる不変の好意にまさるとも劣らぬ好意が、この裁判に当たって諸君から得られますようにと、次に諸君一同のほまれとなり、各位の敬神の心を証する判決を、この公訴について諸君全員が下せるよう、神々のお導きがありますようにと。

神々に呼びかけ、立法者ソロンを持ち出し、アテナイ市民を持ちあげ注意を促し、自分の立場を訴え、さりげなく自分の功績も披瀝し、しかも品位を失わない出だしというべきだろう。こうして聴衆を引きつけた上で、原告の卑劣さを糾弾し、仮の被告クテシポンの影にある真の被告たる自分の正しさを、何時間にもわたって説いていく。弁論者に大変なエネルギーが要るのは勿論だが、聴衆にも相当なエネルギーが要求される。そういうエネルギーの上に危うく成立したのがアテナイの民主制だったのだろう。

その危うい民主制を守る「品格ある第一人者の地位」は、この渾身の弁論によってなんとか保たれ、長年の仮の宿敵アイスキネスは敗退した。しかし、それはアテナイ内部でのこと。ギリシア世界全体では真の宿敵は、ピリッポス―アレクサンドロス―アンティパトロスと人格を変え生き残ってデモステネスに迫り、彼はアイギナ島へ、さらにカラウレイア島へ逃れ、ついに毒を仰ぐ。前三二二年十月。

この悲劇によって、残る弁論草稿が古典であることを保証されたとしたら、最終的にデモステネスは勝ったのか。すくなくとも彼の名演説の古典化と引き替えに、アテナイの危うい民主制はとどめを刺された、というべきではないか。

エピクロス　市民から個人へ　哲学6

ソクラテス、プラトン、アリストテレスと見てきて、エピクロスに来ると、同じく哲学者といっても、ずいぶん印象が違う。それはどう違い、どういう理由によるか。

エピクロスの生年、前三四一年はアリストテレスがマケドニアのピリッポス二世の王子アレクサンドロスの師傅となって、アテナイからペラに赴いた次の年。ただし、エピクロスはアテナイ人ネオクレスとカイレストラタのあいだに生まれたが、生地はアテナイ本国ではなく、エーゲ海東の入植地サモス島だった。ネオクレスはアテナイの市民権はいちおう残したままの植民制移民《クレルコイ》。ということはアテナイではかなり貧しく、世間的に認知されているとはいえない存在だったのだろう。

では、新天地サモスでは尊重される存在になりえたか。その回答は彼の読み書き教師という生業に現われていよう。同じく教師といっても良家の青少年に政治的修辞を教える職業的教師《ソピステス》などとはこと変わり、幼少年一般を相手にする読み書き教師は、家内奴隷や女性たちよりややましな存在ぐらいにしか扱われなかったらしい。それだけに息子たち、とりわけ利発なエピクロスへの期待は大きかったようだ。

エピクロスについてはすでに十二歳のとき、学校で原初の混沌の造り手について問い、納得する回答が得られなかったので哲学を志した、という挿話が伝えられる。哲学の最初の教師は、当時正統派と目されていたプラトン学派のパンピロスという人だったらしい。前三二三年には十八歳になり、成年適齢者《エペボス》として市民の義務の兵役に就くべくアテナイに出た。この年は大帝国を築いた大王アレクサンドロスがバビュロンで急逝、その遺領をめぐって遺将たちの後継者《ディアドコイ》戦争が始まり、好機到来とばかりギリシア同盟軍が反マケドニア戦争を起こした年。

しかし、アンティパトロス率いるマケドニア軍の反撃は激烈で、翌《あく》る前三二二年、同盟軍は三度破られ、九月初めのクラノンの戦いでアテナイ軍が撃破され、マケドニア守備兵がアテナイに常駐。アテナイの主戦論の中核デモステネスがアイギナ島、さらにカラウレイア島に逃がれ、ポセイドン神殿で毒を仰いで死んだことは、すでに見てきたとおり。成年適齢者エピクロスは憧れの本国アテナイに出てくる早々、民主制復興の希望と壊滅の現実とをつぶさに味わわされた。のちのエピクロス哲学の隠遁性はここに起因する、といってよかろう。

アテナイの敗北はアテナイ領同然だったサモスからアテナイ人移民が追放されるという結果を齎らした。エピクロスの父も家族を連れて、小アジアのイオニア植民市の一つ、コロポンに避難。前三二一年にはエピクロスもマケドニア駐留軍の締め付けきびしいアテナイに見切りをつけて、コロポンで家族と合流し、二十歳代のほとんどをそこで過ごした。その間、ロドス島のアリストテレス派のプラクシパネスに学び、つづいてテオス島のデモクリトスの流れを汲む原子論者ナウシパネスの門に入ったがのち袂別《べいべつ》。後はもっぱら自分自身から学んだ、つまり独研独究した、という。

エピクロスがプラトンやアリストテレスの哲学を遍歴したのち出会ったデモクリトス哲学のデモクリトスとは、どういう人か。ギリシア北方の蛮地トラキア南岸、ギリシア植民都市アブデラに前四七〇／四六〇年頃（前四六〇ならソクラテスの生年にほぼ重なる）生まれ、前三七一／三五六年（最大限の前四七〇—前三五六年説を採れば百十四歳まで生きたことになる。なお、前三五六年はアレクサンドロス大王誕生の年）同地で死んでいる。富裕な父が歓待したペルシア王が返礼にと残していった学者たちから神学や天文学を学んで知に目覚め、父の死後その莫大な遺産を費って知の探求のため、バビュロニア、エジプト、エティオペア、インドにまで遊学した、と伝えられる。

オリュンピアその他の国際体育競技の中に一人で五種を兼ねおこなう、いわゆる五種競技があり、デモクリトスは知の五種競技選手といわれ、また知恵《ソフィア》と仇名されたともいうが、実際はそれ以上。倫理学、自然哲学、数学、音楽学、天文学、医学、農学、美学、神話学、史学、文法学、詩学……等、多分野にわたる七十二の著作があった、という。その中でエピクロスがナウシパネスを通してとくに重点的に学んだのが自然哲学。しかし、エピクロスがデモクリトスの自然哲学を学んだのは、それ自体に目的があったわけではなかろう。

ギリシア世界の、ことにその中心をもって任ずるアテナイの哲学の、さらに広く知の目的は国家有為の人格の育成にあった。ソクラテス、プラトン、そしておそらくアリストテレスにおいても同断だったろうことは、彼がマケドニア王子時代のアレクサンドロスの師傅となった事実からも見えてこよう。エピクロスの父親がエピクロスに学ばせたのも、エピクロス自身の知を求めた当初の動機も、そこにあった、といえるのではないか。

ところが、エピクロスが植民地サモス島からはるばる憧れの本国アテナイに来て見たものは、占領国マケドニアの締めつけによって民主制はおろかどのようなかたちでも、政治参加が絶望的な現状だった。ここにエピクロスは人生の目的を大きく変換せざるをえなくなった。市民として公的に生きることから、人間として私的に生きることへの変換である。

私的に生きることは公的に生きることよりたやすいか。たぶんそうではあるまい。公的に生きることには公的な強制もあるが、その反面で公的な支えもある。強制がすなわち支えであることもありえよう。これに対して私的に生きるには公的な強制も支えもなく、ひとり立たなければならない。その支えになったのが、エピクロスの場合、デモクリトスの自然哲学だったのではないか。

デモクリトスの自然哲学説は基本的にはその師レウキッポスの説と変わらない、といわれる。レウキッポスは彼が学んだエレア学派の万有は一で生成も運動も消滅もしないという説に反対して、永遠に運動する無限の要素の集合離散により生成、運動、消滅が起こると考え、その要素を分割不可能なものを意味するアトムと名付け、アトムという存在《オン》の運動の場と空虚な非存在《メオン》の実在を説いた。これをさらに精緻に整理し、彼のオール・ラウンド的知の体系の中に置いたのがデモクリトス。

エピクロスがナウシパネスから学んだのはそこまで。これを基に自ら研究考察を重ね、レウキッポス―デモクリトスの自然哲学をさらにおし進めた。この時点で単なるデモクリトス学派のナウシパネスとの袂別は不可避だったのだろう。エピクロスがデモクリトスの原子説に付け加えたのは、原子の運動の原因として固有な重さを想定し、そのため落下という自己運動が起こる、としたこと。さらに万有の運動が必然的とされていたのを、落下の途中、偶然わずかに方向が偏ることがある、とした。つまり、原子の運動を偶然性と必然性の統一として捉えた。

アトムの原義はそれ以上は分割されないもの。物質界では原子だが、これを人間界に当て嵌めれば個人ということになろう。原子の運動が必然性と偶然性から成るのなら、個人のありよう・生きざまも必然性と偶然性から成るのでなければなるまい。必然性がポリスの市民として強制または保証された個人なら、偶然性はマケドニアの支配によって機能を失ったポリスから放り出された強制も保証もされない個人ということになろうか。むしろ逆に、エピクロスがアテナイで体験した放り出された孤独な個人という認識が、偶然にさらされた孤独な原子のありようを導き出したのかもしれない。

いずれにしてもエピクロスの自然哲学と倫理学が深いところで結びついているのは確かで、この教説を世に問うべくエピクロスは前三一一年頃、コロポンからエーゲ海東側の文化的中心であるレスボス島のミュティレネに出て体育場という公開の場で披瀝した。しかし、当時のミュティレネはプラトン派の牙城で、コロポンから来た新人の教説は排斥の対象となった。そこでエピクロスは小アジア北西岸のヘレスポントス海峡を扼するランプサコスに移った。ほぼ三十歳、東洋なら而立の歳だ。

当地滞在の約四年間に教説も固まり、有力な弟子たちも出来て、前三〇七／六年、アテナイに再帰し、以後生涯の終わりまでの三十数年間、この本貫の地に腰を据えた。エピクロスは僅かな金で小さな土地を買い、庭園に囲まれた住居を建て、弟子たちと哲学を研究する、質素だが友情に満ちた共同生活を送った。その学園はエピクロスの園 Kēpoi Epikūrū と呼ばれ、その門戸は娼婦を含む女性たちにも、奴隷たちにも開放されていた。学園の経営と師弟の生活費は弟子たちそれぞれの分に応じた負担によって賄われた。

エピクロスの説く人生最高の善とは快楽《ヘドネ》、その快楽は肉欲の快楽ではなく、逆に肉欲の煩悩と苦痛とから、さらに神神や死への恐怖からも解放された魂の平安を保つことで、彼はその状態をアタラクシア ataraksia と呼んだ。彼は自分の教説を深めるために弟子たちと哲学研究を続け、学園の後継者を育てるいっぽうで、三〇〇巻にものぼるという夥しい著作を残したという。しかし、その後そのほとんどが失われ、現存するのは弟子たちに宛てた数通の書簡と教説・箴言の断片のみ。

ただし、主著の一つ『大摘要』は二百数十年後、ローマの詩人ルクレティウスによって忠実に詩化されたといわれる。『事物の本性について』全六巻がそれ。なお、『ヘロドトス宛の手紙』が『小摘要』と呼ばれることもある。しかし、ここでは『主要教説』(出隆・岩崎允胤訳『エピクロス——教説と手紙』岩波文庫より)と呼ばれる断片集から、さらに主要と思われる部分を引用しよう。

一　至福な不死のものは、かれ自身、煩いごとをもたないし、また、他のものにそれを与えもしない。したがって、怒りだの愛顧だのによって動揺させられることもない。というのは、このようなことはみな、弱者にのみ属することだから。

二　死はわれわれにとって何ものでもない。なぜなら、分解したものは感覚をもたない、しかるに、感覚をもたないものはわれわれにとって何ものでもないからである。

三　快の大きさの限界は、苦しみが全く除き去られることである。およそ快の存するところ、快の存するかぎり、肉体の苦しみもなく、霊魂の悩みもなく、これら二つがいっしょにあることもない。

五　思慮ぶかく美しく正しく生きることなしには快く生きることもできず、快く生きることなしには〈思慮ぶかく美しく正しく生きることもできない。〉快く生きるということのない人は、思慮ぶかく美しく正しく生きないのであり、〈思慮ぶかく美しく正しく生きるということのない人は、〉快く生きることができないのである。

八　いずれの快も、それ自身としては悪いものではない。だが、或る種の快をひき起すものは、かえって、その快の何倍もの煩いをわれわれにもたらす。

一一　かりに天界・気象界の事象にかんする気がかりとか、われわれにとって死が何ものかでありはすまいかという死についての気がかりとか、さらに、苦しみや欲望の限界についての無理解とか、これらのことどもがすこしもわれわれを煩わさないとすれば、われわれは、自然研究を必要とはしないであろう。

一二　神話にかんすることが何か気にかかっていて、全宇宙の自然が何であるかを知らないならば、われわれは、最も重要な事柄についての恐怖を解消することができない。それゆえ、自然研究なしには、われわれは、純粋無雑な形で快を獲得することはできない。

一五　自然のもたらす富は限られており、また容易に獲得することができる。しかし、むなしい臆見の追い求める富は、限りなく拡がる。

一七　正しい人は、最も平静な心境にある、これに反し、不正な人は極度の動揺に満ちている。

二一　生の限度を理解している人は、欠乏による苦しみを除き去って全生涯を完全なものとするものが、いかに容易に獲得されうるかを知っている。それゆえに、かれは、その獲得のために競争を招くようなものごとをすこしも必要としない。

二七　全生涯の祝福を得るために知恵が手に入れるものどものうち、友情の所有こそが、わけても最大のものである。

二八　永遠につづくような恐ろしいものはなく、また、長いあいだつづく恐ろしいものもない、ということについて、われわれに安心を与える認識と同じ認識によって、われわれは、この有限な存在においては、友情による損われることのない安全こそが最も完成されたものであるとのことを、知る。

三三　正義は、それ自体で存する或るものではない。それはむしろ、いつどんな場所でにせよ、人間の相互的な交通のさいに、互に加害したり加害されたりしないことにかんして結ばれる一種の契約である。

三九　外部の諸事情から来る煩いにたいして最もよく対処しえた人は、できるかぎりすべての人々を、自分の仲間とし、また、仲間にすることのできない人々をも、とにかく、自分とは縁のないものとはしない。しかし、かれは、このようにすることさえできない人々とは、交わることを避け、また、遠ざけた方が得になる人々だと、かれはこの人々を遠ざける。

四〇　煩いを受けないように隣人から自分を守る用意の最もよくできている人々は、この点について最も確乎とした保証をもっているがゆえに、最も快く生活を互に共にしもするのである。そして、かれらは、最も充実した親密な交友を楽しくつづけたのち、その友が先立って生を終えた場合、かわいそうなことをしたなどと憐んで、いたずらに嘆き悲しむようなことなどはしない。

エピクロスは前二七〇年初め、膀胱結石で尿道を塞がれ、十四日間病臥したのち、死んだ。熱い湯を満たした青銅づくりの浴槽に入り、強い葡萄酒を持ってこさせて飲み干し、親しい人たちに自分の教えを記憶するようにと言い残して息を引き取った、という。享年七十二歳。

死に臨んでも端然としていた証拠に、イドメネウスという旧い弟子に宛てた書簡に次の一節がある。「生涯のこの祝福された日に、そして同時にその終りとなる日に、わたしは君にこの手紙を書く。尿道や腹の病はやはり重くて、激しさの度を減じないが、それにもかかわらず、君とこれまでかわした対話の思い出で、霊魂の喜びに満ちている。」

大国の支配の下、事実上ポリスが消滅し、厳密な意味での市民が存立しえなくなったヘレニズム時代、つづいてローマ時代の個人主義哲学として、エピクロスの思想はおおいに歓迎され、歴代の学頭の継承により、六〇〇年の長きにわたって栄えた、といわれる。

人間の生きかた、死にかたに深く関わるその学派は学派を超えて教団の趣。そこでのエピクロスは学派の創始者というよりは宗教的教祖としての尊崇の対象だったこと、あたかも東洋における孔子に似る、といえるのではないか。

ヘラスからヘレニズム世界へ

私たちがギリシアと呼んでいるのはギリシア語起源ではない。英語 Greece、フランス語 Grèce の源《もと》はラテン語の Graecia、ギリシア語では Hellas である。古代ギリシア人は自分たちの住む地をヘラスと呼び、そこに住む自分たちをヘレネスと称し、異国人バルバロスと区別した。十九世紀以来の歴史学で、ギリシア人によるギリシア世界崩壊後の地中海世界を呼ぶヘレニズムの語は、このヘラス、ヘレネスに由来する。

しかし、ヘラス世界崩壊後の世界を、なぜわざわざヘレニズムの語をもって呼ぶのか。これに答えるには、ヘラス、ヘレネスの原点に戻らねばなるまい。ヘラスとは「はじめは中部ギリシアと北部ギリシアの境界上にあって、デルフィの大地神とアポロンの宮祠、それにテルモピレー（中略）付近のアンテラのアルテミスの宮祠を含むマリア湾の最奥部周辺が地域の名だったらしい」（A・トインビー『ヘレニズム』秀村欣二・清永昭次訳、紀伊国屋書店）。

ではなぜ、この小地域の名ヘラスがギリシア世界の主要部分全体の名となり、そこの住民の名ヘレネスがギリシア民族全体の名となったのか。「「ヘラスの住民」を意味する「ヘレネス」は、デルフィとテルモピレーの宮祠を管理し、またそれらの宮と結びつけられたピュティアの祭典を組織した地方的な人々たる宗教連合代議員《アンフィクテュネス》（「隣人たち」）の連合〔アンフィクチュオニア〕に対する団体名として用いられることによって、「ヘレネス社会の構成員」を意味するより広い意味を獲得したらしい」（同上『ヘレニズム』）。

この地方の、とくに神託に顕著なアポロン信仰がギリシア民族全体の信仰となり、その信仰を基盤としたピュティアの祭典を含む四つの祭典（他の三つはイストミア、ネメア、オリュンピア）がギリシア世界全体の祭典となることによって、小地域名がギリシア世界の主要部分全体の名、小地域住民名がギリシア民族全体の名に昇格した、ということではあるまいか。それはわが国古代の一地域名大和《やまと》が、支配領域を拡げることによって、わが国全体の名に昇格した歴史的事実に似ているかもしれない。

さて、ヘラスと呼ばれることになった古代ギリシア世界は、およそ性格を異にする師弟、プラトンとアリストテレスとが等しく言うとおり、その中に千以上ある、たがいに独立した都市国家から成っていた。しかし、ギリシア世界の単位として、最初から都市国家があったわけではない。最初にあったのはたがいに敵対する原始的な村落共同体。これが敵に対抗するために集まって相結び、緊急の時に逃げ込んで立て籠る城砦（これがポリスの原義）を築いた。ということは、都市国家もある段階での共同体に過ぎず、さらに大きな敵が出現したときには、都市国家が相結んでさらに大きな共同体を作らなければならないことを意味しよう。

東方に勃った大国ペルシアがギリシア世界を版図に呑み込もうと二度にわたって攻め寄せたとき、都市国家中の二つの強国、スパルタとアテナイを中心に結ばれた都市国家同盟が、それに当たろう。このことは、都市国家自体が都市国家を解体してさらに大きな共同体、いうなれば大ギリシアとでも呼ぶべき国体を形成する可能性を持っていたことを示していよう。しかし、ペルシアがギリシア世界で敗退して故国に逃げ帰るや、都市国家同盟は個々の都市国家に戻ってしまう。なるほど、三度目のペルシアの来襲の可能性に備えて、アテナイを盟主とするデロス同盟が結ばれるが、それは厳密な意味でのアテナイ帝国とはなりえない。アテナイ自体、最も強大な都市国家として他の都市国家に君臨しようとこそすれ、同盟内の他の都市国家を解体して大国家を造営しようとする意志はなかった。これはギリシア世界の都市国家の基盤が、アテナイを含めて山がちの土地の狭小な平地か島嶼にあり、それよりある程度以上拡がりえなかったために、都市国家以上の政体を恒久に造るという発想が育たなかったことに起因しよう。

都市国家以上の政体を造るという発想はギリシア世界の外延に起こった。ヘレネスをもって任じるギリシア人が長らくバルバロスと蔑んできた辺境マケドニアの王族は早くから自国のギリシア世界への参入を志し、ただしギリシア世界のゆえんである都市国家の形成は志さなかった。彼らはペロポンネソス戦争後のどの都市国家も抜きん出た力を持てなくなった時代の中で、辛抱づよく軍事力と経済力とを貯え、機を捉えてはギリシア世界に闖入し浸透していく。とくに二代続く政治的天才、ピリッポス二世とアレクサンドロス三世（大王）は硬軟使い分けてギリシア世界の盟主となり、ギリシア世界をエジプト、メソポタミア、インダス河の岸まで拡げた。

アレクサンドロス大王の急逝後、アテナイをはじめ都市国家は独立の機を窺うが、結果は大王後継者の厳しい弾圧を受け、有名無実の死に体となっていく。ここに都市国家による古典ギリシア時代は終わり、のちの歴史学に謂うヘレニズム時代が始まる。しかし、ヘラス、ヘレネスのゆえんたる都市国家が死に体となった時点から始まる新時代を、わざわざヘレニズム時代、その時代が生んだ文化をヘレニズム文化と呼ぶのは、どんな理由によるか。

それまでのギリシア世界が生んだ文化はあくまでもギリシア人によるギリシア世界、ヘレネスによるヘラス世界内部のものだった。そのギリシア世界、ヘラス世界の内外の境界が崩壊し、それまでのギリシア人によるギリシア文化、ヘレネスによるヘラス文化は、いわゆるバルバロスを含む人類共有のものになった。これを十九世紀以来の歴史学がヘレニズム文化、ヘレニズム文化を享受する世界をヘレニズム世界、その時代をヘレニズム時代と呼んだのだろう。

ヘレニズム世界の中心は、かつてのヘラスの中心アテナイではなかった。ヘレニズムを用意したアレクサンドロス大王が、自らの征服の記念にその征路に七十余りも建設した自らの名入りの都市アレクサンドレイア、その一つであるエジプト地中海岸に現在まで残るアレクサンドリアがそれだ。前三三二年、エジプトを征服した大王は建築家デイノクラテスに命じてこの都市を建設させた。

しかし、アレクサンドレイアの輝かしい歴史が始まるのは前三二三年のアレクサンドロス大王急逝ののち。大王のかつての学友で、一説には兄弟ともされるプトレマイオスが大王遺領のエジプトを領有。アレクサンドレイアを首都とし、奪った大王の遺骸を埋葬して文字どおりのアレクサンドロスの街とした。学芸研究機関ムセイオンや大図書館を創設し学芸を保護・奨励したのも、アリストテレスの薫陶を受けホメロスやピンダロスを熱愛した大王の文化的態度の継承を示すことで、大王の正統な後継者であることを宣揚したものだろう。彼はまた、溺愛した末子に政治的実権を譲りプトレマイオス二世とした後、『アレクサンドロス伝』を執筆してもいる。

プトレマイオス二世は父一世の遺志を継いで領土をポイニキア（フェニキア）、小アジアまで拡げ、東アフリカやアラビアの通商路を確保、強力な行政・経済組織を整備、マケドニア・ギリシア人の入植も促進、プトレマイオス帝国と首都アレクサンドレイアは盛大な繁栄期に入った。ムセイオンや大図書館も拡大・充実させ、実力ある学者や詩人たちを多数招聘・庇護した。中でも重要なのがカッリマコス（前三一〇／三〇五頃—前二五〇頃）、ロドスのアポッロニオス（前三〇〇／二九五頃—前二一五頃）、テオクリトス（前三一〇／三〇〇頃—前二六〇／二五〇頃）か。

カッリマコスはエジプトの西、キュレネのギリシア系名門バッティアダイ家の出身で、若くしてアレクサンドレイア近郊エレウシスで学校教師をしていたが、プトレマイオス二世の知遇を得、その学識と詩才によって宮廷の寵児となった、という。最大の功績は帝国の豊かな財力によって旧ギリシア世界の各所から集めた膨大な書巻を分類・整理、著者それぞれの伝記を付けた

『書誌目録《ピナケス》』百二十巻。ギリシア最初の文献総目録兼文学史として、後代の研究の基礎となった。他にも多岐にわたる分野を考究、学問的著作だけでも八百巻に達したといわれるが、ほとんどが湮滅《いんめつ》して伝わっていない。

その博捜渉猟の疲労の腹いせでもあろうか、「大きな書物は大きな悪徳」との持論に達し、趣向を凝した短詩を称揚、ホメロスを除く叙事詩の長大冗漫を排斥。槍玉に挙がったのが弟子アポッロニオスの叙事詩『アルゴナウティカ』で、師弟のあいだで熾烈な論争を生じ、ついにアポッロニオスはロドス島に移った。アポッロニオスはその地で『アルゴナウティカ』に推敲彫琢を加え、全四巻を公にして大好評を博した。その結果、ロドスの市民権を与えられ、以後ロドスのアポッロニオスを名告った。のちプトレマイオス二世に迎えられて、アレクサンドレイア図書館の二代目館長になり、死後は愛憎深い旧師カッリマコスの墓の傍らに葬られた、ともいう。

ことほどさように因縁深い師弟だが、今日残るカッリマコスの『讃歌《ヒュムノイ》』六篇は今日の目から見ればそれぞれ百数十行を超えて短いとはいえず、アポッロニオスの『アルゴナウティカ』にもカッリマコスと通じる擬古的衒気が漂う。アポッロニオスにもホメロスやアルキロコスに関する論文やヘシオドスの注釈があったといわれ、共通して学識に富む、言い換えればいささか書斎臭匂う学匠詩人であることは否めまい。その点、シケリアのシュラクサイでヒエロン二世に庇護を求めるべく一詩を献呈するが志を得ず、コス、ミレトスを経てアレクサンドレイアに到り、プトレマイオス二世の寵遇を得、牧歌の創始者となったテオクリトスは、はるかに自然といえよう。

現存する『牧歌《エイデュリア》』三十二歌（第三十一歌は小断片のみ）のうち、真作は二十三篇とされる。シュラクサイのドリス方言で書かれ、シケリアや南イタリアを舞台にした田園詩のほか、擬曲風《ミモス》、君主讃、小叙事詩風《エピュリオン》、少年愛詩、その他を含み、いずれも好もしく親しみやすい抒情詩だ。ここに挙げるのは第六歌「牛飼たち——ダモイタスとダプニス」（「テオクリトス牧歌」古澤ゆう子訳、京都大学学術出版会、西洋古典叢書）。

アラトスよ、ダモイタスと牛飼のダプニスがあるとき同じ場所で
いっしょに群れを追っていた。
一人は火色の淡い髭を生やし、もう一人はまだ半分しか生えそろわない。
二人は泉のそばに座って、夏の日の昼間こんなふうにうたった。
ダプニスが最初に歌合戦をいどみ、うたいはじめた。

ダプニス
ポリュペモスよ、ガラティアが君の羊にリンゴを投げて
恋に疎い羊飼だと言っている。
君は目をやりもしない、ばかだねえ、座り込んで、
甘く葦笛を吹いている。ほら、こんどは犬に投げている。

羊を守って君にしたがうこの犬が、海を見て吠えている。
しずかに波打ち寄せる浜辺を走る姿が、なめらかな海面にうつる。
あの子が海から出てきたら、足にとびかかって
きれいな肌をひっかかないよう、気をつけなくては。
彼女はあそこから気をひこうとしている。
強い夏の日に焦がされて乾いたアザミの綿毛のように
追う者からは逃げ、逃げる者を追いかける。
碁盤の枠から石を動かすこともある。
だってポリュペモスよ、恋する者には、
美しくない者も美しく見えることがよくあるのだから。

これに対してダモイタスはこううたいはじめた。

ダモイタス

もちろん見てるさ、パーンにかけて、羊の群れに投げつけているのを
ぼくの大事な一眼《ひとつめ》が見逃しはしない。
この眼で、死ぬまで見てやるつもりだ。

災いを予言する占い師のテレモスは凶兆をうちに持って帰って
子どものためにしまっておくがいい。
じつは、ぼくの方も彼女をじらそうと、見ないようにしてるんだ。
ほかに女の子がいると言ってやる。それを聞いたらやきもちやいて
おおパイアーン、弱気になって、海から急いで出てきて洞窟や羊の群れをのぞくだろう。
そうしたら犬をけしかけて吠えつかせる。
ぼくが言い寄っていたときは、あの子のひざに鼻面のせて
クンクンいってた犬だけど。
こんなにするのを見れば、たびたび使いをよこすようになるだろう。
でも扉を閉めてやろう。彼女が自分でぼくのため
きれいなしとねをこの島にのべると約束するまでは。
だって、ほんとうに、ぼくの姿はみんながいうほど醜くはない。
このあいだ凪《なぎ》の海面をのぞいてみたら
髭はきれいで、ひとつだけの眼もきれいに見えた。
真っ白な歯がパリ島の大理石より白くきらめいている。
魔よけのために、三回、胸につばをつけておいた。
老婆コテュッタリスが教えてくれたことだから。

こううたってダモイタスはダプニスに接吻した。
それからシュリンクス笛を与えると
ダプニスはきれいなアウロス笛を贈った。
ダモイタスがアウロスを吹き、ダプニスがシュリンクスを吹くと
すぐさま仔牛たちが、やわらかい草地で踊りはねた。
歌競争の勝利者はいない。どちらも負けない名手だったから。

しかし、ヘレニズムの窮極は非ギリシア人がギリシア人と同等またはそれ以上に主体的にギリシア文化を享受し、さらには展開させることではなかろうか。その体現者は前一四〇年頃パレスティナのガダラに生まれ、テュロスで学び、コス島に隠棲、前七〇／六〇年頃その地に没したというシュリア人メレアグロス。彼は前七世紀のアルキロコスから自分の時代までのエピグラム詩選集『花冠《ステパノス》』を編んだ。『花冠』は文字どおり、四十六詩人の詩風を作風によって四季の花々に喩えて彼らの作品を分類、自らの作品を配した詞華集。その秀抜な編集と彼自身の変化に富んだ巧緻な恋愛詩の数数で、ローマをはじめ後代に大きな影響を与えた。彼の現存するエピグラム詩百三十四篇から最も魅惑的な一篇（呉茂一訳『増補ギリシア抒情詩選』岩波文庫）を挙げよう。

たをやかの　アスクレーピアス、
　君がひとみの　耀《きら》めきは
　　凪《なぎ》の日和《ひより》か。
人みなを　恋の舟路へ
　さそうてやまぬ。

ここにいう「耀めき」は古典ギリシアの放つ耀めきでもあろう。その耀めきはヘレニズムという、ギリシアなるものの世界化によって、ギリシア語の境界さえも超え、古代ローマ、中世イスラム、ルネサンス、そして二十世紀のジェイムズ・ジョイスの『ユリシーズ』、エズラ・パウンドの『キャントゥズ』、またわが国の西脇順三郎『あんばるわりあ』、三島由紀夫『潮騒』などを経て、二十一世紀の今日も「人みなを」詩のふるさと、知のみなもとへの「恋の舟路へさそうてやま」ない。

ヘレニスト呉茂一先生の一面　跋に代えて

二〇〇五年頃だったか、何かの集まりで初めて出会った或るご婦人が、自分が編集に関わった『野上弥生子日記』にあなたが登場します、とおっしゃる。高名な女流小説家と私とはどんな交流もないので、それは誰方《どなた》かの間違いでしょう、と答えると、いいえ確かに出てきます、それも三度も、お宜しければコピーをお送りしましょう、と重ねて言われるので、お願いします、と名刺を渡した。

送られて来たコピーを見ると、能楽堂のロビーで呉茂一《くれしげいち》氏に高橋睦郎氏を紹介される、とある。それを読むと、なるほどそんなこともあったっけ、と思い出される。驚かされるのはその後で、あの二人は啻《ただ》ならぬ関係にちがいない、とある。後の二回もやはり私たちを見かけ、二人の関係を確信した、という体《てい》のもの。

私が呉先生の観能や観劇のお供をしたのは一九七二年から七六年まで、三七年生まれの私が三十歳代半ばから後半、私よりちょうど四十歳年長、一八九七年生まれの呉先生が七十歳代半ばから後半、先生よりさらに十二歳年長の野上さんは八十歳代後半から九十歳代初めのはず。いつも地味な和服を召して控え目な小柄な老女が、そんな生なましいことにくりかえし興味を示していられたことが、意外でもあれば目覚ましくもあった。また、それは野上さんを含む学芸世界の密かな呉先生観でもあったのかもしれない、と四十数年後の今にしてそんな気もする。

私の呉先生との初対面は一九七二年初夏。仲介者は当時PL教団の芸術生活社から出ていた雑誌「芸術生活」の編集者、河谷龍彦《かわたにたつひこ》君。依頼原稿の受け取りかなにかの折に私のことを、大変なギリシア狂で故三島由紀夫とも親しかった、などと吹聴したのだろう。もしお宜しかったら、そのお若い方にお中食でも、というお誘いを河谷君から聞いた時の私の驚きは、再現がむつかしい。中学一年生の折の、詩への目覚めの契機となった和訳古典ギリシア詩の訳者その人に招かれるなど夢想すらしないことだったからだ。

招かれたのは当時国鉄四ツ谷駅に程近い四谷塩町《しおちょう》にあった芸術生活社ビル地下のレストラン。五月半ばのよく晴れて日差の強い日だったこともあり、長年私淑してきた西洋古典学の太宗を前にして、アルファベータの読みかたも知らない若僧は上がりっぱなし、湧いてくる汗を拭《ぬぐ》いづめで、何をご馳走になったか、何をしゃべったか、皆目憶えていない。お別れして電車の座席に腰を下ろすと、鈍で奇妙な印象を与えたにちがいないという自己嫌悪と綯《な》い交ぜの深い疲労を感じた。

翌朝、速達で起こされて差出人を見ると「呉茂一」、慌てて封を破って見た文面には案に相違して、本日は勝手に呼び出してご無礼しました、食事中会話がたいそう楽しく、初対面ながら息子のような気がしてなりませんでした、もしお差し支えなかったら今後ご好誼の程どうぞよろしく、云云とあったと思う。たぶん私は、自分のような拙い者でよろしかったら、と返事したのではなかったろうか。それから先生と私の六年に及ぶ交遊が始まった。

この交遊を何と名づければよかろうか。お手紙の文面を借りるなら、フィクションとしての父と息子の関係、古代ギリシア風にいうなら精神的な意味での愛者と愛人の関係、といえば近かろうか。これについては交遊中の七六年に刊行され恵贈を受けたご著書『アクロポリスの丘に立って』の中の一文「エロスの変幻——ギリシア・ローマ文学と同性愛」の中に次のような記述がある。

……当時一般にアテーナイでは婦人が家庭内に引きこもって市民活動に参加せず、ことに政治や文化活動はまったく男子の専有物だったので、哲学乃至弁論術など年長の男子と指導を受ける青少年のあいだには、当然に愛者と愛人の関係がもたらされ易かったのだろう。……なお素純を脱しない古典世界では不自然ということはない。人間に対する人間の愛情というのは、恐らくそのような枠にはまった限定を拒否するのではあるまいか。愛すべきものを愛しただけである。同性も異性もたいした違いはないと。……

先生は儒医呉家・蘭学箕作《みつくり》家の血を引く東京帝国大学医学部教授、呉秀三《しゅうぞう》・三奈《みな》夫妻の長男に生まれ、満十四歳で母堂三奈を喪われている。父君の期待を担って第一高等学校医学部に入学し東京帝国大学医学部に進むも、三年後に文学部英吉利文学科に転部し、やがて西洋古典学に進まれている。呉家の家学ともいえる医学から文学への転身には、実母を亡くされた後嫁いできた継母、そして娶られた父君への反発やそこから培われた孤独もあったろうし、その孤独の中から同性愛的傾向が育ち、それがその傾向を核として持つ古代ギリシア・ローマ文学に導いたところもあったのではないか。

先生の中にあった「素純な」同性愛的、さらに正確に古代ギリシア風にいうなら少年愛的傾向が、先生をして古代ギリシア詩を美しいという以上に蠱惑《こわく》的な日本語に移さしめ、その日本語で少年の私を誘《いざな》い、三十歳代に達した私と出会わしめた。三十歳代となった私は少年愛の対象としては年齢的に長《た》けすぎだが、先生との四十歳という年齢差を考えれば精神的な意味での愛者・愛人関係の範疇には辛うじて含まれうるかもしれない。

先生の履歴においては先蹤があった。あれは七六年、先生のご著書『アクロポリスの丘に立って』の出版記念を兼ねた数え八十歳のお祝いの会の折だったろうか、先生の学恩を受けた名だたる学芸界の人びとが集まった中に五十歳代の今道友信《いまみちとものぶ》氏があり、祝辞で先生との出会いを告白された。中学生の友信少年が土曜日午後の国鉄車輌で日曜日の教会の侍祭ミサ答えのラテン語を練習していると、隣にいとも優雅な紳士がお坐りになりにこやかに、お勉強ですか、とおっしゃった。その日から私は犬の子が馴付くようにお宅に伺うようになった、と氏ははにかむように言われた。

今道氏は一九二二年生まれ。呉先生とは二十五歳の年少だから、氏が中学入学の十三歳のときの先生は三十八歳の壮年。まさに古代ギリシアにいう愛者・愛人関係の典型だったろう。告白されたときの五十歳代の氏にはまだじゅうぶんに美丈夫の俤《おもかげ》があり、先生が見初められた頃の友信少年のういういしい魅力が想像できたものだ。

もう一つの先蹤は一九三二年生まれの小田実《まこと》氏。氏は東京大学文学部言語学科で呉先生に西洋古典学を学んでおり、若い氏と先生の親密ぶりは学芸界ではよく知られていたらしい。それがあるときから二人一緒の姿がふっつり見られなくなった、という。氏が政治運動に入っていったというような事情もあろうが、どこまでも現代人である氏があるときから先生の古代的な少年愛傾向を潔癖に峻拒したというような事情があったのかもしれない。この憶測が当たっているなら、今道氏の場合は正の先蹤、小田氏の場合は負の先蹤となろうか。

私の場合はどうだったか。中学一年生から高校・大学と働きながら学び、過労が祟って大学卒業を半年後に控えて結核発病。生活保護による二年間の療養生活を経て卒業。しかし結核罹病の前歴のため、専攻の教育系では就職不可。しかたなく上京してなんとか広告界に潜りこんでからは、それまで強いられてきた禁欲生活の反動で、放縦な夜の生活を送り、その生活は三十歳代になっても続いていた。そういう当時の私の、いささか恰好つけていえば放蕩無頼の生活をどこかで愛《いと》しみ、どこかで案じてくださっていたのだろう。

交遊が始まって間もなく、私は新宿二丁目のバーで酔って止まり木から落ち、腿を骨折した。先生はさっそく江東区の幕藩時代から続く接骨院にご紹介くださり、安静にとの指示のもと家で臥《ふせ》っていると、週に何度か銀座大増《だいます》の弁当ご持参でお見舞いくださった。先生はそのため藤沢市辻堂のご自宅からタクシー、国鉄辻堂から東京まで国電、東京駅から銀座までタクシー、銀座から新宿まで地下鉄、新宿から経堂まで小田急、経堂駅からわが家まで歩いて五分の道のりをやはりタクシーでいらっしゃるのだった。

骨折が癒えても私の夜の生活は変わらず。週末暁方《あけがた》まで飲んでいて、日曜日を宿酔《ふつかよい》で転転反側《てんてんはんそく》しているとき、どうしていますか、とお電話があった。ただいま宿酔で自己嫌悪の最中です、と答えると、飲んだあげくに自己嫌悪なんてつまらないじゃありませんか、酒なんかおやめなさい、詩人は水を飲んでも酔えるようでなければなりません、と電話を切られた。私は死の一年前の三島由紀夫氏からの伝言を思い出していた。私が誰かから貰ったLSDを蟇口《がまぐち》に入れて所持していることを人伝てに聞いた氏はその人に、高橋君に伝えてください、詩人は風邪薬を服《の》んでも幻覚が見られるようでなければ、と言ったらしい。

呉先生と入れ違いに親しい先輩詩人の鷲巣繁男《わしすしげお》氏から電話があり、事の顚末を話すと氏いわく、だから呉先生は学匠詩人にはなれても、学匠なしの詩人にはなれないんだ。酒の徳は自己嫌悪にこそある、自己嫌悪にならなくて、どうしてよい詩が書けよう。自己嫌悪にならない酒なんて、それこそ無意味じゃないか。そういう氏は全くの独学ながら呉先生に劣らないギリシア狂で、先生を敬愛すること人後に落ちなかった。

しかし、かつて通信兵として中国戦線にあり、そのことへの贖罪意識から戦後北海道原野に開拓民として入り、一夜で三升の酒を飲み不眠で勉学と詩作に打ち込んできた氏には、先生の中庸を絵に描いたような生きかたは生ぬるく思えたのだろう。当時の氏は若い日の無理の結果、習い覚えた新古の外国語の数と同じほどの宿痾《しゅくあ》を持って酒を断ち、かつての過激な生きざまへの自己嫌悪と、それを逆手《さかて》に取った誇りの中で最後の旺盛な詩作の中にあった。

だからといって、呉先生が骨の髄まで中庸の人というのは当たっていまい。先生は見た目の柔和さとは裏腹に将棋がお好きで、当時の大山名人から揮毫署名入りの将棋盤を一度ならず受けたほどにもお強かった。私は実見したことはないが、お相手をした人の話によれば、先生の指し手はあくまでも正攻法で、つい油断をしていると真綿《まわた》で首を締められるように身動きできなくなっている。そこで、参りました！ と言うと、先生にっこり笑って、お気の毒さま、とおっしゃるというのだ。

先生の芯にある思いがけない強さを実感したのは七二年の年末だったか七三年の年初だったか、お買物のお供で立ち寄った日本橋三越百貨店の二階喫茶室でお汁粉のお相伴に与っていたときのことだった。先生にとって西洋古典学の後輩に当たる高津春繁《こうづはるしげ》博士の病気の噂について、深く考えず伺うと、先生は表情も変えず窓の磨硝子《すりがらす》の向こうの降る雪を見つめたまま、あれは癌です、間もなく死にます、と吐き捨てるように言われた。博士は七三年五月に六十五歳で亡くなっている。

高津博士は一九〇八年生まれだから、呉先生の十五年後輩だが、先生よりさらに十一歳年長の西洋古典学の先駆者田中秀央《たなかひでなか》博士を叔父に持ち、先生より四年後れて英国オクスフォード大学に留学。四年にわたるギリシア語とサンスクリット語の比較研究の成果を持って帰国、東京帝国大学に奉職したものの、呉先生に対して先輩・後輩の礼を取ることなく、逆に海外の先端知見を楯に対立することも多く、先生にとって快い存在ではなかったのではないか。

これは学究肌と文人肌の違いでもあって、生得文人肌の先生にとって学界は生きやすい世界ではなかったようだ。先生ほどの学識と文藻の持ち主が、ふさわしく遇されていないこの国は貧しい、とあるとき鷲巣氏が言うと先生は、世間は私のことを一度として正当に評価してくれたことはありません、もっとも私も世間を評価したことはありませんがね、と笑われた。

そういう世間と一線を画したところで、学問を、詩歌を、芸術を、舞台を、将棋を、買物を、食事を……つまり人生のくさぐさをたのしむというのが、先生の生きかただったのではないだろうか。それは古代ギリシア人というより、古代ギリシア人を範としたヘレニスト、たとえば政治生活の余暇に文人生活をたのしんだ小プリニウスに代表される、古代ローマ貴顕の態度に近かろうか。ただし、小プリニウスには政治活動としての公務と経済活動としての農園経営があった。

先生の場合の公務に当たるのは大学での教務と学会運営、経済活動は大学奉職のほかは翻訳と著述がそれに当たろうか。私が知ったのは先生が公務としての大学や学会の中枢から離れられ、その続きとしての在ローマ日本文化会館の初代館長も退かれた後で、翻訳、著述を含めて先生流のヘレニスト的文人生活を純粋にたのしまれていた時期で、そのたのしみの一端におよそ無学な若輩である私との付き合いが加えられた、ということだったのだろう。

先生は少年というには薹《とう》の立ちすぎた私に対する長者として、ひとりのヘレニストを育てるたのしみを思いつかれたのだろう。たぶん高津博士の病状についてお聞きした日、日本橋丸善でオクスフォード版のギリシア語入門書と希英辞典を買っていただいた。それから月に何度か辻堂のお宅を訊ねてのお勉強が始まった。西洋古典学の大先生直じきの個人教授という勿体《もったい》なさすぎる時間だが、もともと無学愚鈍の上、三十歳代半ばに達しての記憶力の減退もあって、先生の思われるようには進まなかった、と思う。

二時間もすると、ご褒美に食事に出かけましょう、とおっしゃる。コートを召し帽子を被りステッキを持ち、今日は高橋君と外で食事をしてまいりますから、あなたお先に上がっていてください、と奥に向かっておっしゃる。おや、さようさせていただきましょう、と奥からトミヨ夫人の声。夫人はピアニストで上野学園大学教授として教鞭を取られ、その縁で先生も同大学でギリシア・ラテン語や歴史学を講じていられた。

先生ご自身、夫人にピアノの手ほどきを受け、日本文化会館館長としてローマ滞在中はお二人で名ピアニスト、ミケランジェリなどのレッスンも受けられたようだ。ことほどさようにお仲がお宜しかったお二人だが、夫人は七三年のいつごろからか発病され、翌年一月には亡くなられた。

七十歳代半ばになってお一人になられた先生は、私にも食事の作りかたなどお尋ねになり、懸命に生きようとなさった。そんな先生にとって七六年、数え年八十歳のお祝いの会は、村川賢太郎《むらかわけんたろう》教授をはじめ、先生を敬愛する学芸界の人びとがにぎにぎしく集まって、おうれしいものではなかったろうか。先に触れた今道氏の告白があったのは、その折のことだ。

その前年だったか、若き詩書版元、書肆林檎屋主人、吉野史門《しもん》氏の申し出あり、等しく古代ギリシア好きの鷲巣繁男氏、多田智満子《ただちまこ》さんと語らって同人誌を出すことになった。三人のうち誰から言い出すとなく、呉茂一先生を顧問格に戴いてはという話が起こり、私から誌名の相談がてらお伺いを立てると、ではテオクリトスの訳でもさしあげましょうか、とご快諾を得た。誌名も「饗宴」Συμπόσιον と決まり、その創刊号に「牧歌」第一歌—第四歌のご新訳を戴いた。

いずれその後も少しずつ訳して「牧歌」全訳として一本にというご計画だったようだが、翌七七年六月、前年にも入院されていた日本医科大学附属病院に再入院された。夏の終わりだったか、渡したいものがあるからとお呼びがあって、千駄木《せんだぎ》の根津権現にほど近い病院にお訪ねして、包装紙に何重にもくるまれた平べったいものを手渡された。先生はベッドに就かれたままだったが、血色もよく思ったよりお元気そうで、一安堵した。

渡されたものはいったい何だろう、と帰途、根津権現の境内で人気《ひとけ》がないのをさいわい、厳重な包みを開いてみると、それは「さぶ」という名の市販のゲイ雑誌だった。あの高名な先生がこんなさびしい思いをしていらしたのか、と胸を衝かれる思いで包みなおして鞄の中に入れた。その折の忘れられない思い出はもう一つある。病院の入口まで送ってきてくれた先生の介護に当たっていた付添婦さんの話だ。

あるとき先生が何かと我侭《わがまま》を言われるので、呉さんがそんなに我侭ばかり言うなら私辞めさせていただくからと答えると、もう君とは絶交すると拗《す》ねられる。呉さんがそのつもりなら好都合だわさっそく帰らせていただくと言うと、先生は急に小声になって、一年後に絶交すると口ごもられたというのだ。まるで小さいお子さんのようなのよ、と付添婦さんは三十歳も年長の先生がいとしくてたまらないふうだった。

その年の十二月二十八日に亡くなった先生のご遺体はいったん辻堂のお宅に帰り通夜ののち、翌朝火葬場に運ばれた、と記憶する。その場に喪服に身を包んだ件《くだん》の付添婦さんがいて目を泣き腫らしていたのが、忘れられない。呉茂一という人格は世間には必ずしも正当に評価されなかったかもしれないが、すくなくともこの付添婦さんのような市井《しせい》の人びとには、世間的評価を超えて愛されたのだ、とほっとする思いだった。

顧みて私は先生に対して何ができるか。私は「饗宴」同人の鷲巣氏、多田さん、版元の吉野氏に相談して、臨時増刊呉茂一先生追悼号を出すことにした。生前の先生と親交のあった、また先生のお仕事を敬愛する人びとに原稿依頼の書状を出したところ、ほとんどの方にご快諾をいただき、A5判二段組一四〇頁の見事な追悼集が出来上がった。

執筆者は五十音順に河底尚吾《かわぞこしょうご》、河谷龍彦、後藤得三《ごとうとくぞう》、斎藤茂太《さいとうしげた》、塩野七生《しおのななみ》、篠田一士《しのだはじめ》、澁澤《しぶさわ》

龍彦《たつひこ》、朱牟田夏雄《しゅむたなつお》、津田季穂《つだすえほ》、寺田透《てらだとおる》、中村光夫《なかむらみつお》、三浦一郎《みうらいちろう》、とくに荒井献《あらいささぐ》、今道友信、久保正《くぼまさ》彰《あき》の三氏は追悼論文、村川賢太郎教授は呉先生追悼の記、また先生の甥で主治医の木村栄一《きむらえいいち》博士は病状経過を寄せられた。水谷智洋《みずたにともひろ》氏は年譜編纂の労に当たられた。同人三人は追悼詩を書き、沓掛良彦《くつかけよしひこ》氏に先生のテオクリトス「牧歌」第一歌—第四歌に続く第五歌を訳していただいた。ご遺稿「胎蔵」、若き日の斎藤茂吉を師に戴いてのご歌稿二十一首も掲載させていただいた。

　出来上がりをくりかえしめくってみて、文人学者あるいは学匠詩人呉茂一は先生のいわゆる世間的評価はともかく、これだけの錚錚たる学芸人に敬愛されていたのだ、と改めて実感した。追悼号出版の費用への援助の申し出を受け、お訪ねした際の養嗣子忠士《ただし》氏の、省みて父もさびしい人だったのだと思います、というしんみり洩らされた一言も忘れがたい。

　先生のご逝去の数年後、私は「七つの墓碑銘」という戯詩を書き、その最初をS・Kとした。S・Kはもちろん呉茂一の頭文字。この小篇を掲げて、四十年ぶりに先生を偲ぶ小文を閉じたい。

とつ国びとの歌に　声を貸すのに
彼ほど卓れた才能は　世になかった
いいや　声だけでなく　心を貸した
むしろ与えた　と言いなおそうか
アナクレオンになって　クレオブゥロスを

テオグニスになって　キュルノスを愛した
だから　かの死のときにも　おそらく誰かに
たぶん　ピンダロスあたりになりもしたろう
彼を抱いた死神だって　同情のあまり
テオクセノスぐらいのふりはしたろうよ
白髪《しらかみ》の八十翁の一期《いちご》を看取《みと》った
眼《まなこ》すずしい少年のさもらいびとの

ついでにいえばピンダロスを看取ったときのテオクセノスは、じつは先生と初対面のときの私と同様、少年というには薹が立ちすぎていたようだ。

本書二十七章は岩波書店の読書誌「図書」の富田武子編集長のご好意により、同誌二〇一四年一月号から一六年三月号まで連載したもの。それが諸般の事情からその儘になっていたのを、取りあげて一本にしてくださったのはみすず書房の尾方邦雄氏。お二人のお力がなければ本書は世に出なかった。

もちろん、それ以前に私の十歳代と三十歳代、呉茂一先生との二度の出会いがなければ、本書の構想自体生まれなかった。跋の代わりに追慕の思いをこめて、門下ともいえぬ不肖の門末から見た先生の一面を誌《しる》すゆえんだ。なお、執筆に先立っての現トルコ西岸古代イオニア植民都市初訪、ギリシア本土のエーゲ海諸島の遺跡再訪、二度にわたる旅に援助を惜しまれなかった有川一三氏のご芳情にも感謝申し上げたい。

著者略歴

（たかはし・むつお）

1937年北九州市生まれ．1959年，最初の詩集『ミノ　あたしの雄牛』を刊行．以降，詩を中心に，短歌，俳句，小説，能，狂言，浄瑠璃などあらゆる分野で実作．詩集『王国の構造』（藤村記念歴程賞），句歌集『稽古飲食』（読売文学賞），詩集『兎の庭』（高見順賞），『旅の絵』（現代詩花椿賞），『姉の島』（詩歌文学館賞），『永遠まで』（現代詩人賞）．また東西の古典を独特の視点で読み直す評論・エッセイにも『読みなおし日本文学史　歌の漂泊』（岩波新書），『漢詩百首　日本語を豊かに』（中公新書），『詩心二千年　スサノヲから3.11へ』（岩波書店），『和音羅読　詩人が読むラテン文学』（幻戯書房，鮎川信夫賞）などがある．

高橋睦郎

詩人が読む古典ギリシア

和訓欧心

2017年 3 月 30 日　印刷
2017年 4 月 10 日　発行

発行所 株式会社 みすず書房
〒113-0033 東京都文京区本郷 5 丁目 32-21
電話 03-3814-0131(営業) 03-3815-9181(編集)
http://www.msz.co.jp

本文組版 キャップス
本文印刷所 精興社
扉・表紙・カバー印刷所 リヒトプランニング
製本所 松岳社

Printed in Japan
ISBN 978-4-622-08602-4
[しじんがよむこてんギリシア]